Das Buch

Der bekannte Autor Jack Cannon hat in den vergangenen fünf Jahren bereits acht Bücher über Zauberei und Teufelskult in der modernen Welt geschrieben. Er ist ein bekannter Mann und einer der Spitzenautoren des Blackcock-Verlags.

Während das Manuskript seines neuen Buches »Hexerei im New York unserer Tage« bereits im Büro seines Lektors James Melford liegt, bekommt Cannon erste anonyme Briefe. Zuerst hält er das Ganze für einen schlechten Scherz – doch dann werden die Einschüchterungsversuche bedrohlicher: ZIEHEN SIE IHR NEUES BUCH ZURÜCK UND RETTEN SIE IHR LEBEN – ODER MACHEN SIE SICH AUF DEN TOD GEFASST, JONATHAN LAWRENCE CANNON. Diesmal ist er den Teufelsanbetern zu nahe getreten, das wird ihm sofort klar. Und Cannon weiß, wie gefährlich diese Leute sind!

Der Lektor James Melford nimmt die Drohungen nicht so ernst wie sein Autor und veröffentlicht das Manuskript gegen Cannons Willen. Er kann nicht ahnen, daß er damit Jack Cannons Todesurteil besiegelt und sich selbst in Gefahr bringt – schon bald muß er bereuen, die dunklen Kräfte des Bösen verleugnet zu haben …

Die Autorin

Marion Zimmer Bradley, geboren 1930 in Albany, New York, begann schon früh zu schreiben. Mit ihren Romanen um den Planeten »Darkover« erreichte sie in Science-Fiction- und Fantasy-Kreisen bereits Kultstatus, bevor sie mit ihrem sensationellen Bestseller *Die Nebel von Avalon* zu internationalem Ruhm gelang.

Marion Zimmer Bradley lebt heute in Berkley, Kalifornien.

Im Wilhelm Heyne Verlag erschienen bereits folgende ihrer Bücher: *Der Bronzedrache* (01/6359), *Trapez* (01/7630), *Schloß des Schreckens* (01/7712) und *Die geheimnisvollen Frauen* (01/7870).

MARION ZIMMER BRADLEY

DIE TEUFELSANBETER

Roman

Aus dem Amerikanischen
von Walter Brumm

WILHELM HEYNE VERLAG
MÜNCHEN

HEYNE ALLGEMEINE REIHE
Nr. 01/9962

Titel der Originalausgabe
DARK SATANIC

Umwelthinweis:
Dieses Buch wurde auf
chlor- und säurefreiem Papier gedruckt.

Der Titel erschien bereits in der Allgemeinen Reihe
mit der Band-Nr. 01/6697

Printed in Germany 1996
Umschlagillustration: Richard Hescox, Agentur Schlück
Umschlaggestaltung: Atelier Ingrid Schütz, München
Gesamtherstellung: Elsnerdruck, Berlin

ISBN: 3-453-10853-1

1

Die Beschriftung der Tür, in dezenten Messingbuchstaben, lautete: JAMES C. MELFORD, CHEFLEKTOR. Das leidlich hübsche Mädchen im Vorzimmer lächelte, drückte auf einen Knopf und murmelte: »Mr. Melford? Haben Sie ein paar Minuten Zeit für Mr. Cannon?« Sie lauschte einen Augenblick, lächelte wieder, diesmal ein wenig herzlicher, und sagte: »Bitte nehmen Sie Platz, Mr. Cannon. Mr. Melford wird Sie gleich empfangen.«

Der Mann, der vor dem Schreibtisch stand – lang, dünn und etwas gebeugt, das Gesicht wie von einem alles überschattenden Gram gefurcht und abgehärmt –, wandte sich mit einer hastigen Bewegung zur Seite und ließ sich ungelenk auf ein mit Kunstleder bezogenes Sofa nieder. Er nahm eine Zeitschrift vom Tisch, blätterte sie aber nicht einmal durch, sondern ließ die umgebogenen Seiten zwischen Daumen und Zeigefinger herausspringen, als wolle er ein Kartenspiel mischen, dann legte er sie wieder aus der Hand. Er reckte den Hals, blickte suchend im Büro umher und runzelte die Stirn wie einer, der etwas verlegt hat und sich vergeblich darauf zu besinnen sucht.

Was es auch war, es war nicht da oder blieb seinem Blick verborgen. Auf einer Ecke des Schreibtisches stand ein kleiner grüner Christbaum aus Plastik, geschmückt mit blauen Glaskugeln und roten Schleifen. In einem Regal neben dem Schreibtisch waren ein paar Dutzend buntfarbene Taschenbücher aufgereiht, die Neuerscheinungen des Blackcock-Verlages. Sein Blick blieb kurze Zeit an zwei in der oberen Reihe ausgestellten Titeln hängen: *Die wahre Geschichte der Zauberei* und *Voodoo in der modernen Welt* von John Cannon. Wie vor Schmerzen kniff er die Augen zu, und die junge Frau hinter dem Christbaum hob flüchtig den Kopf. »Ist Ihnen nicht gut, Mr. Cannon?«

»Doch – doch, danke«, sagte er und streckte entschlossen die Hand nach der Zeitschrift aus. Er hielt sie, ohne sie aufzuschlagen, und seine Finger umklammerten sie, als müsse er sich zwingen, stillzusitzen. Die Sekretärin beobachtete ihn noch eine kurze Weile, dann läutete das Telefon und lenkte ihre Aufmerksamkeit ab, und Cannons Griff lockerte sich. Er seufzte leise auf.

Die Tür zum inneren Büro schwang auf, und ein jüngerer Mann mit gelockertem Schlips und offenem Hemdkragen, dessen dichtes blondes Haar in krausen Locken den Kopf umstand, kam durch die Türöffnung auf den Besucher zu. Ein herzliches Lächeln lag auf seinen Zügen.

»Hallo, Jock, schön, Sie zu sehen. Möchten Sie nicht hereinkommen?« Seine Stimme war so herzlich wie sein Lächeln. Er streckte dem anderen die Hand hin, und Cannon, der sich linkisch vom Sofa erhob, lächelte seinerseits und entspannte sich ein wenig. Er folgte Melford in sein Büro.

Der Raum war hell, geräumig und anspruchslos, mit einem großen, einfachen Schreibtisch, der überhäuft war mit Papieren, Büchern und Manuskripten; weitere Manuskripte, teils in Schachteln, teils in dicken Manila-Umschlägen, waren auf Regalen zu beiden Seiten gestapelt. An den Wänden hingen bunte, auffallend grelle Gemälde, offensichtlich die Originale einiger im Verlag erschienener Taschenbuchtitel. Auf einem Ablageschrank stand eine kleine Bronzestatuette, in deren Sockel die Inschrift SCIENCE FICTION WORLD AWARD 1967 eingraviert war. Eines der Gemälde zeigte einen grünen Teufel mit glutroten Augen und gewaltigen Hörnern; Melford sah den Blick seines Gastes darauf ruhen und lächelte erneut, als er hinter seinen Schreibtisch ging.

»Ja, das ist *Der Teufel in Amerika.* Immer noch einer unserer Bestseller; wir denken an eine Neuauflage im Frühjahr – vorausgesetzt, Ihr Agent und ich können uns zu vernünftigen Bedingungen einigen. Bitte, setzen Sie sich. Nehmen Sie doch Platz.« Er ließ sich in seinem Bürosessel nieder und deutete auf einen Stuhl. »Zigarette? Wie geht es Ihnen, Jock? Sie sehen ein bißchen mitgenommen aus. Als ich letzte Woche Ihren Agenten anrief, sagte er, Sie seien auf dem Land, um sich zu erholen. Was ist los, mein Lieber? Leute unseres Alters sollten eigentlich keine Erholung nötig haben!«

Unter der Wirkung dieses munteren Geplauders lächelte Cannon nervös. »Nichts von Bedeutung, glaube ich. Vielleicht ein Anflug von Hongkong-Grippe. Ja, ich war ein paar Tage in Massachusetts... dachte, ich könnte in der Ruhe vielleicht besser arbeiten. Aber nach ein paar Tagen fing die Ruhe an, mir auf die Nerven zu gehen.« Wieder kam das schüchterne, unsichere Lächeln zum Vorschein.

»Sie hören sich an wie meine Mutter«, bemerkte Melford lächelnd. »Immerzu redet sie von den guten alten Zeiten. Aber als letztes Jahr der Stromausfall war und sie und Barbara ein paar Mahlzeiten auf dem Spirituskocher oder über dem Kaminfeuer kochen mußten, hätten Sie sie schimpfen hören sollen! Ich muß allerdings sagen, daß Barbara gut damit fertig wurde. Übrigens fragte sie mich erst vor ein paar Tagen nach Ihnen. Also, was gibt es?«

»Probleme«, sagte Cannon zögernd.

Melfords Miene blieb freundlich, aber eine leichte Falte erschien zwischen seinen Brauen. »Sollte es sich um Geld handeln, Jock – jetzt ist die tote Saison, aber vielleicht würde die Rechnungsabteilung einen weiteren Vorschuß genehmigen.«

»Ach du lieber Gott, nein, ich bin nicht pleite«, sagte Cannon schnell. »Jedenfalls nicht schlimmer als gewöhnlich. Nein, ich bin nicht wegen Geld gekommen, Jamie. Freilich könnte ich welches gebrauchen, wie jeder andere auch um diese Zeit, aber wenn es das wäre, was ich will, hätte ich meinen Agenten zu Ihnen geschickt.« Er lachte nervös. »Nein, es ist etwas anderes. Sie haben das Manuskript des neuen Buches bekommen, nicht wahr?«

»Gewiß. Es muß hier irgendwo sein.« Melford zog eine große Schachtel mit dem Etikett einer der größeren literarischen Agenturen zu sich heran, nahm den Deckel ab und holte ein umfangreiches Manuskript heraus. »Wir sollten uns zum Titel noch etwas einfallen lassen, Jock; *Hexerei im New York unserer Tage*... das ist kein schlechter Titel, aber er ist ein wenig umständlich, und außerdem erinnert er an William Seabrook – Sie wissen schon, *Hexerei und ihre Macht in unserer Zeit*. Die Leute würden denken, sie hätten es schon gelesen, und es nicht kaufen. Und das wäre schade, denn es ist ein verdammt gutes Buch, Jock. Es hat mir gefallen... vergaß sogar, Korrekturen anzubringen, als ich es durchging.«

»Sie haben es schon gelesen?«

»So ist es. Wir werden es kaufen – warum sollte ich Ihnen das nicht ganz offen sagen. Wahrscheinlich werden wir Ihrer Agentur den Vertrag noch vor dem Wochenende zuschicken. Ich kann mit der Rechnungsabteilung sprechen und zusehen, daß Sie den Vorschuß rechtzeitig bekommen, um Ihre Weihnachtseinkäufe zu erledigen.«

»Die Sache ist die«, sagte Cannon mit sichtlicher Selbstüberwindung, »daß ich über das Buch nicht gerade glücklich bin.«

Melford schürzte die Lippen, was ihn zehn Jahre älter aussehen ließ und gar nicht zu seinem jungenhaften Gesicht paßte. »Warum nicht, Jock? Es ist ein gutes Buch – gewiß nicht schlechter als Ihre anderen Arbeiten. Gewiß, es geht ein bißchen weit, und ich kann nicht sagen, daß ich Ihnen abnehme, was Sie über diese – wie sagen Sie – Hexenversammlungen und ihr unheimliches Treiben hier in New York geschrieben haben, aber derartige Sensationseffekte sind natürlich verkaufsfördernd, und ich glaube nicht, daß sehr viele Leute sie ernst nehmen werden, genausowenig wie sie Bela Lugosi in *Dracula* im Spätprogramm ernst nehmen. Ausgenommen ein paar Verrückte selbstverständlich.«

»Das ist eben das Problem«, sagte Cannon. »Anscheinend bin ich, ohne es zu bemerken, jemandem auf die Zehen getreten. Ich habe Schwierigkeiten bekommen...«

Melford schmunzelte. »Ich kann mir denken, daß alle hiesigen Hexen Nadeln in Ihr Bild stecken werden.«

»Würde mich nicht wundern.«

Jamie blickte auf. »Sie meinen das im Ernst, Jock?«

Cannon knetete seine langen, nervösen Finger. »Ja. Ich habe befürchtet, daß Sie mich auslachen würden.«

»Keineswegs, lieber Freund. In dieser Stadt gibt es so viele Verrückte von jeder Sorte, daß sich immer Leute finden, die an fast allem, was wir herausbringen, glauben Anstoß nehmen zu müssen. Erinnern Sie sich an diesen Report über das Laster auf unseren Straßen? Ob Sie es glauben oder nicht, irgendein Verein von Verrückten, der sich ›Liga für sexuelle Freiheit‹ nennt, rief mich eine Woche lang jeden Tag an und behauptete, damit hätten wir für weitere zehn Jahre eine vernünftige Gesetzgebung in diesem Land verhindert, und was weiß ich. Und diese Biographie von... na, wie hieß er denn noch – Sie wissen schon, dieser entlassene General –, ganz gleich, die John Birch Society rief uns an und nannte uns einen schmutzigen Haufen von radikalen Roten und Schlimmeres.« Er setzte sein freundliches, aufmunterndes Lächeln auf. »Nun kriegen also auch Sie es mit derlei Verrückten zu tun? Gott, nehmen Sie es als ein Kompliment... es zeigt, daß Sie ein bekannter Mann sind. Wer macht sich schon die Mühe, einen Niemand zu verleumden?«

Seine Worte schienen wenig geeignet, Cannons innere Unruhe zu beschwichtigen. »Es wirkt irgendwie so *real*«, sagte er. »Und dann, als ich letzte Woche krank wurde...« – sein Lachen klang hohl – »...fing ich an, mir Gedanken zu machen.«

»Passen Sie auf«, setzte Melford an, aber das Läuten des Telefons unterbrach ihn. Er beugte sich vor, nahm den Hörer ab und sagte: »Hier Melford.«

Seine Miene verfinsterte sich zusehends. »Ja, Cannon ist hier bei mir... was soll das heißen? Was? Wer spricht dort überhaupt? He, Sie...« Er nahm den Hörer vom Ohr und hielt ihn von sich. Der Summton des Freizeichens war deutlich hörbar.

»Irgendein Verrückter«, sagte er zornig. »Ein obszöner Lümmel. Vermutlich ein Anruf von der Art, die Sie bekommen haben, Jock.«

»Wenn es bei den Anrufen geblieben wäre«, sagte Cannon, und dann öffneten sich die Schleusen. »Damit fing es an. Eine bösartig flüsternde Stimme, weder Mann noch Frau, nur eine – eine Flüsterstimme, die mir alle möglichen schrecklichen Dinge androhte, sollte ich das Buch vollenden. Darum ging ich aufs Land. Ich dachte, dort würde ich Ruhe davor haben. Aber dann kamen Briefe, und einmal lag ein blutverschmiertes totes Huhn vor meiner Tür und einmal ein Bild... ein Bild von einer schmuddeligen kleinen Puppe, in der Nadeln steckten...« Seine Stimme versagte, und er schüttelte sich. Oder es schüttelte ihn.

Melford sah ihn entgeistert an. »Wahnsinnig!« murmelte er.

»Ja, ich dachte wirklich, ich würde den Verstand verlieren.«

»Großer Gott, ich meine nicht Sie, Jock. Ich meine das üble Gelichter, das zu derlei imstande ist. Sehen Sie, Jock, in meinen Augen ist es entweder ein dummer Scherz – und zwar von der geschmacklosesten Sorte –, oder es steckt ein Verrückter dahinter, der dieses Zeug ernst nimmt und versucht, Sie so zu erschrecken, daß Sie die

Nerven verlieren. Aber gebrauchen Sie doch mal Ihren Verstand, Mann! Solange Sie nicht zulassen, daß er Ihnen auf die Nerven geht, kann er Ihnen mit all diesem Hokuspokus nichts anhaben!«

»Da bin ich nicht so sicher«, sagte Cannon leise. »Seabrook nahm diese Dinge ernst. Er wußte von Leuten, die durch das, was Sie Hokuspokus nennen, tatsächlich umgebracht worden sind.«

»Wilde... abergläubische Eingeborene, die daran glaubten... Ich habe sein Buch auch gelesen. Das alles kann einem keinen Schaden zufügen, es sei denn, man glaubt daran.«

»Auch dessen bin ich nicht so sicher«, sagte Cannon. »Ich habe mich seit fünf Jahren mit diesen Dingen beschäftigt, habe recherchiert und alles zugängliche Material durchgearbeitet, ich habe inzwischen acht Bücher darüber geschrieben. Ich beginne es ernst zu nehmen – verdammt ernst. Das geht auch aus meinen Büchern hervor, und ich glaube, dies ist der Grund, warum sie hinter mir her sind.«

Melford betrachtete seinen Freund mit beunruhigtem Stirnrunzeln. Er war zu gutmütig und zu wohlerzogen, um irgend etwas, was den Älteren so sehr aus der Fassung bringen konnte, mit einem Lachen und einem Scherz abzutun; und doch sagte ihm sein skeptischer Verstand, daß das alles dummes Zeug sei. Er erklärte – und sein Tonfall spiegelte dieses Dilemma wider –: »Nun, Jock, ich weiß wirklich nicht, was ich dazu sagen soll. Ich hätte nie gedacht, daß ausgerechnet Sie sich von so etwas würden unterkriegen lassen. Waren nicht Sie es, der in seinem ersten Buch vier Dutzend betrügerische ›Medien‹ bloßstellte?«

»Ja«, antwortete Cannon. »Erst später wurde mir klar, daß es ein paar gab, die ich nicht als Schwindler bloßstellen konnte. Und diese konnten nicht alle bloß zu schlau gewesen sein, so daß ich ihnen nicht hätte auf die Schliche kommen können. Erst später kam mir auch der Gedanke, daß niemand die Mühe auf sich nehmen würde, psychische Phänomene vorzugaukeln, wenn es solche in der Realität nicht gäbe.«

»Also, dazu kann ich nichts sagen«, erwiderte Melford ein wenig ungeduldig. »Das ist nicht mein Gebiet. Ich weiß nur, daß die Bücher sich gut verkaufen und daß es in diesem Land eine ungeheure Anzahl von Menschen gibt, die alles lesen, was sie über das Thema bekommen können – einschließlich jedes neuen John Cannon. Aber schließlich sind Sie es, der verfolgt wird, nicht ich. Ich kann Anrufe wie den eben mit einem Achselzucken abtun, aber Sie mögen unter stärkerem Druck stehen. Trotzdem hoffe ich, Sie werden sich nicht einschüchtern lassen, Jock.«

»Das hoffe ich auch. Aber«, fügte er ein wenig unsicher hinzu, »ich weiß einfach nicht, was ich tun soll. Der Brief, den ich heute früh erhielt...«

Er zog ein Stück Papier aus der Tasche, entfaltete es und legte es auf den Schreibtisch. Beide beugten sich darüber.

Das Blatt war mit unregelmäßigen Blockbuchstaben beschrieben:

> ZIEHEN SIE IHR NEUES BUCH ZURÜCK UND RETTEN SIE IHR LEBEN – ODER MACHEN SIE SICH AUF DEN TOD GEFASST, JONATHAN LAWRENCE CANNON.

Melford schüttelte den Kopf. Seine Lippen waren zornig zusammengepreßt. »Diese Leute scheinen jedenfalls den Namen zu kennen, mit dem Sie Ihre Verträge unterschreiben«, war sein einziger Kommentar.

»Ich nehme an, Sie werden das Buch nicht... zurückziehen wollen?«

»Haben Sie den Verstand verloren? Ich halte es für Ihr bisher bestes. Sagen Sie, Jock, wie steht eigentlich Ihre Frau zu alledem?«

»Ich habe versucht, es ihr zu verheimlichen«, antwortete Cannon. »Das ist mir soweit auch gelungen, mit Ausnahme des toten Huhnes. Sie selbst entdeckte es, und es war ein Schock für sie. Bess ist eine gute Kameradin; für das Buch über Voodoo ist sie mit mir zu Fuß durch ganz Haiti gezogen, also wußte sie sofort, was es bedeutete. Natürlich hat sie nur eine Antwort.« Er lächelte matt. »Rückkehr in den Schoß der Kirche. Ich sagte ihr, daß dies darauf hinauslaufen würde, Aberglauben mit Aberglauben zu bekämpfen – als ob Weihwasser und ein Rosenkranz einen Fluch vertreiben könnten.«

Jamie lachte laut. »Nun, wenn das eine wirklich ist, muß das andere auch wirklich sein«, meinte er. »Vielleicht sollten Sie Feuer mit Feuer bekämpfen. Es wäre schwierig, Ihnen mit einem Fluch das Leben schwerzumachen, wenn Sie zur Messe gingen, nicht wahr?«

Cannon sagte mit ruhiger Würde: »Ich selbst bin nicht religiös, aber ich respektiere Bess' Religion zu sehr, um mich in solchen Dingen zu verstellen.«

Das ernüchterte Melford etwas. »Da haben Sie wohl recht. Aber ich respektiere die Vernunft zu sehr, um mich von ein paar Verrückten einschüchtern zu lassen und das Buch zurückzuziehen, und ich denke, Sie sind im Grunde derselben Meinung. Sie sollten sich ein paar Tage freinehmen. Sie sehen müde aus, Sie sind krank gewesen, und wahrscheinlich sind Ihre Nerven überreizt. Ich könnte heute noch die Rechnungsabteilung anrufen und veranlassen, daß sie Ihnen den ersten Vorschuß sofort anweisen, so daß Sie ein paar Tage verreisen und Ihre Nerven sich beruhigen können. Lassen Sie sich ärztlich untersuchen; wenn der Arzt sagt, daß Ihnen nichts fehlt, werden Sie über Ihre Besorgnisse und Ängste den Kopf schütteln. Es wird schon in Ordnung kommen, Jock; Sie würden mir nie verzeihen, wenn ich zuließe, daß Sie sich von ein paar Narren einschüchtern lassen!« Er stand auf und streckte die Hand aus. »Ich muß Sie jetzt fortjagen, lieber Freund, weil ich um fünf mit Barbara zum Cocktail verabredet bin. Grüßen Sie Bess und sagen Sie ihr, daß sie in den nächsten Tagen Barbara anrufen möge – wir könnten wieder einmal gemeinsam zum Abendessen ausgehen. Und ich werde Ihnen den Scheck ausstellen lassen. Einverstanden?«

Cannon stand auf und verweilte in unschlüssigem Zögern, aber Melfords ermunternder Händedruck und seine freundlichen Worte machten es ihm offensichtlich unmöglich, noch einmal auf sein Anliegen zurückzukommen. Als die Tür sich hinter ihm geschlossen hatte, schüttelte Melford bedauernd den Kopf, murmelte ein leises: »O je, der arme Kerl!« und nahm sich wieder das Buchmanuskript vor. Lächelnd schrieb er eine Notiz für seine Sekretärin, damit sie den Vorschuß bei der Rechnungsabteilung beantrage. Es machte ihm Freude, einem seiner Autoren eine Gefälligkeit erweisen zu können, und Cannons bedauernswerter Zustand hatte ihn tief bewegt.

Draußen im Treppenhaus stand John Cannon wartend vor dem Aufzug, das Gesicht schmerzlich verzogen, und preßte die linke Hand an sein Herz. Er zog den zerknitterten Brief aus der Tasche und starrte ihn an, dann schloß er die Augen.

2

Es gibt Tage, dachte Barbara Melford, an denen man am besten gar nicht erst aufsteht.

Dies war, weiß Gott ein solcher Tag. Am Anfang, bevor sie zur Arbeit gegangen war, hatte der fast schon zur Gewohnheit gewordene Zusammenstoß mit ihrer Schwiegermutter gestanden: Die alte Mrs. Melford brachte es einfach nicht fertig, sich spitzer Bemerkungen über die gute alte Zeit zu enthalten, als die Frauen zu Haus geblieben waren und den Haushalt geführt hatten. Es war Barbara gelungen, die Entgegnung zu unterdrücken, die ihr auf der Zunge gelegen hatte: daß, solange Mrs. Melford da war, um sich dieser Dinge anzunehmen, niemand die Chance hatte, auch nur mit dem kleinen Finger in die Haushaltführung einzugreifen. Dennoch nagte es an ihr. Dann hatte sie sich den Vormittag über bemüht, mit einem verzogenen, plärrenden und außerdem erkälteten kindlichen Fotomodell und dessen unmöglicher Mutter fertig zu werden. Als sie das Arrangement endlich so hingekriegt hatte, wie sie es wollte, war eine der Studiolampen durchgebrannt, und sie hatte sich beim Auswechseln der Birne die Finger verbrannt. Am Nachmittag hatte ein plötzlicher Regenschauer zur Folge gehabt, daß ein Mannequin mit nassem Haar ins Studio gekommen war. Es hatte erst getrocknet und frisch gelegt werden müssen, bevor sie anfangen konnten. Und zu allem Überfluß fühlte sie sich wie von einem bösen Fluch verfolgt. Verdammt, dachte sie, als sie ungeduldig in ihre Jacke fuhr, wären Jamie und ich nicht verheiratet, würde ich inzwischen schon zum vierzigsten Mal schwanger sein. Mir ist es gleich – ich bin nicht sonderlich erpicht darauf, ein Kind zu kriegen, wenn Mutter Melford sich vom ersten Tag an über meinen Bauch beugt. Aber der arme Jamie wird wieder enttäuscht sein und wahrscheinlich wieder damit anfangen, daß ich zu Dr. Clinton gehen solle, obwohl sie mir letztesmal sagte, es sei besser, sich keine Gedanken zu machen und noch ein Jahr zu warten, bevor wir die ganze Testreihe wiederholen.

Der eisige Wind und die plärrende Darbietung von Weihnachtsliedern durch drei halberforen aussehende Angehörige der Heilsarmee, die entmutigt vor dem Kaufhaus am Ende des Blocks sangen, drangen gleichzeitig auf sie ein, als sie auf die Straße trat. Sie suchte in der Tasche nach Kleingeld und warf es ihnen in die Sammelbüchse und bemerkte zu spät, daß sie mit dem Geld ihre letzte U-Bahn-Wertmarke hineingeworfen hatte. Verflixt und zugenäht, sie brachte es einfach nicht fertig, die Marke unter den Augen der armen Kerle wieder herauszufischen. Stirnrunzelnd ging sie weiter zu der Ecke, wo sie sich nach der Arbeit gewöhnlich mit Jamie traf.

Und wie gewöhnlich war er schon da, stattlich in seinem dicken Tweedmantel und der Persianermütze, die sie ihm zu seinem letzten Geburtstag geschenkt hatte, und sein Anblick erwärmte ihr das Herz. Ein netter Zug an Jamie war, daß er niemals sarkastische Bemerkungen über Frauen machte, die sich verspäteten; er wußte, wie es in einem Geschäft zuging, wo man den ganzen Tag mit temperamentvollen Leuten arbeitete, von denen jeder einzelne einem den ganzen Zeitplan durcheinanderbringen konnte.

»Hallo, Liebling.« Sie hängte sich bei ihm ein, und gemeinsam gingen sie weiter. »Guten Tag gehabt?«

»Es geht. Sehen wir zu, daß wir aus diesem Wind rauskommen. Ich könnte was zu trinken vertragen. Und du?«

»Kaffee, danke. Ich glaube, ich kriege meine Periode.«

»Ach du liebe Zeit. Tut mir leid, Schatz.« Zu ihrer großen Erleichterung sagte er nichts von Dr. Clinton. Sie gingen die Stufen hinunter ins Restaurant, setzten sich und gaben ihre Bestellung auf. Ihr Blick fiel auf ihre beiden Ebenbilder in einem Wandspiegel, und wieder dachte sie, wie ansehnlich Jamie war und wie glücklich sie sich schätzen konnte, ihn zu haben. Es hatte, weiß Gott, nicht an hübscheren Frauen gefehlt, die ihn gern genommen hätten. Sie sah sich selbst in der einfachen Seemannsjacke mit dem Schottenrock und den hohen modischen Stiefeln, das kurzgeschnittene, krause dunkle Haar in einen Schal mit dem gleichen Schottenmuster gehüllt. Barbara, die in der Modebranche arbeitete und deren Glanz und Flitter von innen kannte und allem Modischen als unecht mißtraute, bevorzugte Einfachheit und Qualität und fand sich selbst eher nett aussehend als hübsch.

Die Getränke kamen; Barbara löste den Schal und fuhr sich mit den Fingern durchs Haar. »Was für ein Tag!«

»Schlimm?«

»Du sagst es. Ich denke ernstlich daran, die Arbeit mit Kindern unter zehn in Zukunft abzulehnen. Ich weiß, das ist nicht fair – die meisten sind nette Kinder, aber in unserer Branche scheint der Anteil an verzogenen, quengeligen Fratzen besonders hoch zu sein ... Ich habe mir vorgenommen, die Agentur zu verständigen, daß ich Peggy Andrews nicht wieder haben will – oder wenigstens nicht zusammen mit ihrer Mutter. Das Dumme ist, daß sie genau wie die unsterbliche Alice aussieht, und das scheint ein Typ zu sein, der die Herzen aller Werbeleiter zum Schmelzen bringt.Es ist genauso schlimm wie mit den kleinen blonden Jungen, die wie Christopher Robin aussehen.«

Jamie lächelte. »Da hast du die ganze Theorie der Jungschen Archetypen in ein paar Worten, Liebling. Aber erzähl mir nicht, daß dich der Ärger mit einem ungezogenen Kind so mitgenommen hat.«

»Ach nein. Es kam einfach eins zum anderen, und das den ganzen Tag hindurch, und als ich dann noch merkte, daß ich die Periode kriege, gab mir das den Rest.« Sie lachte auf. »Vielleicht steckt jemand Nadeln in mein Bild.«

Er zog ein Gesicht. »Au! Fang du nicht auch noch davon an.«

»Was ist los, Jamie?« fragte sie, da sie hinter der scherzhaften Grimasse echte Besorgnis bemerkte.

Er sagte: »Jock Cannon kam heute zu mir«, und gab ihr einen kurzen Abriß seines Gesprächs mit dem Autor.

»Wie schrecklich!« sagte sie beunruhigt. »Er ist ein so stiller, netter Mensch! Jamie, glaubst du, daß seine Ängste berechtigt sind?«

»Nun, ich glaube nicht, daß er verhext ist, Barbara. Überleg doch selbst einmal«, sagte er ein wenig kurz angebunden.

»Das meinte ich nicht«, erwiderte sie. »Heute erst las ich einen Zeitungsartikel über ein Mädchen, das eine Hexe war – das heißt, das eine Hexe zu sein behauptete. Diese Person praktizierte tatsächlich Hexerei und alles mögliche. Und dann kommt mir diese Sybil Leek in den Sinn, die Bücher über Hexerei geschrieben hat. Nicht zu reden von alledem, was in Jocks Büchern steht...«

»Absurd«, sagte Jamie lachend. »Nein, ich fürchte lediglich, daß der arme alte Jock auf dem besten Weg ist, einen Nervenzusammenbruch zu erleiden. Er ist ein empfindsamer, leicht zu beeindruckender Mensch, und die jahrelange intensive Beschäftigung mit all diesen Dingen, über die er schreibt, hat ihn allmählich so weit gebracht, daß er selbst nicht mehr weiß, was Wirklichkeit und was Hirngespinste sind.«

»O nein! Du meinst, er habe sich das alles bloß eingebildet? Ich habe von Leuten gehört, die geistig zerrüttet waren und sich selbst anonyme Briefe schrieben...«

»Nein, nein, das meine ich nicht. Ich will sagen, daß er die Belästigung durch ein paar Verrückte – oder geschmacklose Witzbolde – zu ernst nimmt und ohne Sinn für jede Proportion aufbläht. Ich kann mir wirklich nicht denken, daß man mit all diesem Unsinn tatsächlich jemanden töten kann, aber wenn der arme alte Jock es zu ernst nimmt, könnte er sich eines Tages in der Heilanstalt beim Zusammenfalten von Papierservietten wiederfinden.«

»Sei still!« Barbara verzog das Gesicht.

»Entschuldige«, sagte Jamie schnell. »Ich vergaß...«

»Ist schon gut. Nur, der arme Jerry...« Sie biß sich auf die Lippe und versuchte, die quälende Erinnerung an ihren einzigen Bruder zu verdrängen. Er hatte einen ernsten Zusammenbruch erlitten, und die Ärzte hatten seine Einweisung in ein Krankenhaus vorgeschlagen. Jamie hatte sich bereit erklärt, die Kosten eines befristeten Aufenthalts in einem Nervenkrankenhaus zu übernehmen, aber

Mrs. Melford hatte so eindrucksvoll darüber gesprochen, welch schreckliche Schande es für die Familie bedeuten würde, falls jemand erfahren sollte, daß die Frau *ihres* Sohnes einen geisteskranken Angehörigen hatte – natürlich sei niemand aus *ihrer* Familie jemals in einer Irrenanstalt gewesen, wie sie es beharrlich nannte –, daß Jamie abgewartet und versucht hatte, Jerry aufzumuntern und ihm einzureden, daß er ›darüber hinwegkommen‹ werde.

Vier Wochen später hatte Jerry sich erschossen.

Barbara sagte, etwas gezwungen: »Sieh mal, ich verstehe den Standpunkt deiner Mutter. Sie gehört einer früheren Generation an und erkennt nicht, daß die Zeiten sich geändert haben. Sie war wirklich bemüht, mich vor einer Situation zu bewahren, die sie aufrichtig als eine schreckliche Schande ansah. Sie sagte mir wieder und wieder, daß sie nur an die Zukunft des armen Jerry denke, sollte jemals bekannt werden, daß er in der ›Irrenanstalt‹ war. Ich habe ihr verziehen, ehrlich – ich bin mir dessen ganz sicher. Aber ich hatte nur einen Bruder. Und ich hoffe nur, daß, sollte Jock Cannon durch diese leidige Geschichte den Verstand verlieren, seine Frau sich entschließen kann, ihn rechtzeitig in ein Krankenhaus zu bringen.«

»Oh, ich glaube eigentlich nicht, daß es soweit kommen wird«, erwiderte er. »Schließlich ist es nicht so, daß er sich dies alles nur eingebildet hätte. Ich habe auch einen der Anrufe erhalten, gerade als er bei mir war: die widerwärtigste, unflätigste Sprache, die du dir nur vorstellen kannst, Androhungen für den Fall, daß ich Jocks Buch veröffentliche. Aber ich bin anonyme Anrufe gewohnt und Jock eben nicht. Er muß aus der Stadt ... Abstand gewinnen.«

Aber Barbara war erbleicht. »Angenommen, diese Leute tun auch dir an, was sie mit Jock gemacht haben?«

Er lachte leise. »Und wenn schon? Laß sie tun, was sie wollen, Liebling; ob sie mich verfluchen oder für mich beten, das eine kann mir nicht mehr schaden als das andere.

Komm schon – wir leben in einer modernen Zeit! Und außerdem bin ich derjenige, der jeden Tag Science-fiction und Gruselgeschichten lesen muß!«

Sie holte tief Atem. »Aber warum sollten sie ihn verfolgen?«

Jamie zuckte die Achseln. »Ich bin kein Psychiater, nehme aber an, daß es in dieser Stadt einige Narren gibt, die Hexerei praktizieren oder zu praktizieren glauben, und denen nicht gefällt, daß Jock diese Dinge an die Öffentlichkeit bringt. Aber horch mal, warum sollten wir uns hier mit diesem deprimierenden Thema belasten? Laß uns ein ordentliches Steak bestellen, und zum Teufel mit dem Haushaltsgeld.«

Sie lächelte ein wenig. »Das hört sich gut an.«

»Ich gehe rasch Mutter anrufen«, sagte Jamie und stand auf.

Barbara sagte mit einem Anflug von Schuldbewußtsein: »Meinst du nicht, daß wir sie einladen sollten, mit uns zu essen?«

Er lächelte unbekümmert. »Das glaube ich nicht. Wie ich sie kenne, hat sie die Küche gern für sich allein, genauso wie wir gern unter uns sind. Ich rufe nur schnell an. Bin gleich zurück.«

Barbara entspannte sich, nippte an Jamies Whisky und dachte an ihre Schwiegermutter. Gut, daß es keine wirklichen Hexen gibt, ging es ihr durch den Sinn, sonst hätte Mutter Melford mich längst zum Teufel gehext.

Es war so demütigend, mit der Schwiegermutter nicht auszukommen. Man kam sich wie jemand aus einem drittklassigen Fernsehspiel vor, irgendwie lächerlich und altmodisch, nicht wie eine intelligente junge Frau im letzten Drittel des 20. Jahrhunderts.

Jamie glitt wieder auf seinen Platz ihr gegenüber. »Mutter ist wohlauf«, sagte er. »Fröhlich wie ein Spatz auf den Pferdeäpfeln. Sie hat selbst Besuch zum Abendessen. Es scheint, daß Dana Becker wieder in der Stadt ist.«

Barbara lachte schwach. »Ich sagte dir ja, daß ich heute einen schlechten Tag habe«, meinte sie, dann knüpfte sie an den Gedanken an, der ihr gekommen war, während er telefoniert hatte. »Gut, daß es in Wirklichkeit keine Hexen gibt, sonst hätte Dana dich mit Hexenkunst umgarnt. Alles andere hat sie ja weiß Gott versucht.«

Auch er lachte unbehaglich. »Komm schon, Barbara«, sagte er, »es ist nicht deine Art, zu sticheln, und außerdem – das alles liegt weit zurück. Und das arme Mädchen kann schließlich nichts dafür, daß Mutter sie ins Herz geschlossen hatte und unbedingt zur Schwiegertochter haben wollte. Schließlich habe ich dich geheiratet. Und da sie Mutters Freundin ist, werden wir sie wohl von Zeit zu Zeit sehen müssen. Dana mag dich übrigens. Das hat sie mir gesagt.«

So siehst du aus, dachte Barbara, war aber vernünftig genug, die Bemerkung für sich zu behalten. Sie begnügte sich damit, daß sie sagte: »Nun, ich gönne Mutter ihre Freundinnen, solange sie nicht versucht, dich doch noch mit ihnen zu verkuppeln.« Dabei ließ sie es bewenden.

Das Essen wurde serviert, und während sie mit der Gabel im Salat stocherte, kam ihr wieder in den Sinn, wie sie selbst Dana in die Familie eingeführt hatte. Dana war von einer Agentur für Fotomodelle geschickt worden und hätte für Werbeaufnahmen mit Miniröcken Modell stehen sollen. Noch vor der ersten Aufnahme war sie in der Hitze der Atelierlampen ohnmächtig geworden und zusammengebrochen. Barbara, die sich mit Mannequins auskannte und wußte, wie sie ihre Gesundheit mit Hungerkuren und Dexadrin ruinierten, hatte eine Tasse Suppe kommen lassen. Und da sie im anschließenden Gespräch zu der Ansicht gekommen war, daß Dana intelligent sei und sich auch für die technische Seite der Fotografie interessiere, hatte Barbara sie zu einer Verabredung mit Jamie mitgenommen, den sie damals noch nicht sehr gut gekannt und schon gar nicht als zukünftigen Ehemann betrachtet hatte.

Das war ein Fehler, dachte Barbara zynisch, wie die meisten weiblichen Freundschaften Fehler waren. Es hatte sich herausgestellt, daß Danas Mutter eine alte Schulfreundin von Jamies Mutter war. Dana stattete ihr einen Höflichkeitsbesuch ab, und ehe Barbara wußte, wie ihr geschah, war Dana eine liebe Freundin der Familie, ein gehätschelter Schützling von Mrs. Melford. Und zu ihrem Schrecken hatte Barbara bald erkannt, daß Mrs. Melford keine andere als Dana zur Schwiegertochter ausersehen hatte.

Jamie war kein Muttersöhnchen und hatte den Stürmen, Bitten, Schmeicheleien und weiblichen Listen seiner Mutter beharrlich widerstanden. Nur Barbara begriff, was für ein langer und harter Kampf es war, und als sie und Jamie endlich geheiratet hatten und Mutter Melford huldvoll nachgegeben und versucht hatte, den Anschein zu erwecken, sie heiße Barbara als Schwiegertochter willkommen, hatte sie sich nicht täuschen lassen. Die ältere Frau hegte eine tiefe Abneigung gegen sie und hatte ihr niemals vergeben.

Dana war damals so anständig gewesen, die Stadt zu verlassen, aber nun war sie wieder da. Wenn Mutter Melford dieser ... dieser Hexe hilft, meine Ehe zu zerstören, dachte Barbara zornig, dann ... dann ... Sie lachte unvermittelt und nahm einen Bissen von ihrem Steak.

»Was gibt es zu lachen?«

»Wenn Dana wiederkommt, werde ich Jocks Buch noch einmal durchlesen und einen Liebeszauber bereiten müssen, damit sie dich nicht mir stehlen kann!«

»Na, hör mal«, sagte Jamie lachend und machte sich über sein Steak her.

Es ging auf neun Uhr, und sie saßen noch bei Schaumspeise und Kaffee, als der Kellner an den Tisch trat und sich entschuldigend verneigte. »Mr. Melford? Ein Anruf für Sie – sehr dringend, glaube ich. Sie können ihn hier am Tisch entgegennehmen, wenn Sie möchten.«

Jamie machte ein verdutztes Gesicht, als das Telefon gebracht und angeschlossen wurde. »Hoffentlich ist Mutter nicht krank; außer ihr weiß niemand, daß ich hier bin«, bemerkte er, bevor er die Hand von der Muschel nahm und sich meldete.

Die Stimme am anderen Ende war ihm vollständig unbekannt. »Mr. Melford? Hier spricht die Notaufnahme vom Städtischen Allgemeinen Krankenhaus. Wir haben hier einen Patienten, der vor kurzem von der Straße hereingebracht wurde. Es handelt sich um einen Mr. Cannon, wie wir feststellen konnten, aber wir haben keine Anschrift von ihm oder seinen Angehörigen, und der Patient ist nicht ansprechbar und ruft nur immer wieder nach Ihnen. Wir haben Ihre Privatnummer in seiner Brieftasche gefunden, und jemand dort sagte, Sie seien in diesem Restaurant zu erreichen.«

»Ich kann Ihnen seine Anschrift geben«, sagte Jamie zögernd. »Oder wäre es Ihnen lieber, wenn ich seine Frau verständige? Natürlich werde ich auch hinkommen, wenn er mich braucht.«

»Das müssen Sie entscheiden, Mr. Melford. Aber wenn Sie Mr. Cannons Frau verständigen könnten, wäre ich Ihnen dankbar. Wir haben hier eine Menge zu tun.«

»Könnten Sie mir sagen, was ...«, setzte Jamie an, aber die Verbindung war bereits unterbrochen. Er legte langsam den Hörer auf. »Der Teufel soll mich ...!«

»Jamie, was ist denn los?«

»Wenn man vom Teufel spricht ...«, sagte er. »Der arme Jock Cannon – er ist überfahren oder niedergeschlagen worden oder so was. Das war ein Anruf vom Krankenhaus. Sie wußten seine Anschrift nicht, aber er hatte unsere Nummer bei sich.«

»Wie schrecklich, Jamie!«

»Ich sollte zum Krankenhaus fahren«, sagte er unruhig. »Sie sagten, er rufe ständig nach mir. Der arme Kerl. Hoffentlich ist es nicht allzu schlimm. Und die arme Frau. Ich sollte sie anrufen ...«

»Sie wird nicht ein noch aus wissen«, sagte Barbara nüchtern. »Ich könnte sie anrufen, Jamie, und sie vielleicht mit einem Taxi abholen und mit ihr zum Krankenhaus fahren. Du wirst dort nicht viel ausrichten können.«

»Gut. Schließlich, wenn er in schlechter Verfassung ist... Ich weiß nicht, ob sie noch andere Verwandte oder enge Freunde in der Stadt haben«, sagte er, und Barbara, die ihn dafür liebte, dachte bei sich, wie ähnlich es ihm doch sehe, für eine bloße Bekanntschaft alle möglichen Unannehmlichkeiten auf sich zu nehmen. Er haßte Krankenhäuser, und doch war er bereit, an einem eiskalten Winterabend hinzufahren, nur weil ein Verletzter seinen Namen genannt hatte. Daß sie ihm das Problem mit Bess abnahm, war das mindeste, was sie tun konnte. Sie beugte sich über den Tisch und gab ihm einen flüchtigen Kuß auf die Wange.

»Dann lauf zu, Liebling; nimm ein Taxi, das geht schneller. Und sorge dich nicht. Jeden Tag werden Leute niedergeschlagen und werden wieder gesund. Ich werde Bess anrufen und mit ihr nachkommen.«

Er nahm seinen Mantel vom Haken und fuhr mit jener unnachahmlichen rollenden Schulterbewegung hinein, die keine Frau nachahmen kann, dann ging er zum Stand des Kassierers, um die Rechnung zu bezahlen, und hinaus. Barbara griff nach ihrer Handtasche und bereitete sich auf die unerfreuliche Aufgabe vor, einer Frau, die sie nicht sehr gut kannte, zu sagen, daß ihr Mann verletzt und womöglich dem Tode nahe im Krankenhaus lag.

Als sie die Telefonnummer nachschlug, kam ihr wie ein kleiner und ungebetener Eindringling der Gedanke in den Sinn, daß Jock Cannon sich erst heute über Verfolgung beklagt und Befürchtungen geäußert hatte. Ach, Unsinn, sagte sie sich mit Entschiedenheit. Du fängst an, wie eine Schreiberin von Detektivgeschichten zu denken. So etwas gibt es im wirklichen Leben nicht. Er ist auf dem Eis ausgerutscht, oder ein Autofahrer hat ihn angefahren und einfach liegen gelassen, oder ein Strolch hat ihm eines übergezogen, weil er an seine Brieftasche wollte... Es geht schon ohne diesen hysterischen Unsinn schlimm genug zu!

3

Vom East River blies jetzt ein eisiger Wind herüber, und die böigen Regenschauer hatten sich in Graupeln verwandelt. Die Treppenstufen vor dem Krankenhaus waren schlüpfrig, und Melford glitt aus, konnte mit knapper Not einen Sturz vermeiden und fragte sich mit einer Verwünschung, wie zum Henker er in diese Situation geraten war.

Er fand schließlich den Eingang zur Notaufnahme, erkundigte sich und vernahm, daß Mr. Cannon bereits auf eine der Stationen gebracht worden sei. Ein noch sehr junger Assistenzarzt geleitete ihn zum richtigen Aufzug, und Melford fragte ihn, um welche Art von Unfall es sich gehandelt habe.

»Soviel ich weiß, war es kein Unfall; ich hielt es anfangs für einen Herzanfall«, antwortete der Arzt. »Der Aufzug wird Sie zum siebenten Stock bringen, Mr. Melford.« Er trat einen Schritt zurück, die Tür des Lifts schloß sich, und Melford blieb mit der Frage, welche weiteren Komplikationen es gegeben hatte, allein.

Der Korridor lag in einem von der Nachtbeleuchtung spärlich erhellten Halbdunkel, und eine junge Krankenschwester erklärte ihm mit gedämpfter Stimme, daß sie ihn, wenn er Mr. Melford sei, gleich zu Mr. Cannon führen könne. Sie geleitete ihn durch den stillen Korridor, vorbei an geschlossenen Türen, zu einem Raum, durch dessen Türspalt heller Lichtschein drang.

Er sah sofort, daß Jock Cannons Bett ringsum abgeschirmt war. Sie hatten ihn unter ein Sauerstoffzelt gelegt. Er lag mit geschlossenen Augen in den Kissen, und Melford glaubte, er schlafe. Mit einem unbehaglichen Gefühl setzte er sich auf den einzigen, harten Stuhl neben dem Bett und überlegte, ob Bess rechtzeitig eintreffen werde, wie schlecht es Jock gehen mochte und ob dies alles wirklich nötig sei.

Cannon regte sich unruhig und öffnete die Augen, doch sein Blick wanderte unstet umher und schien Melford nicht wahrzunehmen. Er bewegte die Arme unter der klaren Folie des Sauerstoffzeltes und stieß undeutlich murmelnd hervor: »Nein, nein. Laßt mich gehen. Was wollt ihr von mir? Warum verfolgt ihr mich?«

Melford beugte sich näher. Ihm war die ganze Sache peinlich und unangenehm, aber er ergriff eine der Hände, die außerhalb des Sauerstoffzelts auf der Decke lagen und sagte: »Beruhigen Sie sich, Jock. Sie sind hier in guten Händen.«

»Melford – wo ist Melford?« murmelte Cannon. »Muß es ihm sagen! Jamie!«

»Ich bin hier, Jock«, sagte Melford mit erhobener Stimme.

Der unstet schweifende Blick kam für kurze Zeit auf ihm zur Ruhe, und Cannon sagte: »Dachte schon, Sie würden nicht mehr kommen. Sie haben mich! Jamie, ich sage Ihnen, sie haben mich. Ich sah das Messer im Herzen, spürte es! Verstehen Sie, daß es wichtig war, über das Buch zu sprechen? Sie müssen es zurückziehen.«

»Dummes Zeug, Mann!« erwiderte Melford in aufmunterndem Ton. »Sie haben mir das schon gesagt. Aber das macht nichts; Sie haben es vergessen, und darauf kommt es jetzt nicht an. Ruhen Sie sich jetzt aus, und sehen Sie zu, daß Sie wieder gesund werden. Ihre Frau wird gleich bei Ihnen sein.«

»Bess...« Wieder ging eine unruhige Bewegung durch den Liegenden, der um Atem zu ringen schien. Sein Gesicht verzog sich, wirkte blutunterlaufen und dunkel. »Sie tauften es – in meinem Namen... Fühlte das Messer, und dann... mein Herz! Mein Herz!«

Er fantasiert, dachte Melford bei sich. Denkt immer noch an diesen blödsinnigen Brief. Verdammte Bande von Übergeschnappten. Jock murmelte und stöhnte; eine Schwester kam herein, fühlte ihm den Puls und sagte leise: »Sie müssen bitte darauf achten, daß Sie ihn nicht aufregen, Mr. Melford; er ist sehr krank.«

Melford nickte und lehnte sich zurück. Die Schwester wandte sich zum Gehen. Plötzlich richtete sich Cannon unter Mühen auf, griff blindlings nach den Stützen des Sauerstoffzeltes. Es geriet ins Wanken; die Schwester eilte zurück und hielt es fest. Er schnappte nach Luft, sein zukkendes Gesicht lief beinahe purpurfarben an, während er sich an die Brust griff. Dann stieß er einen langen, gequälten Schrei aus.

»Nein! Nein! Das Messer... das Messer... der Dämon – laß mich loß! Laß mich...«

Die Schwester sagte in ihrem berufsmäßig munteren Tonfall: »Aber Mr. Cannon, niemand tut Ihnen etwas zuleide. Sie müssen jetzt still liegen, oder wir müssen Sie anschnallen.«

Aber Cannon hörte sie nicht; er schlug mit den Armen um sich, so daß das Sauerstoffzelt zu zerreißen drohte, und die Schwester drückte das Notrufsignal. Zwei weitere Schwestern eilten herbei, erfaßten die Lage mit einem Blick, und innerhalb weniger Minuten lag Cannon angeschnallt auf dem Rücken und kämpfte vergeblich gegen die breiten Gurte an, die ihn niederhielten. Ein Arzt kam herein, warf dem Patienten einen besorgten Blick zu und wandte sich zu Melford. »Wissen Sie nicht, daß Sie den Patienten nicht aufregen dürfen?«

Melford öffnete den Mund zu einer Entgegnung, aber die Schwester kam ihm zuvor. »Er sagte kaum ein Wort, Doktor; ich war hier. Mr. Cannon fing plötzlich an zu schreien und um sich zu schlagen.«

»Ich möchte ihm nicht noch mehr Beruhigungsmittel geben; es könnte sein, daß sein Herz das nicht aushält.« Er beugte sich stirnrunzelnd über den keuchenden Patienten und setzte ihm das Stethoskop auf die Brust. Nach längerem Abhorchen richtete er sich auf und sagte: »Konnten Sie seine Frau verständigen, Mr. Melford?«

»Meine Frau bringt sie her.«

»Sehr gut. Rufen Sie mich sofort, wenn irgendeine Veränderung eintritt, Schwester.« Er ging; die Schwester schrieb etwas auf das Krankenblatt, dann nahm sie auf einem anderen Stuhl bei der Tür Platz. Es wurde still im Raum. Nur das leise Zischen des Sauerstoffs und die keuchenden Laute des angestrengt atmenden Patienten waren zu hören. Melford wäre am liebsten hinausgegangen und hätte eine Zigarette geraucht, um sich zu beruhigen, wollte Jock aber für den Fall, daß er wieder nach ihm rufen oder das Bewußtsein erlangen sollte, nicht allein lassen.

Minuten verstrichen. Dann bewegte Cannon den Kopf von einer Seite zur anderen. »Jamie! Jamie!« murmelte er. »Ich kann Sie nicht sehen. Kommen Sie, bitte.«

Melford blickte unbehaglich zur Schwester hin. Sie nickte zurück und sagte leise: »Gehen Sie zu ihm. Versuchen Sie ihm Mut zu machen.«

»Ich bin hier, neben Ihnen, Jock. Bess wird gleich kommen. Barbara bringt sie her.«

»Das Buch... Sie dürfen nicht...«

»Sorgen Sie sich jetzt nicht darum, alter Freund. Ruhen Sie sich aus.«

»Verdammt noch mal«, keuchte Cannon, »hören Sie zu, Mann. Ich sterbe, das weiß ich. Sie haben mich... sie werden auch Sie kriegen. Ich versuchte, gegen eine Macht anzukämpfen, die größer ist, als ich es bin, gegen die niemand allein ankommt. Spüren Sie sie auf, Jamie, aber veröffentlichen Sie das Buch nicht, ehe sie alle weg sind.«

»Jock, Sie dürfen nicht sprechen und sich aufregen«, erwiderte Melford. »Versuchen Sie, sich zu entspannen.«

»Versprechen Sie mir, daß Sie ihnen das Handwerk legen werden! Verdammt, behandeln Sie mich nicht wie ein Kind. Vielleicht werde ich nicht mehr viel sagen können! Ich habe zuviel geschrieben ... Kapitel fünf ... Pater Mansell ... Houston Street. Die haben vielleicht auch Lucille auf dem Gewissen.«

Seine Augenlider zuckten, schlossen sich, öffneten sich wieder. »Versprechen Sie! Versprechen Sie es mir, Jamie. Lassen Sie nicht zu, daß diese Verfluchten auch noch andere umbringen.«

Hilflos und mit dem Gefühl, auf einen Verrückten eingehen zu müssen, sagte Jamie: »Natürlich verspreche ich es. Wenn Ihre Frau kommt, wird es Ihnen gleich besser gehen.«

Die Schwester sagte leise von der Tür her: »Mrs. Cannon ist da, Mr. Melford.«

Hinter ihr sagte die leise, ängstliche Stimme Bess Cannons: »Darf ich zu ihm, oder würde es ihm schaden, Schwester?«

»Ich glaube nicht, daß es in dieser Situation von Nachteil für ihn wäre, Mrs. Cannon. Gehen Sie nur zu ihm.«

Melford stand auf, wandte sich um, gab Bess wortlos die Hand und führte sie zum Bett.

»Jock, Lieber«, sagte sie leise.

Sein Blick ruhte auf ihr, er lächelte und lag still, und Melford zog sich dankbar zur Tür zurück.

Er hatte Bess Cannon kaum ein Dutzend Male gesehen und insgesamt wohl weniger als hundert Worte mit ihr gewechselt. Sie war eine sanfte kleine Frau, rundlich, pausbackig und schon über die Jugendjahre hinaus, eine Frau, deren wenig einprägsames Gesicht in der Erinnerung immer verschwommen blieb, friedlich und einfach. Nun sah sie müde aus und als hätte sie geweint, aber sie war sehr ruhig, und Melford war froh darüber; er war auf alles gefaßt gewesen.

Sie wandte den Kopf und sagte in freundlich gedämpftem Ton: »Glauben Sie nicht, Sie müßten gehen, Mr. Melford. Aber vielleicht könnten Sie den Anstaltspfarrer rufen... Ich habe mit dem Arzt gesprochen.«

Melford ging durch den Sinn, daß Cannon kein Katholik war, doch dann fiel ihm ein, daß Jock in seinem Delirium einen Pater Mansell erwähnt hatte. In Fällen ernster Erkrankung kam es nicht selten vor, daß die Menschen sich wieder auf den Glauben besannen, welchen sie in besseren Zeiten abgelegt hatten. »Selbstverständlich«, sagte er und ging leise hinaus zur Stationsschwester. »Mr. Cannon möchte Pater Mansell sprechen.«

Die Schwester sah ihn verwundert an. »Pater Mansell? Er möchte seinen eigenen Priester? Wir rufen ihn gern, wenn Sie uns die Nummer geben können, aber wenn er sehr krank ist, sollte ich vielleicht lieber unseren Hauskaplan rufen. Pater Masters würde sofort kommen; er könnte in sechs oder sieben Minuten hier sein. Das Pfarrhaus Unserer lieben Frau vom Vollkommenen Frieden ist nur einen Block entfernt.«

»Ja, ja, selbstverständlich.«

»Später kann Mrs. Cannon immer noch ihren Gemeindepfarrer rufen, wenn sie es wünscht. Ich werde den Pater sofort verständigen.« Sie nahm den Hörer auf, und Melford machte sich auf den Weg zurück zum Krankenzimmer. Barbara erschien in der Tür zum Wartezimmer und winkte ihn zu sich. »Wie geht es ihm, Jamie?«

»Nicht sehr gut, fürchte ich. Sie haben nach dem Geistlichen geschickt. Jock delirierte; sie mußten ihn im Bett angurten.« Es fiel ihm schwer, seine Gedanken von Jocks Worten zu lösen. Wahnsinn, gewiß, aber beängstigend zusammenhängend und logisch. War es wirklich möglich, daß ein Haufen Verrückter in diesem modernen Zeitalter mit ihren Hexenbeschwörungen und ähnlichem Unfug Menschen umbringen konnten? Selbst wenn man voraussetzte, daß diese sie fürchteten und halb an ihre Macht glaubten?

Nein. Bösartige Suggestion war möglich, ja; und für jeden, der einen Mitmenschen damit peinigte, war der Galgen zu gut. Aber das konnte nur ein böser Zufall sein und Jock Cannons Herzbeschwerden verschlimmern, sie aber nicht verursachen. Nein.

Wenn man das glaubte, wäre das Leben irrsinnig, chaotisch. Unmöglich.

»Müde, Barbara? Du kannst ein Taxi nehmen und heimfahren, wenn du möchtest. Ich bleibe einstweilen noch, falls...« Er ließ den Rest ungesagt. Bis zu diesem Augenblick hatte er nicht glauben können, daß Jock sterben würde.

»Geh lieber hinein und sieh zu, ob du Bess helfen kannst.«

Plötzlich zerriß ein Schrei die Stille der Krankenhauskorridore, ein gräßlicher, langgezogener Schrei. Melford stockte der Atem. Dann faßte er sich, murmelte: »Bess!« und eilte zur Tür des Krankenzimmers, doch als er eintrat, sah er, daß Bess still dastand und Jock, der den Kopf aufgerichtet hatte, bei der Hand hielt.

Das Gesicht des Kranken war zu einer Maske von Entsetzen, Qual und Angst verzerrt, die Augen quollen aus ihren Höhlen. »Teufel!« schrie er mit überschnappender Stimme. »Nein, nein, nicht meine Seele! Das Messer... das Messer... sie haben mich getötet! Sie werden mich umbringen! Ich sehe sie... das Messer... ah!«

Sein Kopf fiel auf das Kissen zurück. Der Arzt eilte hinzu, stieß Bess unsanft beiseite und beugte sich über das Bett. Dann richtete er sich auf – nicht mehr in Eile.

»Entschuldigen Sie, Mrs. Cannon«, sagte er leise. »Ich

nehme an, Sie werden dies erwartet haben. Sein Herz ... war er seit längerem krank?«

Sie starrte ihn verständnislos an, und während sie es tat, zerfloß ihr Gesicht langsam und gerann in einer anderen Form. Sie schluckte und brachte mühsam hervor: »Sind Sie verrückt, Doktor? Er war in seinem Leben nicht einen Tag krank. Vor zwei Wochen erst hatte er sich gründlich untersuchen lassen – für eine Versicherung, wie er sagte. Der Arzt erklärte ihm – ich war dabei und hörte es selbst –, daß er das Herz eines Dreißigjährigen habe. Ich – ich kann es einfach nicht glauben.«

Melford, dem die Empfindungen und Gedanken wirr durch den Sinn schossen, konnte es auch nicht. Kein Wunder, daß Jock kaum zugehört hatte, als er ihm eine ärztliche Untersuchung vorgeschlagen hatte. Er war wie betäubt. Wenn das Herz vor zwei Wochen noch vollkommen gesund gewesen war ...

Bess sagte: »Er hatte Angst. Doktor, gibt es eine Möglichkeit, daß andere ihm dies angetan haben können?«

»Nein. Nein, es war sein Herz, Mrs. Cannon«, sagte der Arzt, um einen besänftigenden Ton bemüht.

»Aber das kann nicht sein – sie haben ihn umgebracht!« rief Bess aus. »Er fürchtete sich. Immer wieder sagte er, sie würden ihn früher oder später umbringen ...«

Eine melodische Männerstimme fragte von der Tür: »Kann ich helfen?« Bess wandte sich um und sah einen älteren Mann mit dem Kragen eines katholischen Geistlichen, der eine kleine Tasche bei sich trug. Er stellte sie auf den Boden und wollte näher treten; Bess sagte benommen: »Er ist tot, Pater. Er starb – gerade vor einer Minute.«

Der Priester trat zum Bett und machte das Kreuzzeichen über dem Toten. Er murmelte leise auf lateinisch, drückte Cannon die Augen zu und zeichnete ihm das Kreuz auf die Stirn. Dann wandte er sich zu den anderen um. »Es tut mir sehr leid, Mrs. Cannon. Ich kam, sowie man mich rief.«

»Er war nicht katholisch«, sagte Bess in der tonlosen Sachlichkeit ihres Schocks. »Ich hatte immer gehofft... Pater, man hat ihn umgebracht – mit Schwarzer Magie! Sie haben Jock ermordet!« Ihre Stimme begann hoch und schrill anzusteigen, und der Priester trat schnell zu ihr und nahm sie beim Arm.

»Aber bitte, liebe Frau, Sie dürfen in der Gegenwart des Toten nicht solch blasphemische Reden führen«, sagte er mit einiger Strenge, und Bess kam schweratmend wieder zur Ruhe. Sie eilte an Jocks Seite. Er lag friedlich da, sein verzerrtes Gesicht hatte sich geglättet und im Tode entspannt, und nachdem sie es lange betrachtet hatte, bekreuzigte sie sich, legte eine Hand vor die Augen und wandte sich ab. Ihr Mund zuckte, aber sie sagte nichts und ließ sich vom Priester hinausführen.

Es war nach zwei, als Jamie und Barbara die Tür ihrer Wohnung in Greenwich Village aufsperrten. Sie hatten noch mit dem Arzt gesprochen und Bess beigestanden, als diese die notwendigen Papiere unterschrieben hatte, hatten sie mit einem Taxi nach Hause gefahren und von dort mit Jocks Schwester in Connecticut telefoniert.

Barbara hatte sich erbötig gemacht, bei ihr zu bleiben, aber Bess, mittlerweile ganz gefaßt, hatte davon nichts wissen wollen und gemeint, daß sie es allein in der Wohnung aushalten werden, bis Margaret, Jocks Schwester, mit dem nächsten Zug käme. Also hatten sie sich endlich von ihr verabschiedet und ein auf Fahrgastsuche durch die Straßen kreuzendes Taxi gefunden, das sie nach Haus gebracht hatte.

Als Barbara in der winzigen Diele ihren Mantel aufhängte, erschien ihr der ganze Abend alptraumhaft und unwirklich. Kaum hatte Jamie von Cannons Verfolgungswahn gesprochen, da war schon mit unglaublicher Schnelligkeit wie in einer übernatürlichen Verkettung der Anruf aus dem Krankenhaus gekommen. Und dann sein

Tod. Nicht, daß sie an Hexerei glaubte, aber das Ganze vermittelte ihr ein schauerliches Gefühl. Jamie sah grau und erschöpft aus, und sie nahm ihm sanft den Mantel aus der Hand und hängte ihn weg. »Möchtest du noch etwas trinken, bevor du zu Bett gehst, Liebling? Heiße Milch... irgendwas?«

»Ich werde auch so schlafen.« Jamie nahm ihren Arm, und sie gingen in das kleine Wohnzimmer, wo sie verdutzt stehenblieben. Barbaras momentane Verwirrung ging über in Gereiztheit. Das Doppelbett war aus dem Sofa herausgeklappt, und auf ihm lag unter einer leichten Häkeldecke eine schlafende Frau, von der nur eine Masse blonden Haares und der Halsteil eines blauen Flanellnachthemdes zu sehen war. Plötzlich richtete Dana Bekker sich auf und blinzelte die beiden an. Das diffuse Licht der Straßenbeleuchtung draußen legte einen schwach schimmernden Widerschein auf ihr Haar.

»Oh... Barbara. Entschuldigt, ich hatte geschlafen.« Sie schüttelte den Kopf, als müsse sie sich besinnen. Barbara, die gewaltsam eine verdrießliche Miene unterdrückte (Das hat gerade noch gefehlt!), sagte in einem Ton, von dem sie hoffte, daß er angemessen herzlich klinge: »Hallo, Dana. Ich hatte nicht erwartet, dich hier anzutreffen, sonst wären wir leiser hereingekommen.«

Dana zeigte ihr hübsches und Verzeihung heischendes Lächeln. »Um Gottes willen, mach dir deswegen keine Gedanken, Barbara! Woher hättest du es wissen sollen! Ich habe Mutter Melford gesagt, daß ich nur im Weg sein würde, aber sie wollte unbedingt, daß ich bleibe. Du weißt, wie ungern sie allein ist.«

Barbara wußte nichts dergleichen, und sie hatte ganz vergessen, wie sehr es sie verdroß, wenn Dana die alte Frau als Mutter bezeichnete, mochte es auch Mrs. Melfords Wunsch sein. Schließlich aber konnte sie eine Besucherin im Nachthemd nicht um zwei Uhr früh hinauswerfen. Sie sagte: »Nun, schlaf weiter, Dana. Es tut mir leid, daß wir dich gestört haben; wir werden uns bemühen, leise zu sein.«

Statt sich wieder hinzulegen, stand Dana auf. Das bescheidene Nachthemd, bis zum Hals zugeknöpft und mindestens fünf Nummern zu groß für sie (augenscheinlich eins von Mrs. Melford), verlieh ihr das kindliche Aussehen eines kleinen Mädchens in Mutters Kleidern. »Ihr seid so lange ausgeblieben, daß sie sich sorgte! Wart ihr in einen Unfall verwickelt?«

Jamie sagte: »Nein, aber ein Freund von uns erkrankte, und ich wurde zu ihm ins Krankenhaus gerufen, wo wir aufgehalten wurden; und dieses elende Winterwetter trug seinen Teil dazu bei, daß es so spät wurde.«

»Mein Gott, ja, was habe ich mir Sorgen gemacht«, sagte die alte Mrs. Melford von der Tür her. Ihre kaum mittelgroße, aber füllige Gestalt steckte in einem dicken, flauschigen rosa Morgenmantel, und ihr breites, aufgeregtes Gesicht war eingerahmt von aufgelösten grauen Haarflechten. »Warum hast du nicht angerufen, Jamie? Ich sah dich schon tot auf der Straße liegen; ich war drauf und dran, alle Krankenhäuser der Stadt anzurufen.«

»Nein, Mutter, es ist schon gut, es war bloß kein Telefon in der Nähe«, sagte Jamie etwas lahm, und Mrs. Melford schürzte die Lippen. »Und Barbara konnte auch nicht anrufen?«

»Ich mußte mich um die Frau des Erkrankten kümmern, Mutter«, sagte Barbara und ärgerte sich, daß sie sich in der Defensive fühlte. Sie kam sich wie eine grausame Schwiegertochter vor, die Verschwörungen anzettelte, um eine alte Dame in Aufregung und Sorgen zu halten.

Dana sagte mit großen Kinderaugen: »Ich hoffe, dem armen Mann geht es besser.«

»Nun, das hängt davon ab, wie man es sieht«, sagte Jamie kurz. »Er ist tot.«

»Jemand, den ich kenne?« fragte Mrs. Melford.

»Nein. Einer meiner Autoren«, sagte Jamie. »Und wenn

es dir nichts ausmacht, würde ich jetzt gern zu Bett gehen. Ich bin ziemlich müde und muß morgen arbeiten.«

»Ich hätte Dana nicht bitten sollen, daß sie bleibt«, sagte Mrs. Melford und seufzte. »Es hält dich nur auf, läßt dich nicht einschlafen, ist dir lästig...«

»Ach, Mutter«, erwiderte Barbara ungeduldig, »niemand hat etwas dagegen, wenn du Gäste hast, das weißt du. Dana ist willkommen und kann bleiben, solange sie will. Wir werden morgen früh gastfreundlich sein, wenn wir nicht so müde sind, das ist alles.« Sie ging ins Schlafzimmer, biß sich auf die Lippen und schloß die Tür in dem Wissen, daß sie wieder die Geduld verloren hatte und daß Jamie die Sache als eine mutige Anstrengung seiner Mutter betrachtete, sich angesichts der schlechten Laune seiner Frau mit Freundlichkeit zu behaupten. Sie tut es jedesmal, dachte Barbara. Dann, als sie sich das Haar kämmte, kam ihr der Gedanke: Wenn ich nicht achtgebe, werde ich noch einen Verfolgungswahn entwickeln, wie der arme Jock ihn hatte, und sie mußte ein wenig kläglich lächeln.

Ihr Schlaf war unruhig, ihre Träume durchzogen von Bess Cannons tragisch starrer Trauermaske und dem wilden Aufschrei ihrer Anklage, und einmal, als sie aus dem Schlaf aufschrak, hörte sie Jamie unzusammenhängendes Zeug murmeln und wußte, daß auch er mit Alpträumen zu kämpfen hatte. Sie erwachte spät, unwillig, sich einem kalten, elenden grauen Tag zu stellen, ganz zu schweigen von Danas Gegenwart am Frühstückstisch, wo sie fröhlich aus einem geborgten, zu weiten Morgenmantel herauslächeln würde. Mrs. Melford, die das Frühaufstehen zur Tugend erhoben hatte, hatte die Verfügungsgewalt über die elektrische Kaffeemaschine, was Barbara zum hundertstenmal zu der lieblosen Betrachtung anregte, daß ebendies sie daran hinderte, allein zu zweit mit Jamie zu frühstücken, woraufhin sie sich reuig ermahnte, daß man von der alten Frau schließlich nicht erwarten könne, daß sie mit ihren lebenslangen Gewohnheiten breche und nur zu ihrer, Barbaras Bequemlichkeit, länger schlafe.

Sie ließ sich eine Tasse Kaffee eingießen und bat Dana um die Zuckerschale, um mühsame Bekundungen der Gastfreundschaft durch nüchterne Selbstverständlichkeit zu überspielen. Jamie kam verdrießlich und übernächtig herein, einen kleinen Schnitt vom Rasieren auf der rechten Wange.

Mrs. Melford gab ihm seinen Kaffee und beugte sich über seine Stuhllehne, um ihn auf die Stirn zu küssen. »Du hast mir gar nicht erzählt, was gestern mit dem armen Mann geschehen ist, Jamie.«

»Da gibt es nichts zu erzählen. Er starb an einem Herzanfall. Aber es könnte die Verhandlungen um sein nächstes Buch schwierig machen, weil der Vertrag noch nicht unterzeichnet ist. Aber ich glaube mich zu erinnern, daß er und seine Frau in Gütergemeinschaft lebten, also wäre es vielleicht am besten und rein juristisch am günstigsten, wenn ich Bess dazu bewegen könnte, den Vertrag gleich zu unterschreiben. Sie wird den Vorschuß gebrauchen können. Allerdings ein makabrer Gedanke, daß er für Jocks Begräbnis ausgegeben werden muß.«

»Ist es jemand, dessen Bücher ich gelesen habe, Jamie?«

»John Cannon. Er schreibt – schrieb, sollte ich wohl sagen – populär aufbereitete Sachbücher über Zauberei, Hexenkunst und dergleichen.«

Mrs. Melford sagte mit einem Schaudern: »Wie ungesund! Solch krankhaftes Zeug! Warum mußt du solche Dinge veröffentlichen, Jamie?«

Er seufzte. »Weil sie sich gut verkaufen. Röste mir noch eine Scheibe Toast, Barbara, sei so gut. Heute werde ich mit einer höllischen Verspätung ins Büro kommen.«

Dana saß über ihre Kaffeetasse gebeugt, als wolle sie, wie Barbara unfreundlich dachte, sich darüber in Trance versetzen. Warum, fragte sie sich, konnte Dana in einem alten, vier Nummern zu großen Morgenmantel verführerischer aussehen, als sie es in einem eng anliegenden Kleid und sorgfältigem Make-up tun würde? Es wäre nicht schwierig, sie abzuwehren, wenn sie sich in Jamies Gegenwart verführerisch zurechtmachen würde: das wäre offensichtlich, und man könnte darüber lachen. Aber so... es schien ihr selbst paranoid, daß sie es unter diesem Blickwinkel sah.

Das Telefon läutete, und Dana zuckte zusammen, schien aus ihrer Trance aufzuschrecken. »Ist es für dich, Dana?« fragte Barbara. »Erwartest du einen Anruf?«

»Wie? O nein, ich – nein, nicht, daß ich wüßte«, sagte sie, hob den Kopf und zeigte eine klare, ruhige Stirn. Es läutete wieder, und sie sagte klagend: »Möchtest du, daß ich für dich abnehme, Jamie?«

»Ich gehe schon.« Barbara stand auf und beugte sich über die Anrichte, um nach dem Hörer zu greifen. »Hier Melford.«

»Mrs. Melford? Ist Ihr Mann da? Können Sie ihn bitte rufen? Hier Wayne«, sagte die junge Stimme am anderen Ende, und Barbara winkte Jamie und reichte ihm den Hörer. »Ärger im Büro, wie es scheint.«

Jamie lauschte eine kleine Weile stirnrunzelnd, dann sagte er ungläubig: »Was? Das kann doch nicht... Ich komme gleich«, sagte er und sprang auf. Schon im Begriff aufzulegen, rief er in den Hörer: »Haben Sie die Polizei verständigt? Nein? Warum nicht, zum Teufel?« Damit legte er auf und lief hinaus, um sich anzuziehen.

»Was gibt es, Jamie?« rief Barbara ihm nach.

»Heute nacht ist bei uns eingebrochen worden«, erwiderte Jamie, fuhr in die Jacke und kam zurück, um seinen heißen Kaffee in zwei Schlucken auszutrinken. »Und nur ein Ding scheint zu fehlen.«

Und ehe Barbara die nächsten Worte hörte, wußte sie, wie sie lauten würden. Als er sie aussprach, schien es wie ein Echo in ihren Ohren: »Jocks Manuskript.«

4

Die Büros des Verlages waren nicht allzu geräumig, und die Anwesenheit von zwei stämmigen uniformierten Polizisten beengte Jamie in seinem Büro auf das äußerste. Im Vorzimmer war das Bücherregal umgeworfen, und Jamies Sekretärin blickt auf die am Boden verstreuten Taschenbücher. Offensichtlich juckte es sie in den Fingern, sie aufzuheben, aber die Polizisten hatten sie gebeten, alles unberührt zu lassen, bis sie ihre Ermittlung beendet hätten.

Jamie sah das Material auf seinem Schreibtisch durch und blickte zu seinen Besuchern auf. »Nein. Sonst scheint nichts zu fehlen: bloß dieses eine Manuskript.«

»Der Wert?«

»Das ist schwierig zu beantworten. Wir hatten die Absicht, Cannon dreitausend für die Taschenbuchrechte zu zahlen, was bedeutet, daß die Erben mindestens diesen Betrag verloren haben, sofern sich nicht irgendwo in seinem Haus ein zweiter Durchschlag findet. Wir hatten natürlich gehofft, sehr viel mehr damit zu verdienen; im allgemeinen lassen wir von Cannons Büchern eine Erstauflage von fünfundsiebzigtausend drucken, bei einem Ladenverkaufspreis von fünfundsiebzig Cents. Sie können daraus ersehen, daß es ein ziemlich wertvoller Besitz war.« Während er diese Erläuterungen gab, waren seine Gedanken schon anderswo. Bei den mutmaßlichen Zusammenhängen.

Sie hatten sich nicht mit leeren Drohungen begnügt, sondern ernst gemacht. Sie – wer immer die Leute waren, die versucht hatten, Jock zu Tode zu ängstigen – waren offensichtlich entschlossen, die Veröffentlichung dieses Buches um jeden Preis zu verhindern.

»Fällt Ihnen jemand ein, der einen besonderen Groll gegen Sie hegen könnte, Mr. Melford?« fragte der jüngere Polizist. Er war dunkelhaarig und schmal, der andere breitschultrig und groß.

»Einen Groll? Ach so.« Jamie schaute auf die zerschlitzte Schreibunterlage auf seinem Schreibtisch, das zerrissene Foto von Barbara, die zerschlagene Schreibgarnitur und die abgerissenen und verstreuten Kalenderblätter. »Ich verstehe. Die Schreibgarnitur ist keine zehn Dollar wert, aber die Vorstellung, daß jemand seine Wut daran auslassen würde... nein, ich wüßte wirklich niemanden. Das heißt, ich will nicht behaupten, daß alle mich lieben, schon gar nicht Autoren, deren Manuskripte ich ablehnen muß, aber die meisten Leute nehmen solche Zurückweisungen sehr professionell hin.« Er nagte an seiner Unterlippe und überlegte, ob die Polizisten ihn für verrückt halten würden, wenn er ihnen sagte, was er dachte.

»Können Sie sich mit dem Autor in Verbindung setzen, Mr. Melford?«

Jamie schüttelte den Kopf. »Nicht ohne ein Medium. Er starb gestern abend. Ich war zugegen.«

Die beiden spitzten sichtlich die Ohren. Der Dunkle sagte: »Gestern abend? Haben Sie Gründe, an ein Verbrechen zu glauben, Mr. Melford?«

»Selbstverständlich nicht«, sagte er gereizt. »Er starb an einem Herzanfall, im Städtischen Krankenhaus, in Anwesenheit eines Arztes und einer Krankenschwester sowie seiner Frau und mir. Aber es ist eine böse Koinzidenz, und ich denke, daß der Groll John Cannon gegolten haben könnte.«

»Können Sie das näher erklären?« fragte der Dunkelhaarige und schrieb mit seinem Kugelschreiber etwas in sein Notizbuch.

»Er lebte in letzter Zeit in Furcht vor Verfolgung«, sagte Jamie zögernd, auf richtige Wortwahl bedacht, »weil irgendwelche... Verrückten ihn mit Anrufen verfolgt und gedrängt hatten, daß er dieses Buch zurückziehen solle. Sie spielten ihm ein paar böse Streiche und drohten ihm schlimme Folgen an, falls er an der Veröffentlichung festhalten würde.«

»Hört sich nach mehr als grobem Unfug an«, sagte der Polizist und schrieb wieder.

»Übrigens bekam auch ich einen dieser Anrufe«, sagte Jamie. »Gestern.«

»Drohungen? Stieß der Anrufer Drohungen gegen Sie aus?«

»Das kann man wohl sagen«, sagte Jamie.

»Das ist ja eine eigenartige Sache«, sagte der Polizist. »Von welcher Art waren die Drohungen, Mr. Melford? Was sagte er?«

»Ich gebrauche diese Art von Sprache nicht«, sagte Jamie mit einem Blick zu seiner Sekretärin, die ganz Ohr war, »aber insgesamt drohte er mir mit den obszönsten Ausdrücken alle denkbaren körperlichen Übel an und gab mir zu verstehen, daß ich nicht in der Lage sein würde, äh – eine Familie zu haben.«

Die Lippen des Polizisten zuckten entweder vor Abscheu oder in nervöser Verlegenheit, und bevor er den Kugelschreiber ansetzte, sagte er: »Dann schreibe ich ›Androhung von Körperverletzung, Kastration‹. Wird das reichen?«

»Das kommt so ungefähr hin«, meinte Jamie.

»Nun, wissen Sie, ob der verstorbene Autor Familie hatte?«

»Nur seine Frau. Sie hatten keine Kinder«, sagte Jamie. »Seine Frau kann diese Drangsalierungen bestätigen. Soviel ich weiß, hat man ihr tote Tiere und ähnliches Zeug vor die Haustür geworfen.« Er preßte die Lippen zusammen und dachte: Verdammt, ich muß Bess' Manuskriptkopie besorgen – sie sagte einmal, daß Jock immer drei Durchschläge mache – und herausfinden, was genau drin steht, daß diese Verrückten es so mit der Angst zu tun bekommen. Und dann, verdammt noch mal, fuhr er in Gedanken aufgeregt fort, muß ich sehen, wie wir das publizistisch auswerten können. Wenn das ein Buch ist, dessen Erscheinen jemand – und sei es eine Bande von Psychopathen – um jeden Preis zu verhindern sucht, dann ließe sich auf eben diesem Umstand eine wirkungsvolle Werbekampagne aufbauen!

Er schämte sich etwas über den Gedanken, der ihm als nächstes durch den Sinn ging: Angenommen, sie hätten Jock tatsächlich ermordet, das wäre erst ein Hammer...

Hol's der Teufel, ich würde gern darauf verzichten, wenn dafür der arme Jock jetzt in dieses Büro marschieren könnte.

Er unterzeichnete eine Strafanzeige gegen Unbekannt wegen Einbruchdiebstahls, Beleidigung, Erpressung und angedrohter Körperverletzung. »Ich gehe davon aus, daß dies alles zusammenhängt«, erklärte der Polizist. »Aus diesem Grunde möchte ich mit Mrs. Cannon sprechen, obwohl ich mir denken kann, daß sie so kurz nach dem Tod ihres Mannes nicht in der Stimmung sein wird, Auskünfte zu geben. Vielleicht können Sie uns dabei vermittelnd unterstützen. Jedenfalls werden wir mit Ihnen in Verbindung bleiben, Mr. Melford.«

»Kann ich hier aufräumen lassen?«

»Selbstverständlich, wir sind fertig«, sagte der zweite Polizist, und als die beiden gegangen waren, ließ Jamie seine Sekretärin aufräumen. Er selbst kehrte an den Schreibtisch zurück, legte die Arme auf die ruinierte Schreibunterlage und machte ein finsteres Gesicht. Er mußte die dritte Manuskriptkopie besorgen und sofort im Bürosafe verschließen, denn es war nicht auszuschließen, daß auch die unbekannten Verfolger von ihrer Existenz wußten und versuchen würden, sie in ihren Besitz zu bringen. Dann mußte er eine Pressenotiz an die Zeitungen geben und den Verleger konsultieren, einen gewissen Andrew Burns, der sich sonst nicht allzu aktiv mit den Tagesgeschäften befaßte, aber seine Zustimmung zur Auswertung dieser Geschehnisse in der Verlagswerbung geben mußte. Eine Schwierigkeit war, daß er Bess Cannon nicht gut vor der Beerdigung wegen der Manuskriptkopie bedrängen konnte ... aber da kam ihm ein Gedanke. Durch den Summer der Sprechanlage rief er seine Sekretärin, die von den am Boden verstreuten Büchern aufsprang, und sagte: »Lassen Sie das Zeug liegen, und stellen Sie mir die Merritt-Conners-Agentur durch. Ich möchte jemand sprechen, der über die Cannon-Titel im Bilde ist.«

Einige Minuten später hatte er Roy Merrit am Apparat und kam, nachdem man sich der beiderseitigen Trauer über Jocks frühzeitigen Tod versichert hatte, gleich zur Sache: »Sie haben nicht zufällig eine Fotokopie von Cannons letztem Manuskript machen lassen?«

Roy Merritt lachte argwöhnisch. »Es ist gut, daß ich ein ethisch denkender Mann bin, Melford; es könnte sein, daß Jocks Zeug nach seinem Tode groß in Mode kommen wird. Schon heute früh rief mich jemand an – Sie wissen, daß die Meldung von Jocks plötzlichem Tod in der Zeitung steht, nur als Kurznotiz auf Seite zwölf – und dieser Jemand deutete an, daß für dieses neueste Manuskript vielleicht ein besseres Angebot kommen würde, als wir es von Ihnen haben, und daß ich es noch ein paar Wochen zurückhalten solle.«

»Verstehe.« Jamie dachte bei sich, daß er damit hätte rechnen müssen. »Nun, Sie brauchen den Atem nicht anzuhalten. Ich glaube, ich weiß, wer dahintersteckt. Jemand rief mich an und versuchte mir beizubringen, daß ich auf die Veröffentlichung verzichten solle.«

Merritt hörte sich schweigend seine Geschichte an, dann sagte er: »Ist Ihnen jemals aufgefallen, daß Jock in letzter Zeit ein bißchen nachgelassen hatte, daß er alt wurde?«

»Offen gestanden, nein«, antwortete Melford gereizt. »Das letzte Buch ist nicht schlechter als die anderen.«

»Bloß scheint er angefangen zu haben, selbst daran zu glauben«, sagte Merritt. »Natürlich darf man nie vergessen, daß Jock ein schlauer Bursche war. Früher hatte er als Pressechef gearbeitet, wußten Sie das? Ich hätte ihm zugetraut, daß er versuchen würde, durch eine Masche wie diese das Interesse der Öffentlichkeit auf sein Buch zu lenken. Ist Ihnen der Gedanke auch schon gekommen?«

Er war es nicht, und nach einem Augenblick der Verblüffung ließ Jamie die Idee fallen und entgegnete trocken: »Sicherlich ist er nach seinem Tode nicht in dieses Büro eingebrochen, oder? Es sei denn, hier geht wirklich etwas Übernatürliches vor.«

»Cannon war ein guter Kerl, Gott gebe ihm die ewige Ruhe; er hätte es für eine harmlose Reklamemasche halten können. Aber Sie wollen sagen, daß diese Leute, wer immer sie sind, auch hinter meiner Kopie her sein könnten?«

»Ich weiß es nicht«, sagte Jamie. »Ich wünschte, ich wüßte es. Aber ich an Ihrer Stelle würde die Manuskriptkopie in den Bürosafe stecken, Merritt, nur für den Fall, daß Bess Cannon ihre Kopie einbüßt. Was hier vorgeht, ist verdammt eigenartig, und lieber lasse ich mir nachsagen, ich sei ein alter Pedant, als daß ich diesen Schweinekerlen die Befriedigung verschaffe, den Druck dieses Buches verhindert zu haben.«

»He, he«, sagte Merritt. »Sie nehmen die Sache wirklich ernst?«

»Und ob ich sie ernst nehme!«

»Sie glauben doch nicht – großer Gott, Sie glauben doch nicht, jemand hat Jock umgebracht?«

»Glaube ich nicht«, sagte Jamie durch die Zähne. »Nicht direkt. Aber es könnte sein, daß sie ihn zu Tode geängstigt haben, und in Anbetracht dessen, daß er zuletzt daran zu glauben schien, halte ich das für durchaus möglich. Leuten, die sich solch schmutzigen Psychoterror ausdenken und ihn mit der Überzeugung, daß sie andere damit zerstören können, anwenden, muß das Handwerk gelegt werden.«

»Das ist wohl richtig«, sagte Merritt zögernd. »Es wäre schlimm genug, andere in dieser Art und Weise zu ängstigen, auch wenn man selbst nicht daran glaubt. Aber wenn es so ist, wie Sie sagen, und diese Leute an ihre Macht glauben, dann ist der Galgen noch zu gut für sie!«

Als Merritt aufgelegt hatte, lehnte Jamie sich zurück, die Hände hinter dem Kopf verschränkt, und versuchte, sich wieder auf Cannons verwirrte letzte Worte zu besinnen. Kapitel fünf. Er nahm sich vor, dieses Kapitel mit besonderer Sorgfalt zu lesen. Und dann hatte er einen Pater Mansell erwähnt. Jamie zog das Telefonbuch von Manhattan hervor und ging den Buchstaben M durch.

Es gab sieben Mansells, von Anthony J. bis Roberta, M. D. Dann schlug er in den Gelben Seiten unter Geistliche, katholisch nach, fand aber keinen Mansell aufgeführt. Aber nicht alle Geistlichen hatten eine separate Eintragung in den Gelben Seiten, und dieser Mansell mochte als Hilfsgeistlicher in einem Pfarrhaus sein – oder ein Priester der orthodoxen oder Episkopatskirche – und keine eigene Eintragung haben. Nach kurzem Zögern wählte Jamie die Nummer eines Priesters, mit dem er einmal zu tun gehabt hatte, als der Verlag eines seiner seltenen religiösen Bücher herausgebracht hatte.

Obschon überrascht, zeigte sich Pater Cassidy erfreut, wieder von Melford zu hören, und fragte, ob er etwas für ihn tun könne.

»Eigentlich handelt es sich nur um eine technische Auskunft. Ist ein Geistlicher immer in den Gelben Seiten als Priester aufgeführt?«

»Nein, keineswegs, es sei denn, er legt Wert darauf. Warum? Überprüfen Sie etwas für einen Roman?«

»Nein; ich versuche den Freund eines Freundes ausfindig zu machen«, antwortete Jamie. »Wissen Sie, ob es in der Diözese einen Pater Mansell gibt?«

»Mansell.« Der Priester wiederholte den Namen langsam, dann kam eine gewisse Schärfe in seine Stimme, und er fragte zurück: »Was veranlaßt Sie zu Ihrer Frage?«

»Wie ich sagte, es handelt sich um den Freund eines Freundes. Ein Freund von mir ist gestorben und bat mich,

Pater Mansell zu verständigen.« Das kam der Wahrheit nahe genug.

»Ich verstehe. Es gab einen Pater Mansell, unten im Pfarrhaus von St. Barbara. Er ist nicht mehr dort.«

»Mansell ist kein alltäglicher Name, aber – sagen Sie bloß nicht, er ist auch tot?« Sollten alle Fährten in Sackgassen enden?

»Eigentlich nicht«, sagte Pater Cassidy. »Tatsächlich ist es ein ziemlich kitzliger Fall; Pater Mansell verließ die Kirche vor einiger Zeit. Ich weiß nicht, wo er sich jetzt aufhält.«

Jamie überlief ein Frösteln; aus einem von Cannons früheren Büchern erinnerte er sich, daß ein der Priesterwürde entkleideter Geistlicher ein Hauptakteur bei der Schwarzen Messe war. Er ermahnte sich, seiner Fantasie Zügel anzulegen, konnte sich aber nicht enthalten zu fragen: »Dann ist dieser Mann ein aus der Kirche ausgestoßener Geistlicher?«

»Heutzutage ziehen wir es vor, zu sagen, daß er in den Laienstand versetzt wurde«, antwortete Cassidy mit einem Unterton von Widerwillen. »Das bedeutet, daß es ihm verboten ist, die Heiligen Sakramente zu spenden.«

»Dann ist er nicht mehr Priester?«

»Ein Priester ist immer ein Priester. Aber man könnte sagen, er wurde exkommuniziert. Aber ich möchte mich nicht der Verbreitung von Klatsch schuldig machen: er war der Freund Ihres Freundes? War dieser katholisch?«

»Nein«, sagte Jamie, »ein Schriftsteller. Ich vermute, daß dieser Mansell ihm bei irgendwelchen Untersuchungen oder Materialbeschaffung geholfen hat.«

»Und nun möchten Sie ihn vom Tode Ihres Freundes verständigen? Ich weiß nicht, ob er noch in der Stadt ist«, sagte Pater Cassidy, »aber es kann nicht schaden... sein Vorname war Walter, wie ich mich erinnere. Ich kannte ihn nur flüchtig.«

Aber nachdem Jamie wieder aufgelegt hatte und überlegte, was er mit dieser Information anfangen solle – im Telefonbuch von Manhattan gab es keinen Walter Mansell –, läutete sein Telefon und er hörte die Stimme, die zu hören er diesen ganzen Morgen halb erwartet und halb gefürchtet hatte. »Mr. Melford? Es tut mir leid, Sie zu stören, nachdem Sie so freundlich gewesen sind. Hier spricht Bess Cannon...«

»Sie stören nicht. Was kann ich für Sie tun?«

Die Stimme war hoch, schrill und verängstigt. »Sie haben mit mir angefangen! Ach Gott, das Telefon läutete, und sie sagten... sie sagten... sie hätten Jock umgebracht, und nun sei... sei ich an der Reihe.«

Er schüttelte ungläubig den Kopf, während der Zorn in ihm aufstieg. »Haben Sie ihnen gesagt, daß Sie das Manuskript nicht mehr haben, daß es in meinem Besitz sei?«

»Ich... sie wußten alles...« Die Stimme am anderen Ende stockte, brach plötzlich in Schluchzen aus. »Sie sagten, sie hätten Ihre Kopie, und nun wollten sie meine. Ich soll sie heute abend vor meine Tür legen und nicht hinausschauen, den Vertrag auf keinen Fall unterschreiben...«

Jetzt setzte Jamie seinen Zorn in die Tat um. Er klemmte sich das Telefon zwischen Schulter und Unterkiefer und griff nach seinem Scheckbuch. »Ich spreche ungern über geschäftliche Dinge, solange Jock noch nicht einmal unter der Erde ist, aber so darf es nicht weitergehen, Bess. Ich fahre gleich zu Ihnen und bringe einen Vertrag mit. Den können Sie unterschreiben und mir alle Manuskriptkopien überlassen, die Sie haben.«

»Fürchten Sie nicht...?« quäkte Bess.

»Ich fürchte diese... diese Verrückten sowenig wie den Wind, der draußen bläst«, sagte Jamie und hoffte, daß das überzeugender klang, als er sich fühlte. »Halten Sie die Stellung, bis ich komme, Bess, und legen Sie alle Kopien für mich bereit. Sollten Sie eine als Erinnerungsstück behalten wollen, werde ich dafür sorgen, daß Sie sie zurückbekommen, sobald das Buch in Druck gegangen ist. Aber einstweilen werde ich das Material an mich nehmen. Sollen diese Leute zu mir kommen, ich werde ihnen schon Bescheid geben!«

Er legte wieder auf – plötzlich kam es ihm vor, als hätte er den ganzen Vormittag am Telefon verbracht – und wies seine Sekretärin an, einen Standardvertrag für Jocks letztes Buch auszuschreiben. Den ausgefüllten Vordruck in der Hand, eilte er wenig später aus dem Büro, hörte wieder das Telefon läuten und merkte erst, nachdem er außer Hörweite war, daß er an diesem Tag bei jedem Läuten halb unbewußt die höhnische, sadistische Stimme des Anrufers vom Vortag zu hören erwartet hatte.

Die Aussicht, mit der frisch verwitweten Bess Cannon zu sprechen und noch dazu geschäftliche Vereinbarungen zu treffen, erfüllte ihn keineswegs mit Vorfreude, um so weniger als man ihm später den Vorwurf machen könnte, er habe eine arme, vom Schmerz über den plötzlichen Tod ihres Mannes überwältigte Frau kaltblütig übers Ohr gehauen, aber dies durfte so nicht weitergehen. Es gab Gesetze gegen solcherlei Belästigungen und Drohungen, nur waren sie schwierig durchzusetzen – eine Bekannte hatte vier Monate lang unter obszönen Anrufen gelitten und schließlich den Telefonanschluß abgemeldet –, und es war besser, wenn die Manuskriptkopie nicht in Bess' Händen blieb. Mich abzuschrecken, dachte er entschlossen, wird die Bande schwere Mühe kosten.

Ein paar Stunden später, als die Eiseskälte des Dezemberabends sich auf die Stadt herabsenkte, verließ er die Wohnung der Cannons. Zwei Pappschachteln, die ursprünglich Schreibmaschinenpapier enthalten hatten und in denen nun zwei Kopien des Manuskripts verwahrt waren, steckten unter seinem Arm. Er fühlte sich erschöpft und bedrückt; Bess Cannon hatte so verweint ausgesehen, so abgehärmt und aufgerieben und war doch so tapfer und still gewesen. Er wünschte sich ein Glas Hochprozentiges zum Aufwärmen, ein gutes Abendessen und dann die Nervenstärke, diese ganze unerfreuliche Geschichte erst einmal für längere Zeit vergessen zu können. Und doch war zumindest an letzteres nicht zu denken; im Gegenteil, als erstes mußte er das Manuskript noch einmal durchlesen, diesmal gründlicher. Das erstemal hatte er es als Lektor und im Hinblick auf die Erwartungen des Leserpublikums gelesen. Diesmal kam es ihm auf den Stoff selbst an; er war nicht bloß neugierig, er mußte wissen, was darin so brisant war, daß es Leute gab – mochten sie auch Verrückte sein –, die deswegen den Autor, seine Frau und den Verleger derart brutal und hinterhältig verfolgten. Und Jock Cannon hatte ihn, ehe er kurz vor seinem Tod ins Delirium gesunken war, auf Kapitel fünf hingewiesen. Diesem Kapitel mußte demnach eine Schlüsselrolle zukommen.

Jamie nahm sich vor, Kapitel fünf eingehend und kritisch zu studieren.

Jetzt aber war er zu müde, um damit anzufangen. Eine nahezu schlaflose Nacht lag hinter ihm, dazu der Streß dieses unangenehmen Tages. Wenn das so weitergeht, dachte er nervös, werde ich selbst noch glauben, daß Jock starb, weil sie ihn bedrohten – oder sogar, daß sie ihn mit ihrem Hokuspokus umbrachten. Bess glaubt es schon jetzt.

Er entsann sich, wie ihre Hand bei der Unterzeichnung des Vertrags gezittert hatte, verdrängte die Erinnerung aber mit dem Bewußtsein, daß er nunmehr der gesetzliche Eigentümer des Manuskripts war – oder wenn nicht er, so doch der Verlag.

In der Diele seiner Wohnung war es warm und einladend, aus der Küche drang einladender Duft, und auf der Wohnzimmercouch lag Barbara zusammengerollt unter einer Häkeldecke.

Sie sprang auf, um ihn mit einem Kuß zu begrüßen. »Nein, ich bin nicht krank oder was; ich fühlte mich heute morgen bloß so übermüdet und matt, daß ich nur für ein paar Stunden ins Atelier ging und die Termine für heute nachmittag absagte. Mutter sagte, sie würde das Abendessen machen und ich solle mich ausruhen.« Sie erhob sich auf die Zehenspitzen und flüsterte ihm ins Ohr: »Dana ist noch hier.«

»Oh, nun...«

»Es macht mir wirklich nichts aus«, sagte Barbara lustig. »Ich glaube, Mutter fühlt sich einsam. Oder sie möchte Dana an jemand verheiraten. Gibt es in deinem Verlag nette Junggesellen, Jamie?«

»Nicht älter als zwanzig Jahre«, sagte er lächelnd und legte die Schachteln mit dem Manuskript auf die Anrichte. Hier waren sie wenigstens sicher. »Richtig, da haben wir Brandon, der mit seiner Frau in Scheidung lebt. Aber glaubst du, Dana würde gern zwei fünfzehnjährige Zwillinge als Stieftöchter haben?«

»Nicht so laut!« quietschte Barbara, an ihn geschmiegt. »Sie wird dich hören.« Dann wurde sie wieder sachlich: »Jamie, hattest du heute früh nicht auch das Gefühl, daß Dana auf das Läuten des Telefons wartete?«

»Eigentlich nicht. Aber ich wartete selbst darauf. Ich glaube, ich erwartete neuen Verdruß. Wir scheinen es mit Psychopathen zu tun zu haben, Barbara, aber tue mir einen Gefallen und laß uns jetzt nicht davon sprechen. Die Sache wollte mir den ganzen Tag nicht aus dem Kopf, und nun liegt das Manuskript hier...«, er zeigte zu den zwei Schachteln auf der Anrichte, »... und da kann es bleiben, bis ich einen Aufwärmer getrunken, zu Abend gegessen und trockene Füße habe. Was ist los mit dir, Frau? Wo bleiben Pfeife und Filzpantoffeln?«

Barbara wandte sich lachend ab. »Würdest du an ihrer Statt mit Scotch vorliebnehmen?«

Das Abendessen war eine herzhafte Mahlzeit, eine zu dem eisigen Wetter vorzüglich passende zarte, wohlduftende und kräftige Hammelkeule, und Jamie spürte, wie seine Nerven sich allmählich beruhigten, als er den

Frauen zuhörte, wie sie friedlich über Kräuter und Gewürze plauderten. Sogar seine Mutter war zu Barbara freundlicher als sonst und erklärte, sie habe eigentlich gehofft, ihr mehr über die Verwendung von Kräutern beizubringen.

»Ich wünschte, ich wüßte mehr darüber«, sagte Barbara, »aber meine Küche ist einfach. Ich weiß, Mutter, sie kommt an die deine nicht heran, aber sehen wir die Dinge, wie sie sind: was kannst du mit einem gegrillten Steak Besseres tun als schwarzen Pfeffer darauf streuen? Kräuter und feine Soßen sind für verfeinerte Speisen, und so weit bin ich mit meiner Küche noch nicht.«

»Die Lehre von den Kräutern ist sehr alt«, sagte Dana. »Mich hat sie immer fasziniert, obwohl ich nicht viel koche. Mutter Melford hat mich alles gelehrt, was ich weiß.«

»Sicherlich wird eines Tages jemand davon seinen Nutzen haben«, meinte Jamie jovial. »Für eine Frau, die gut kocht, ist jeder zu haben. Dieses Hammelfleisch ist ein Gedicht, Mama«, fügte er pflichtbewußt hinzu.

»Und du wirst heute abend im Wohnzimmer über niemanden stolpern«, sagte seine Mutter. »Ich habe die Couch in meinem Zimmer für Dana hergerichtet. Es macht euch doch nichts aus, wenn sie hierbleibt, solange sie auf Wohnungssuche ist, nicht wahr?«

»Ach, Mutter Melford«, sagte Dana hilflos. In ihrem schwarzen Pullover und dem ebenfalls schwarzen Rock sah sie zerbrechlich und wunderschön aus. »Das sollten Sie nicht sagen. Was in aller Welt sollte der arme Jamie darauf erwidern, wenn es ihm doch etwas ausmachte?«

»Natürlich macht es uns nichts aus«, sagte Barbara, und nur Jamie bemerkte, daß ihr Lächeln ein wenig gezwungen war. »Wahrscheinlich werde ich dir sogar ein paar Aufträge besorgen können, Dana. Und Mutter wird sich freuen, Gesellschaft zu haben, wenn ich nicht da bin. Vielleicht kann sie dich dann in der Kräuterkunde unterweisen; du wirst sicherlich eine gelehrigere Schülerin sein, als ich es wäre. Mein Gedächtnis ist nicht das beste; ich kann mich kaum darauf besinnen, daß man Ingwer in den Honigkuchen tut und Knoblauch in die Tomatensoße. Alles, was ich über Knoblauch weiß, stammt aus *Dracula*: er hält Vampire fern, wenn ich mich recht entsinne, nicht wahr, Jamie?«

»Nicht nur Vampire, sollte ich meinen«, antwortete er lachend. »Bist du noch nie Mitte August mit der U-Bahn gefahren? Kein Wunder, daß es in New York keine Vampire gibt, mit all den italienischen Lokalen, die ihre Knoblauchausdünstungen in die Luft lassen. Übrigens hat auch Jock in einem seiner Bücher etwas über Knoblauch geschrieben.«

»Dann muß ich etwas von einem Vampir haben«, sagte Dana lachend. »Denn ich kann Knoblauch nicht ausstehen, und nicht einmal das beste Deodorant wird mit dem Geruch fertig. Gewiß, er soll gesund sein...«

»Ist es nicht so, daß viele Italiener an den bösen Blick glauben? Das könnte ein Grund dafür sein, daß sie soviel Knoblauch in ihre Salami und ihre Spaghettisoßen tun«, meinte Barbara. »Vielleicht glauben sie, daß es gegen den bösen Blick hilft...«

»Barbara!« Mrs. Melford schüttelte sich. »Wir sind beim Essen! Kannst du dir zum Tischgespräch kein angenehmeres Thema als Vampire ausdenken?«

Barbara lächelte. »Entschuldige, Mutter. Die Idee mit den Vampiren gefällt mir irgendwie. Alles, was ich darüber weiß, sind die alten Filme im Nachtprogramm, mit Bela Lugosi, und ich persönlich fand ihn irgendwie nett – netter jedenfalls als Valentino. Er kann mein Blut jederzeit haben. Verzeih, Mutter, ich möchte dir wirklich nicht den Appetit verderben.«

Dana warf taktvoll ein: »Ich kann mich noch gut erinnern, wie es bei uns zu Hause im Winter nach Gewürzen und Kräutern duftete, wenn gebacken wurde.«

»Mmm«, sagte Barbara, »ich mich auch. Meine Mutter

machte immer deutsche Lebkuchen und alle Arten von würzigem schwedischen Weihnachtsgebäck. Ich möchte, daß meine Kinder einmal in dieser wunderschönen Tradition aufwachsen. Jamie, wir werden uns bald nach einem Christbaum umsehen müssen.«

Mrs. Melfords Mund zog sich ein wenig zusammen. »Man sollte meinen, Barbara, daß du in unserer modernen Zeit die Wohnung nicht mit abergläubischem Zeug vollstopfen wirst! Heutzutage nimmt niemand mehr die Religion so ernst.«

»Weihnachten ist nicht bloß ein religiöses Fest«, sagte Jamie in der Hoffnung, den unausweichlichen Zusammenstoß abzuwenden, aber Barbaras Antwort klang ärgerlich: »Ich bin kein religiöser Mensch, aber ich wünschte, ich wäre es, und ich möchte, daß meine Kinder einmal Respekt vor der Religion haben.«

Mrs. Melford biß sich auf die Unterlippe, blickte zuerst zu Jamie und dann zu Barbara, sagte dann aber nur: »Zeit genug, dir darüber Gedanken zu machen, wenn du Kinder hast«, woraufhin sie sich ans Abräumen machte.

Barbara saß da und starrte wortlos auf ihren Teller. Zuletzt überwand sie sich und sagte: »Hast du vom Büro Arbeit mit nach Haus gebracht, Jamie?«

»Ja, ich muß da noch etwas durchsehen ...« Er spürte einen Widerwillen, auf Einzelheiten einzugehen, und setzte beiläufig hinzu: »Ein paar Manuskripte. Es tut mir leid; ich würde den Abend gern gesellig verbringen. Aber mit den Engpässen und dem Arbeitsdruck im Büro ...«

»Natürlich mußt du«, sagte Barbara schnell. »Wir könnten ein schönes Kaminfeuer machen, und du mixt dir einen Drink und gehst an die Arbeit. Draußen ist eine so elend kalte Nacht, daß ein Feuer genau das richtige für dich ist.«

Jamie willigte ein, verführt von der schlichten Gemütlichkeit der Vorstellung. Ein knackendes Kaminfeuer, ein stilles Zimmer, etwas Gutes zu trinken; das versprach

Licht statt des Unsinns zu verbreiten, den er vorher gedacht hatte, angestachelt von überreizten Nerven und einem leeren Magen. Er küßte seine Mutter leicht auf die Stirn, als sie aus der Küche zurückkam, um die Teller abzuräumen. »Dein Hammelfleisch kann jedem die Grillen vertreiben, Mutter. Es war großartig.«

»Laß mich das Geschirr spülen, Mutter«, sagte Barbara. »Du hast gekocht.«

»Nein, ich muß darauf bestehen«, sagte Dana. »Es ist nicht mehr als recht und billig. Du bleibst hier, Barbara, und trinkst ein Glas mit Jamie, bevor er sich an die Arbeit macht. Was machen deine Kopfschmerzen?«

Barbara zuckte mit der Schulter, ging zum Kamin und kniete nieder, um die Scheite für das Feuer zurechtzulegen. »Ungefähr gleich. Ich habe Aspirin genommen, aber das scheint nicht...«

»Du solltest zum Arzt gehen, Barbara«, sagte Mrs. Melford von der Küchentür. »Nicht nur deswegen...«

»Es hat nichts zu sagen, Mutter. Kein Grund, ein Aufhebens zu machen. Jamie, kannst du mir ein Zündholz bringen?«

Nach einer vergeblichen Suche auf dem Kaminsims ging Jamie in die Küche, um eins zu holen. Als er die Küchentür aufstieß, hörte er Dana ernsthaft sagen: »Es muß einfach etwas geschehen!« worauf Mrs. Melford erwiderte: »Ich werde das schon machen; vertraue mir, mein Kind.« Sie fuhr herum, als sie die Tür aufgehen hörte, dann entspannte sie sich erkennbar. »Ach, Jamie! Was möchtest du? Du weißt«, fügte sie in scherzendem Ton hinzu, »daß ich von Männern in der Küche nichts halte.«

»Barbara braucht Zündhölzer. Die vom Kaminsims sind ausgegangen«, sagte Jamie. Der leicht parfümierte Geruch des Spülwassers, die noch in der Luft schwebenden Düfte von Hammelfleisch und Gewürzen trugen zu seiner friedlich-ruhigen Stimmung bei. Er nahm die Zündhölzer mit und kniete neben Barbara nieder, um das Feuer anzuzünden, schob den Augenblick, da er den Inkubus des Manuskripts wieder auf sich nehmen mußte, noch einmal hinaus.

Er legte den Arm um sie. »Du siehst furchtbar abgespannt aus, Schatz. Du solltest dich früh schlafen legen.«

Barbara erhob sich matt. Ihre Lippen waren farblos, und ihre Augen hatten einen beinahe verstörten Ausdruck. »Vielleicht tue ich das auch«, meinte sie. »Das Aspirin scheint überhaupt nicht gewirkt zu haben; ich erinnere mich nicht, jemals solche Kopfschmerzen gehabt zu haben.«

»Komm, ich schenk' dir noch ein Glas ein«, schlug Jamie vor. Er hob die Flasche und hielt inne, als Dana hereinkam. »Möchtest du auch eins, Dana?«

»Wenn Barbara wirklich starke Kopfschmerzen hat, sollte sie lieber keinen Alkohol trinken«, sagte Dana, kam näher und beugte sich über Barbara, die vornübergebeugt dasaß, den Kopf zwischen den Händen. »O weh, du siehst ja schrecklich aus, Barbara. Dein Gesicht ist regelrecht grau!«

»Hör mal«, sagte Jamie vage beunruhigt und aus seiner angenehmen Stimmung aufschreckend, »soll ich einen Arzt rufen, Barbara, oder dich zu Dr. Clifton fahren?«

»Nein, nein«, erwiderte sie gereizt. »Ich möchte nur, daß ihr aufhört, solch ein Aufhebens davon zu machen! Kann ich nicht in Ruhe und Frieden Kopfschmerzen haben?« Ihre Stimme bebte, als sie zu lachen versuchte, und sie legte ihre Hände an die Schläfen.

Danas liebliches Gesicht war sehr mitfühlend. »Du Arme, komm mit. Mach dich fertig zum Schlafen, dann werde ich dir Nacken und Hinterkopf massieren. Das ist das beste gegen Kopfschmerzen, besser als all deine Pillen und Pulver, und innerhalb von zwanzig Minuten wirst du schlafen wie ein Murmeltier. Komm mit.«

Dana führte die kaum noch Widerstrebende hinaus. Jamie setzte sich ans Feuer und betrachtete die aufspringenden Flammen. Innerhalb von fünfzehn Minuten kam Dana auf Zehenspitzen aus dem Schlafzimmer und schloß die Tür leise hinter sich.

»Sie ist fest eingeschlafen«, sagte sie.

»Das war lieb von dir, Dana.«

»Ich tue es gern, aber es ermüdet«, sagte sie. »Jetzt könnte ich ein Glas vertragen, wenn ich darf.«

Jamie schenkte ihr ein. Er hatte das Gefühl, daß sie darauf wartete, daß er etwas sagte, aber ihm fiel nichts ein. »Tut mir leid, daß ich so ungesellig sein muß, Dana«, sagte er schließlich. »Ich wünschte ich brauchte mich nicht mit diesen verdammten Manuskripten zu befassen, aber es geht nicht anders.«

»Laß dich durch mich nicht daran hindern; deine Mutter und ich haben genug Gesprächsstoff.« Dana nahm ihr Glas und trug es in Mrs. Medfords Schlafzimmer. »Hört mal«, protestierte Jamie, »ihr braucht nicht alle aus dem Wohnzimmer zu gehen«, aber sie war schon fort.

Stille kehrte ein, unterbrochen nur vom leisen Zischen und Knistern des Kaminfeuers. Jamie nahm sich das Manuskript vor und dachte geistesabwesend an Dana. Es überraschte ihn ein wenig, daß Barbara, die normalerweise nicht zur Eifersucht neigte, sich in ihrer Gegenwart so unsicher und verfolgt fühlte. Dana war ein liebes und nettes Mädchen und wünschte augenscheinlich mit ihnen beiden befreundet zu sein, warum also konnte Barbara es nicht so sehen und akzeptieren? Vielleicht würde sie sich sicherer fühlen, wenn sie schwanger wäre. Er hatte es mit Kindern nicht sonderlich eilig, wollte aber einmal welche haben. Vielleicht sollte er zum Arzt gehen und sehen, ob nicht er der unfruchtbare Teil war, dachte er und erinnerte sich sogleich mit Abscheu an die drohende Stimme am Telefon und was sie gesagt hatte. Aber wozu sollte es gut sein, sich um Verrückte zu sorgen?

Das Manuskript war mittelstark, ungefähr zweihundertfünfzig Schreibmaschinenseiten auf dem vertrauten, billigen weißen Kopierpapier, das er von Jocks früheren Büchern her kannte. Es war sorgfältig geschrieben, wenn auch nicht so gut, wie eine Stenotypistin es gemacht hätte, und wies die häufigen Streichungen und Korrekturen auf, an die man sich als Lektor rasch gewöhnt. Jamie zog einen Bleistift aus der Westentasche (nach zwölf Jahren Verlagslektor hatte er beinahe verlernt, ohne einen Bleistift in der Hand zu lesen, und ertappte sich nicht selten bei der Korrektur selbst von typographischen Fehlern in gedruckten Büchern) und begann zu lesen.

> Dies ist die Geschichte einer seltsamen Reise, einer Reise zu den Irregeführten, den Verrückten, den Besessenen – und auch zu jenen, die wirklich unbekannte Kräfte besitzen: zu den Hexen und den Hexenmeistern unserer Tage. Nicht in alte Schlösser, nicht in spukhafte viktorianische Häuser, sondern in Wohnblocks, in die Intellektuellenwohnungen, vielleicht in Ihrer Nachbarschaft, wo die modernen Hexen und Hexenmeister mit Schwarzer Magie und Beschwörungen des Bösen ihrem üblen Wirken nachgehen.

Die ersten Kapitel erzählten ein paar allgemein bekannte Geschichten von Magie und Voodoo, von stellvertretend ermordeten Wachspuppen, und Jamie dachte bei der Lektüre, daß diese Dinge für jeden, der sich auf dem speziellen Gebiet informiert hatte, durchaus nichts Ungewöhnliches darstellten. Cannon hatte gegen Ende seines Lebens mehrere Jahre mit Forschungen und Recherchen auf den Gebieten psychischer Phänomene, Spukerscheinungen und dergleichen verbracht, und wenn er seine Informationen bisweilen herausputzte, um einen ›guten Stoff‹ daraus zu machen, war Jamie der letzte, der ihn deswegen getadelt hätte. Aber gegen Ende des dritten Kapitels, in dem er die angebliche Arbeitsweise einer modernen Gesellschaft für Schwarze Magie beschrieb, die sich als Studiengruppe folkloristischer Überlieferung ausgab, merkte er auf und las stirnrunzelnd weiter.

> Meine Informantin war früher Mitglied einer Schwarzen Loge gewesen, nach einem verbreiteten Mißverständnis Hexenversammlung genannt, doch nachdem sie den Abgrund der Verworfenheit und des Schreckens kennengelernt hatte, in welche die Mitglieder normalerweise sinken, hatte sie sich von der Gruppe abgewandt. Sie berichtete mir von ihren Versuchen, in ein Kloster einzutreten oder, sollte dies mißlingen, ihr Leben freiwilliger Sozialarbeit zu widmen und auf diesem Weg zu versuchen, etwas von der Schuld wiedergutzumachen, die sie durch ihre Beteiligung an den furchtbaren Praktiken der Loge auf sich geladen hatte. Aber vier Monate, nachdem ich sie kennengelernt hatte, und nach einer langen, in Furcht und von bis zur Besessenheit gesteigerten Zwangsvorstellungen beherrschten Zeit (ich gebe zu, daß ich anfangs dachte, sie sei im Begriff, den Verstand zu verlieren), starb sie an etwas, was die Ärzte Herzversagen nannten. Da sie noch im Sterben von einem unsichtbaren Messer schrie, das ihr Herz durchbohre, habe ich gelegentlich an der Richtigkeit der offiziellen Diagnose gezweifelt.
>
> Was immer die Wahrheit über den Tod des armen Mädchens ist, es muß festgehalten werden, daß sie verfolgt wurde. Sie zeigte mir Briefe, die sie erhalten hatte.

Jamie schüttelte bekümmert den Kopf. Kein Wunder, daß Jock in Todesangst gelebt hatte! Er überging den kurzen Bericht über das angebliche Aufnahmeritual des Mädchens in die Schwarze Loge und überflog einen weiteren

Abschnitt, worin dargestellt wurde, wie Rauschgiftsüchtige mit dem Versprechen unbegrenzten Drogenkonsums in die Gruppe gebracht und dann, weil die Drogenabhängigkeit ihr Gewissen zerstört hatte, für bestimmte Praktiken gebraucht worden waren, für die andere Mitglieder zu zimperlich waren. Namen wurden nicht genannt, doch abgesehen davon gab das Buch eine bemerkenswert eingehende Darstellung von Bösartigkeiten und Verbrechen, die offenbar um ihrer selbst willen begangen wurden.

> Ich fragte einen anderen Informanten, einen früheren Priester, der sich der Gruppe angeschlossen hatte und offenbar Gefallen an der Vorstellung fand, ihre ›Arbeit‹ weiteren Kreisen bekanntzumachen, weshalb sie offenbar unschuldige Personen so grausam angriffen.
>
> »Ich verbrachte meine Jugend unter dem Druck der Lügen der Religion und der Furcht vor dem Höllenfeuer«, erklärte er mir. »Ich glaubte, daß ich in die Hölle kommen würde, wenn ich eine Frau berührte, wenn ich auch nur respektlos von den neurotischen alten Scheusalen von Nonnen spräche, die an meiner Schule lehrten, wenn ich einer Anwandlung von Zorn oder Lust nachgäbe; dies alles waren angeblich Sünden, die Mord und Gewalttat an Verwerflichkeit kaum nachstanden. Heute habe ich gelernt, einem neuen Gott zu dienen, einem Gott, der den Fehlern und Schwächen des Menschen Zugeständnisse macht, und endlich lerne ich zu leben. Bevor ich sterbe, werde ich Vergeltung an jenen üben, die mich lehrten, daß das Leben nichts als Schuld und Furcht sei.«

Jamie fragte sich, ob dies der Pater Mansell sei, über den Cassidy gesprochen hatte und dem sein geistliches Amt entzogen worden war. Sicherlich war im Namen der Religion Böses begangen worden; und diejenigen, die unter den manchmal extremen Auswüchsen gelitten hatten, mochten selbst geistig unausgeglichen geworden sein. Der Autor fuhr fort:

> Geld, Macht und die Befriedigung persönlicher Begierden werden jedoch am häufigsten als Gründe für die Aktivitäten der Anhänger der Schwarzen Magie genannt, und dies mag erklären, daß sie vor nichts zurückschrecken, um das Ziel ihres Verlangens zu erreichen oder alle zu beseitigen, die ihnen im Weg stehen. Das unglückliche Mädchen, meine erste Informantin, erzählte mir, daß sie in drei Fällen in einem Meditationskreis gesessen habe, wo ein Dutzend Männer und Frauen alle Gedankenkräfte auf einen reichen Verwandten oder Bekannten eines Mitglieds konzentriert hätten, um jenen zur Änderung eines Testaments oder zu Schenkungen zugunsten des Mitglieds zu veranlassen. Ob außerdem eine Form der Hypnose angewandt wurde, um das Opfer gefügig zu machen, weiß ich nicht, aber die Bemühungen hatten offenbar Erfolg. Der Erblasser starb wenige Wochen nach der Änderung des Testaments. Im fünften Kapitel werde ich mehr über Todesfälle berichten, die durch Schwarze Magie bewirkt wurden.

Wieder Kapitel fünf. Jamie blätterte weiter, übersprang den dazwischenliegenden Teil und las:

> In der Weißen wie in der Schwarzen Magie gibt es ein gemeinsames Prinzip des geringsten Einsatzes, nach dem materielle Ziele materielle Methoden verlangen, immaterielle Ziele immaterielle Methoden. Einer Schwarzen Loge kann es gelingen, jemand durch die Auslösung astraler Ströme zu töten, zuvor

aber muß die Widerstandskraft des Opfers herabgesetzt werden. So spezialisiert man sich darauf, das Opfer mit Schrecken zu konfrontieren, die auf seine Psyche zugeschnitten sind: Obszönitäten für den rein Denkenden, Blasphemien für den Frommen, sadistische Quälereien von Tieren (bisweilen auf den Namen des Opfers getauft). Suggestion ist die am häufigsten eingesetzte Kraft, ist aber in einem Maße unerbittlich, wie es dem Normalbürger, der sich unter Suggestion nicht viel mehr als die relativ harmlose Wiederholung von Werbespots im Fernsehen vorzustellen vermag, die den Betrachter zum Kauf einer bestimmten Zahnpasta veranlassen, kaum denkbar erscheint. Und wenn die harmlosen Methoden der Werbeagenturen schon so wirkungsvoll sind, dann kann man sich leicht vorstellen, wie rasch und vollständig ein Opfer durch diese unnachsichtige Verfolgung zerbrochen werden kann. Ich weiß nicht, ob die aufgebotenen Kräfte »Teufel« sind oder nicht, aber sie sind zweifellos real.

Zum Beispiel...

Jamie hob den Kopf und lauschte aufmerksam. Irgendwo in einer anderen Wohnung hatte ein Hund wie rasend zu bellen angefangen. Und hinter ihm war ein eigentümlich raschelndes Geräusch zu vernehmen. Er wandte sich um, sah nichts, und seine Miene verfinsterte sich; war er bereits im Begriff, sich Jocks Schreckensvorstellungen zu eigen zu machen? Es stellte sich der vage Gedanke ein, daß bald Mitternacht sei und er wie jemand reagiere, der nachts eine Schauergeschichte liest: er kriegt das Grausen. Er schüttelte den Kopf und beugte sich wieder über das Manuskript.

Die Methoden der Dämonenbeschwörung sind in jedem Zauberbuch zu finden, aber wie Shakespeare sagte: »Aus den gewaltigen Tiefen kann ich die Geister rufen. Wahrhaftig, das kann ich, und wie ich kann es ein jeder, aber werden sie kommen, wenn du sie rufst?« Daß sie nicht kommen, liegt daran, daß niemand als die eingeweihten Meister der Schwarzen Magie die geeignete Methode zum Aussprechen der »barbarischen Namen der Anrufung« haben. Diese Namen sind in einer mündlichen Überlieferung, die von einem Eingeweihten zum nächsten weitergegeben wurde, größtenteils bis heute geheimgehalten worden. Die Technik entspricht jener, die in dem sogenannten tantrischen Yoga gebraucht wird und deren geläufigstes Beispiel das wohlbekannte Phänomen von Carusos hohem C ist, welches ein dünnes Weinglas zerbrechen ließ. Die Worte werden nicht nur mit dem ganzen konzentrierten Zielbewußtsein der Persönlichkeit deklamiert, sondern mit dem speziellen Vibrato hochtrainierter Stimmen, was jedoch nicht mit Lautstärke verwechselt werden darf. Es bedeutet vielmehr, daß der gesamte Körper des Geisterbeschwörers als Resonanzkörper dient und mit jeder Silbe in Schwingungen gerät, die bis in die Handflächen und Fußsohlen spürbar sind. Ohne diese Technik ist man in der gleichen Lage wie der Priester, der die Opferung im Gottesdienst mit den Worten »Komm, seligmachender, allmächtiger ewiger Gott, und segne dieses Opfer« beschließt, und niemand in der Gemeinde ist überrascht, wenn Er nicht kommt.

Wieder hob Jamie den Kopf. Ein kalter Luftzug schien über ihn hinzuwehen. Draußen im Treppenhaus hörte er ein seltsames, schleifendes Geräusch. Dann geschah mehreres auf einmal.

Das Telefon schrillte laut. Gleichzeitig läutete die Türglocke der Wohnung dreimal in rascher Folge, ein schnelles Dring-dring-dring, das Jamie in automatischer Reaktion aufspringen ließ. Er griff zum Telefon.

»Hier Melford«, sagte er scharf. »Hallo?«

»Werfen Sie einen Blick vor Ihre Tür«, sagte eine Stimme, und sofort war die Verbindung unterbrochen. Jamie murmelte einen Fluch, schritt hinaus in die Diele und riß die Wohnungstür auf.

Er war nicht überrascht, daß der Korridor leer war. Ein kalter Luftzug wehte aus dem Treppenhaus herauf. Er blickte finster umher, wollte die Tür wieder schließen und hielt ein, als er sah, daß etwas auf dem Fußabstreifer lag.

Er bückte sich, um es aufzuheben, ließ es aber sogleich mit einer angeekelten Grimasse wieder fallen. Es war ein kleines hölzernes Kreuz, auf das etwas genagelt war, das wie einer dieser grünen Plastikfrösche aussah, mit denen kleine Jungen ihre Schwestern erschrecken. Nach kurzem Zögern hob Jamie das blasphemische Ding auf. Er war nicht religiös, und die Blasphemie beunruhigte ihn nicht sonderlich, aber der kranke Geist, der hinter solch einer Tat stand, konnte ihm nicht gleichgültig sein. Der Gedanke, daß Barbara, die religiös, wenn auch nicht fromm war, das Ding vor ihm hätte finden können, erschreckte ihn. Voller Zorn und Abscheu dachte er an die Übeltäter, die das blutige Huhn vor Jocks Wohnungstür abgelegt hatten. Dann, als sein Blick wieder auf den Gegenstand in seiner Hand fiel, wurde ihm schaudernd klar, daß der gekreuzigte Frosch eine Kröte war und auch nicht aus Plastik, sondern schlaff und schwammig. Offensichtlich hatte sie vor kurzer Zeit noch gelebt.

Er beschloß, die arme Kreatur beiseite zu schaffen, ehe Barbara oder seine Mutter sie sehen konnten. Er ging zurück ins Wohnzimmer und sah, daß Barbara im Nachthemd eingetreten war. Die Schlafzimmertür hinter ihr stand halb offen.

»Hat dich das Läuten geweckt, Schatz? Bloß jemand,

der sich einen dummen Scherz erlaubt hat«, sagte er und versteckte seinen Fund hinter dem Rücken.

Barbara antwortete ihm weder, noch sah sie ihn an. Ihre Augen waren leer und blicklos, und sie bewegte sich zögernd, ohne zu sehen, wohin sie ging.

»Barbara?« fragte er bestürzt. Hatte diese verdammte Geschichte sie dermaßen aus der Fassung gebracht, daß sie schlafwandelte? Er erinnerte sich vage, daß es schlecht sein sollte, Schlafwandler plötzlich aufzuwecken, oder war das nur eine Altweibergeschichte? Jedenfalls könnte sie einen heillosen Schrecken bekommen, wenn sie plötzlich zur Besinnung käme und sich hier draußen fände. Am besten versuchte er, sie vorsichtig zurück zu ihrem Bett zu führen. Zuvor aber mußte er dieses ekelhafte Ding in den Müll werfen. Er öffnete die Küchentür und legte es im Dunkeln auf die Anrichte, ohne hineinzugehen; das Weitere konnte er später erledigen. Er kehrte zurück zu Barbara.

Mit einem Schreckensschrei sprang er hinzu, als er sah, daß sie Jocks Durchschlag an sich genommen hatte, mit ungelenker Schnelligkeit zum Kamin trat und den Stapel dünner Blätter in die glühenden Scheite warf.

»Barbara!« schrie er, unbekümmert, ob sie aufwachte oder nicht. »Hast du den Verstand verloren?«

Sie schien ihn weder zu hören noch zu sehen. Als er sie am Arm faßte, machte sie sich mit einem Ruck los und bewegte sich langsam, aber mit einer schrecklichen Zielstrebigkeit zu dem Sessel, auf dem die Kopie lag, in der er gelesen hatte – die letzte Kopie.

Er packte sie beim Arm und hielt sie fest.

Barbara wand sich und versuchte, sich loszureißen. Noch immer sah sie ihn nicht an, schien völlig auf die Blätter fixiert. Er zog sie herum, trat dazwischen und stieß das Manuskript außer Reichweite. Sie arbeitete sich geschmeidig darauf zu, schlüpfte ihm wie ein Aal aus den Händen. Wieder griff er zu, bemüht, sie an beiden Armen festzuhalten, aber behindert durch die Furcht, ihr weh zu tun. Als er sie hatte, schüttelte er sie und sagte mit leiser, eindringlicher Stimme: »Barbara, wach auf! Wach auf! Es ist alles gut! Es ist alles in Ordnung, Schatz! Du willst das nicht tun!«

Schließlich gelang es ihm, das Manuskript unter das Polster des Sessels zu stopfen; dann versetzte er ihr mit einem leisen: »Entschuldige, Liebling« eine schallende Ohrfeige.

Barbara schrak zusammen, zitterte, verdrehte die Augen – und schüttelte sich plötzlich wie ein Hund, der aus dem Wasser kommt. Mit einer Geste der Verwirrung führte sie beide Hände zum Kopf.

»Du hast mich geschlagen«, keuchte sie. »Was...? Wo...?« Und sie begann zu weinen.

5

In die Stille ihres Erschreckens – es schien Jamie, daß er die Stille in der Wohnung tatsächlich hören konnte – schrillte wieder das Telefon.

Barbara, die noch leise schluchzte, ging in automatischer Reaktion zum Apparat. Jamie sagte: »Nicht abnehmen«, und hielt sie sanft zurück, während es drei-, vier-, fünfmal läutete und dann verstummte.

»Was hast du, Jamie?«

Plötzlich war er zornig. »Was ich habe? Hast du den Verstand verloren? Weißt du, was du getan hast?«

Sie bewegte den Kopf von einer Seite zur anderen. »Ich – ich weiß nicht. Wie bin ich hierhergekommen? Habe ich geschlafwandelt?«

»Willst du mir weismachen, daß du es nicht weißt?«

»Aber ich weiß es wirklich nicht.« Sie weinte nicht mehr, sondern sah ihn verstört und ungläubig an. Eine

Gesichtshälfte, wo seine Hand sie getroffen hatte, war rot angelaufen. Sie berührte sie unwillkürlich mit den Fingerspitzen. »Ich erinnere mich, daß Dana mir Schulter und Nacken massierte. Als nächstes war ich hier draußen, und du schlugst mich.«

»Du hast den Durchschlag von diesem ... diesem verdammten Manuskript verbrannt«, sagte Jamie durch die Zähne. »Und du machtest vor nichts halt, um an das andere heranzukommen.«

Sie starrte ihn ungläubig an. »Einer von uns ist übergeschnappt«, sagte sie.

»Jemand ist es«, sagte er. Plötzlich kam ihm der Gedanke, warum der Lärm nicht auch die anderen geweckt habe, dann fiel ihm zu seiner Beschämung ein, daß seine Mutter und Dana schwerlich hereingestürzt wären, wenn sie um Mitternacht von einem Lärm geweckt worden waren, der sich wie eine tätliche Auseinandersetzung zwischen Barbara und ihm angehört haben mußte. »Ich hätte dich nicht geschlagen, Schatz, wenn ich nicht überzeugt gewesen wäre, daß du wahnsinnig geworden seist. Ich redete dich an, aber du reagiertest überhaupt nicht. Beinahe hättest du auch die Fotokopie ins Feuer geworfen. Sieh selbst.«

Er zeigte in die erlöschende Glut des Kaminfeuers. Barbara sah die gebündelten, fast verkohlten Blätter, die vom Durchschlag des Manuskripts übriggeblieben waren, die nur angesengten Teile einzelner Seiten, die neben die Glut gefallen waren, und schüttelte bestürzt den Kopf. »Das habe ich getan? Jamie, was geht hier vor?«

»Nichts Übernatürliches«, sagte er und unterdrückte eine erneute Zornesaufwallung. Es kam darauf an, daß er ruhig blieb und an vernünftiger Überlegung festhielt, sonst würde er anfangen zu schreien und nicht mehr aufhören. »Ich vermute, diese psychotischen Ungeheuer versuchen jetzt, meinen Widerstand zu brechen. Was dich betrifft, so glaube ich, daß du nach deinen Bemühungen um Bess nervlich überreizt und ängstlich warst, und vielleicht entschied dein Unterbewußtsein, daß es sicherer wäre, das Manuskript nicht in der Wohnung zu haben.«

»Du bist mir der rechte Psychologe«, sagte Barbara. »Glaubst du das wirklich?«

»Ich muß es glauben«, antwortete er mit gepreßter Stimme. »Aber eins sage ich dir. Ich werde dieses Ding unter mein Kopfkissen schieben und darauf schlafen. Und morgen früh werde ich ein Dutzend Fotokopien davon machen – eigenhändig. Ich werde es nicht mal meiner Sekretärin anvertrauen.«

Am nächsten Tag, als er seinen Vorsatz ausführte und an der Kopiermaschine arbeitete, geplagt von dem Gedanken, daß er sich vielleicht albern benehme, und von unbestimmten Befürchtungen im Zusammenhang mit Barbara (als er gegangen war, hatte sie noch geschlafen, aber erschöpft und elend ausgesehen, mit einem leichten Bluterguß um den Backenknochen), kam seine Sekretärin ins Hinterzimmer, wo er gerade arbeitete.

»Mr. Melford«, sagte sie steif und mit einem vorwurfsvollen Blick (dessen Bedeutung er ganz richtig als »Mit dieser Art von Arbeit sollten Sie sich nicht abgeben« interpretierte), »es ist ein Besucher für sie da.«

»Barton wegen der neuen Tantiemenskala?« brummte er. »Sagen Sie ihm, wir können auf dieser Basis nicht mehr als drei Arztromane im Quartal gebrauchen.«

»Nein, es ist ein Mr. MacLaren.«

»MacLaren«, wiederholte er, nachdenklich die Stirn runzelnd. »Kenne ich nicht.«

»Soll ich versuchen, ihn abzuwimmeln? Er sagte, er würde warten, bis Sie frei wären, falls Sie beschäftigt sind, aber...«

Ihm schwand der Mut. Ein unerfreuliches Vorgefühl sagte ihm, daß dies sich als Teil des verrückten Nervenkrieges erweisen würde, der um Jock Cannons Manuskript entbrannt war. Er zog eine kopierte Seite heraus und legte die nächste ein. »Sieht er wie ein Psychofreak aus, Peggy? Mit denen habe ich in letzter Zeit zuviel zu tun gehabt.«

»Ach nein«, sagte sie schnell. »Er sieht nett aus und erinnert mich ein wenig an Peter Cassidy. Er hat die gleichen freundlichen Augen.«

»Ist sonst noch was auf meinem Schreibtisch?«

»Nun ja, da liegt allerhand herum, aber das einzige, was im Moment noch von Bedeutung ist, sind die Titelentwürfe von Roger Garth für Mrs. Waynes neuen Arztroman. Außerdem ist Joan Clancy im Vorzimmer und möchte Sie kurz sprechen.«

»Die Titelentwürfe schicken wir gleich hinunter zum Werbeleiter«, sagte Jamie. »Der kann entscheiden, welche wir nehmen. Und Joan wird nicht länger als zwanzig Minuten bleiben; das tut sie nie. Schicken Sie sie herein und sagen Sie diesem MacLaren, daß ich mich anschließend mit ihm unterhalten werde – es sei denn, er hat ein Manuskript, das er uns anbieten will; in dem Fall kann er es bei Ihnen lassen.«

Er bündelte die Kopien von Cannons Manuskript und gab eine davon Peggy mit dem etwas verlegen vorgebrachten Auftrag, sie in den Safe zu schließen. Eine zweite steckte er in seine Aktenmappe, die anderen legte er auf seinen Schreibtisch. Er dankte seinem guten Stern, daß Jock ein methodischer alter Profi gewesen war, der immer zwei bis drei Durchschläge gemacht hatte; denn obwohl die Verträge ausdrücklich verlangten, daß der Verlag ein Manuskript und einen Durchschlag erhalten sollte, kam es allzuoft vor, daß nur ein Exemplar existierte. Wenn es diesen Ungeheuern gelungen wäre, nach dem Diebstahl seines Exemplars aus dem Büro Bess durch Terror zur Herausgabe ihrer Kopien zu zwingen, wäre die Sache in ihrem Sinne entschieden gewesen. Aber sie schienen bereits zu wissen, daß er Bess' Kopien hatte. Vielleicht hätte er gestern abend beide genau durchsehen sollen; manches sprach dafür, daß eine der Kopien, die sie ihm übergeben hatte, von einer Erstfassung stammte und in Einzelheiten von der Fassung abwich, die er ursprünglich hier gehabt hatte und die gestohlen worden war. Nun war es zu spät, sich deswegen zu grämen; der Durchschlag war verbrannt, und die einzige Kopie vom Original war diejenige, die er hatte. Aber es könnte lohnend sein, den Durchschlag im Safe des Agenten mit seiner Kopie zu vergleichen, um sicherzugehen. Vielleicht hatte Jock zu den Schriftstellern gehört, welche die Erstfassung eines Manuskripts bei der Überarbeitung noch stark veränderten.

Jedenfalls konnte er dem Verfasser des Klappentextes jetzt eine Kopie überlassen und hatte außerdem die Gewißheit, daß immer noch eine Kopie übrigbliebe, sollte sonst jemand eine benötigen. Es war noch nie geschehen, daß ein Manuskript in der Druckerei verlorengegangen war, wenn er auch wie die meisten Verlagsleute, diesbezüglich gelegentlich Alpträume hatte, aber es würde genau zur gegenwärtigen Pechsträhne passen, wenn es diesmal geschähe, und er wollte verdammt sein, wenn er noch etwas schiefgehen ließ. Seine irische Dickschädeligkeit fühlte sich herausgefordert, und wer immer diese psychotischen Irren waren, an ihm sollten sie sich die Zähne ausbeißen.

Nachdem dies geregelt war, verbrachte er gewissenhafte zwanzig Minuten im Gespräch mit Joan Clancy, einer dicklichen Frau vorgerückten Alters, die im Laufe der letzten zwanzig Jahre unter den verschiedensten Pseudonymen Kriminalromane, Western, Gruselgeschichten und gelegentlich sogar einen Science-fiction-Roman für den Verlag geschrieben hatte. Ihre Mitarbeit als Verlagsautorin reichte in eine Zeit zurück, die weit vor seinem Aufstieg zum Cheflektor lag. Das angenehme, vergleichsweise vernünftige Gespräch über die Frage, ob es mit den Western endgültig aus sei und ob das Leserpublikum, das sie bevorzugt hatte, nun ganz zu den Fernsehproduktionen übergelaufen sei, bereitete ihm echtes Vergnügen. Er lauschte geduldig, und diesmal ohne geistiges Daumendrehen ihrem unschlüssigen Hin und Her zu der Frage, ob sie ihren nächsten Schauerroman noch vor Neujahr würde vollenden können, und klopfte ihr schließlich auf die Schulter und geleitete sie mit ein paar freundlichen, ermutigenden Worten hinaus. Autorenbesuche konnten einen Arbeitstag schrecklich durcheinanderbringen, wenn er viel zu tun hatte, aber Joan Clancy machte niemals übermäßigen Gebrauch von diesem Vorrecht und begnügte sich mit drei oder vier Besuchen im Jahr, wobei sie niemals länger als zwanzig Minuten blieb; dann fiel ihr regelmäßig ein, daß sie noch diese oder jene wichtige Besorgung zu machen hatte (ein Besuch in der Stadt bedeutete für sie zwei Stunden Bahnfahrt von Long Island). Aus all diesen Gründen nahm er sich immer die Zeit, sie zu empfangen. Die meisten seiner Autoren waren viel ungezwungener, doch wäre es ihm gerade darum unangenehm gewesen, wenn die gute Frau sich unerwünscht gefühlt hätte, obgleich er vermutete, daß sie im Grunde nichts zu sagen hatte und sich einfach bei ihm in Erinnerung bringen wollte. Als ob es dessen bedürfte, nach zwölf Büchern in fünf Jahren, dachte er freundlich, und wunderte sich wieder einmal über die unterschiedlichen Charaktere der Menschen. Weniger bescheidene Autoren brachten es fertig, ihn sieben Jahre nach dem Erscheinen eines Buches anzurufen und zu erwarten, daß er sich nicht nur an ihre Namen erinnere, sondern an alles, was sie seither geschrieben und bei anderen Verlagen untergebracht hatten, ganz zu schweigen von ihren letzten Eheschließungen oder Scheidungen und den Namen ihrer Kinder und Hunde.

Er öffnete ein Paket, das von einer der großen literarischen Agenturen durch Boten geschickt worden war und zwei Science-fiction-Romane enthielt, dann fiel ihm ein, daß er seiner Sekretärin versprochen hatte, diesen Mr. MacLaren zu empfangen. Gut, wenn der Mann ein neues Kopiergerät oder eine elektrische Schreibmaschine verkaufen wollte, konnte er ihn immer noch zum kaufmännischen Leiter schicken. Mit diesem beruhigenden Gedanken bat er Peggy, den Mann hereinkommen zu lassen.

Er stand auf, um den Besucher zu begrüßen. Peggy hatte recht gehabt: Er hatte freundliche Augen. Er war ein hochgewachsener Mann um die sechzig, mit ordentlich frisiertem grauen Haar, einer hohen kantigen Stirn, großer Nase und kräftigem Kinn. Und unter den buschigen grauen Brauen blickten Augen von einem ungewöhnlich leuchtenden Blau hervor, einem Blau, das außer bei Skandinaviern selten die Kindheit überdauert.

»Mr. Melford? Guten Tag. Es ist nett von Ihnen, mich ohne eine Verabredung zu empfangen.«

Seine Stimme war deutlich, angenehm und neutral, obwohl Jamie den Eindruck hatte, daß sie mächtig anschwellen konnte, wenn er zornig wurde. »Das ist schon gut«, sagte er. »In welcher Angelegenheit wünschen Sie mich zu sprechen?«

»Mr. Melford, soviel mir bekannt ist, hat Ihr Verlag, der viele der früheren Bücher John Cannons veröffentlicht hat, die Absicht, ein weiteres Buch dieses Autors posthum herauszubringen.«

Jamies zornige Enttäuschung war so groß, daß er aufstand und mit halberstickter Stimme sagte: »Hinaus!«

»Ich – wie bitte?«

»Gehen Sie zurück zu Ihren psychotischen Freunden und erzählen Sie ihnen, daß sie zum Teufel gehen sollen. Nichts zu machen. Ich lasse mich nicht einschüchtern.«

MacLaren schüttelte bedauernd den Kopf. Weit davon entfernt, ihm die brüske Abfuhr übelzunehmen, zwinkerte er mit den Augen und lächelte. »Mr. Melford, ich glaube, hier liegt ein Mißverständnis vor.«

Jamie blieb stehen. »Wollen Sie leugnen, daß Sie gekommen sind, um fortzusetzen, was Ihre Freunde angefangen haben, und mich durch Überredung oder Drohungen zu bewegen, Cannons Buch zurückzuhalten?«

»Sie erliegen tatsächlich einem Mißverständnis, Mr. Melford«, sagte MacLaren. »Wollen Sie sich bitte wieder setzen?«

Ehe er überlegen konnte, wie er sich zu der Aufforderung verhalten sollte, sah James sich wieder in seinem Bürosessel. Er fragte sich, ob dies eine neue Phase in dem Nervenkrieg sei, aber es hätte zuviel innere Unsicherheit verraten, wenn er wieder aufgesprungen wäre. Er sagte in einem Ton ungeduldiger Verdrießlichkeit: »Sagen Sie, was Sie zu sagen haben. Aber es sollte überzeugend sein.«

»Ich weiß nicht, was ich Ihnen sagen soll«, antwortete MacLaren bedächtig. »Ich nehme an, jemand ist vor mir dagewesen und hat Sie zornig gemacht. Glauben Sie mir, ich bin nicht mit irgendwelchen anderen verbündet, die sich möglicherweise an Sie gewandt haben. Ich versichere Ihnen nach bestem Wissen und Gewissen, daß ich niemals in einer gleichwie gearteten Verbindung mit Ihnen gestanden habe, mit der einzigen Einschränkung, daß ich Sie einmal aus der Ferne gesehen habe, bei einer Schriftstellertagung; Sie wurden mir als der Cheflektor dieses Verlages genannt. Ich kam zu Ihnen, Mr. Melford, um zu fragen, ob Sie daran denken würden, Cannons letztes Buch zurückzuziehen, weil ...«

»Weil Sie und Ihre Freunde entschieden haben, daß Sie mit Honig mehr Fliegen fangen können als mit Essig? Nun, Drohungen haben nicht gewirkt, und freundliche Töne werden auch nichts bewirken.«

»Gott schütze uns«, sagte MacLaren, »es ist schlimmer, als ich dachte. Sind Sie bedroht worden, Mr. Melford?«

»Als ob Sie das nicht wüßten! Hören Sie, MacLaren, jeder, der mich höflich oder auf andere Weise auffordert, dieses Buch jetzt zurückzuziehen, muß mit meinem schärfsten Mißtrauen rechnen.«

»Ich verstehe«, sagte der Mann, ohne sich aus der Ruhe bringen zu lassen. »Und ich kann es Ihnen nicht zum Vorwurf machen. Aber vielleicht würden Sie mich erklären lassen, warum ich an Cannons letztem Buch interessiert bin.«

»Das sollten Sie allerdings erklären.«

MacLaren ließ eine kleine Weile verstreichen, wie um seine Gedanken zu sammeln, und Jamie hatte Gelegenheit zu bemerken, wie still der Mann dasaß, ohne eine Spur des nervösen, halb unbewußten Herumrückens und Gefummels, das den meisten Leuten eigen war, wenn sie einem Gesprächspartner gegenübersaßen. Endlich sagte er: »Mr. Melford, wenn Sie wüßten, daß jemand ein gefährlicher Psychotiker ist, würden Sie ihm eine geladene Pistole geben? Ich kann verstehen, daß Sie diese Leute und ihre widerwärtige Verderbtheit bloßstellen möchten. Doch soviel ich weiß, ist Cannon noch weiter gegangen: Er hat geschildert, wie einige dieser verwerflichen Praktiken ausgeführt werden, was die Gefahr in sich birgt, daß Dutzende anderer ungefestigter Menschen dieses Buch lesen und sich davon angeregt fühlen könnten.«

Nun fühlte Jamie sich auf etwas vertrauterem Boden. »Jedesmal, wenn wir ein Sexbuch veröffentlichen, höre ich dieses Argument von falschen Liberalen, die es als Maske für ihren eigenen Puritanismus gebrauchen. Sie sagen ›Wir können solches Zeug natürlich ungefährdet lesen, aber wie steht es mit den armen, sittlich und geistig ungefestigten Personen?‹ Zu Ihrer Information, Mr. MacLaren: Wir verlegen Bücher für das allgemeine Publikum, nicht für die geistig Ungefestigten, nicht für die Pervertierten, auch nicht für den mythischen Durchschnittsmenschen. Ich halte nichts von Zensur.«

»Ich auch nicht, wenn es eine Frage der Moral ist«, sagte MacLaren. »Gleichwohl glaube ich an moralische Verantwortung. Ich gehöre zu den Leuten, die der Meinung sind, daß dies beispielsweise eine bessere Welt wäre, wenn die Wissenschaftler, die die Atombombe entwickelten, alle unter Eid verpflichtet worden wären, ihr Wissen niemals preiszugeben. Jetzt besteht die Gefahr, daß eine andere Art von Wissen ebensoviel Schaden anrichtet wie eine Atombombe ...«

»Na, jetzt übertreiben Sie aber!« unterbrach ihn Jamie.

»Glauben Sie mir, es ist mein Ernst. Eine Atombombe tötet – einmal. Ein Mensch kann nur einmal sterben, und da ein jeder in diesem Leben sterben wird, halte ich persönlich es für belanglos, ob ich allein oder zusammen mit neun Millionen anderen sterbe, wenn das Gottes Wille ist. Noch erscheint es mir wichtig, ob ich – oder sonst jemand – an einer Atombombe oder einem Steinwurf sterbe. Ich werde sterben, wenn meine Zeit kommt, das ist alles. Aber ich bin bereit, alles in meiner Macht Stehende zu tun, um zu verhindern, daß Menschen vor ihrer Zeit sterben müssen, und dieses Buch enthält unter anderem Informationen über bestimmte Methoden und Techniken zur störenden und lebensgefährdenden Einwirkung auf Körper und Geist anderer Menschen.«

»Würden Sie Einwände gegen ein Buch erheben, das Techniken der Gehirnwäsche bloßstellt?« fragte Jamie.

»Ich würde es tun, wenn die Techniken so einfach wären, daß jeder, der das Buch liest, hingehen und sie anwenden könnte«, erwiderte MacLaren. »Genauso wie ich Einwände gegen ein Buch erheben würde, das Schulkindern erklärt, wie sie in ihrem Spielzimmer Bomben basteln können.«

Jamie hob die Schultern. »Sie mögen ehrlich sein, und Sie mögen es nicht sein«, antwortete er. »Trotzdem hört es sich so an, als seien Sie zu dem Schluß gelangt, daß ich mich nicht abschrecken lasse, aber vielleicht durch Überredung von meinem Vorhaben abbringen ließe. Deshalb sage ich Ihnen, daß die Antwort immer noch nein ist. Selbst wenn ich glaubte, was Sie über die in diesem Buch lauernden Gefahren sagen – und ich glaube es nicht –, würde ich mich nicht abschrecken lassen. Also gehen Sie hin, und erzählen Sie Ihren Freunden das.«

»Gott möge verhüten, daß ich mit solchen Leuten spreche«, sagte MacLaren mit einem leichten Lächeln. »Immerhin bewundere ich Ihre Haltung. Und da es untersagt ist, Sie an der Verwirklichung Ihrer freien Willensentscheidung zu hindern, kann ich nicht mehr sagen. Aber ich wünschte, Sie würden anders darüber denken. Wären Sie vielleicht bereit, mich gemeinsam mit Ihnen das Manuskript durchgehen zu lassen? Sie könnten an sensationellem Material soviel darin lassen, wie Sie wollen, aber vielleicht würden Sie sich bereit finden, das bei einer Veröffentlichung gefährliche Material herauszunehmen oder vielleicht unverständlich zu machen.«

»Ausgeschlossen.«

»Mr. Melford, Sie wissen, daß diese Leute sich nicht mit Drohungen begnügen werden«, sagte MacLaren zögernd. »Ich möchte Sie nicht ängstigen, aber...«

»Sollen sie ihr Äußerstes versuchen! Und Sie sollten sich eins klarmache: Ihre Freunde...«

»*Es sind nicht meine Freunde*!« brüllte MacLaren so laut, daß Jamie förmlich zurückprallte. Dann fuhr er in ruhigem Ton fort: »Entschuldigen Sie, ich hätte nicht grob werden sollen. Aber Sie sind ein starrsinniger Mann, Mr. Melford, und auch ich habe Temperament. Mir mißfällt Ihre fortwährende Unterstellung, daß ich ein Lügner und irgendwie mit diesen Leuten, die Sie bedroht haben, verbündet sei!«

Jamie fühlte, wie er errötete, gab aber nicht nach. »Glauben Sie, Leute, die Jock Cannon zu Tode ängstigten und seine und meine Frau terrorisieren, würden vor einer Lüge zurückschrecken?«

»Wenn Sie es so sagen – wahrscheinlich nicht«, antwortete MacLaren. Es klang traurig.

»Nun, diese Leute, ob sie Ihre Freunde sind oder nicht, können mir nichts anhaben, weil ich einfach nicht an ihren Hokuspokus glaube! Jock Cannon hatte angefangen, daran zu glauben, und das war fatal für ihn – brachte ihn vielleicht sogar um. Aber mich kann es nicht in gleicher Weise treffen, weil ich nicht daran glaube!« In seiner Erregung wurde er nun selbst laut, aber MacLaren entwaffnete ihn mit einem unerwarteten, breiten, unwiderstehlichen Lächeln.

»Das ist der rechte Geist«, sagte er zustimmend. »Wenn Sie gewillt und entschlossen sind, es allein mit diesen Leuten aufzunehmen, dann steckt in dieser Haltung Ihre einzige Chance, ohne Schaden aus der Sache herauszukommen. Und falls Sie es sich anders überlegen sollten, rufen Sie mich. Jederzeit. Zu jeder Tages- oder Nachtstunde. Und ich werde für Sie beten.«

Ohne weitere Abschiedsworte stand er auf und ging hinaus. Jamie blieb verdutzt zurück, allein mit der noch immer unbeantworteten Frage, ob der Mann es am Ende doch ehrlich gemeint habe.

6

Barbara Melford schlug die Augen auf. Das Licht rief einen dumpfen Schmerz in ihrem Kopf hervor. Sie setzte sich und lauschte in die Stille der Wohnung.

Normalerweise erfüllten morgens die Geräusche von Jamies Nachrichtensendung, Mutter Melfords Hantieren in der Küche, wenn sie Kaffee zubereitete, von laufendem Wasser im Bad oder sonstwo die Wohnung. An diesem Morgen herrschte vollkommene Stille bis auf das schwerfällige Ticken der Uhr. Barbara starrte ungläubig zum Zifferblatt: elf Uhr?

Großer Gott, dachte sie, ich habe wie eine Tote geschlafen! Jamies Bett war in Unordnung, die Decke zurückgeschlagen, es war leer. Dann, langsam und wie die Erinnerung an einen schlechten Traum, kehrte das Geschehen der vergangenen Nacht in ihr Bewußtsein zurück. Hatte sie Cannons Manuskript tatsächlich in schlafwandlerischer Verwirrung ins Feuer geworfen? Ihre letzte Erinnerung nach dem Zwischenfall war die, daß Jamie mit der Kopie unter dem Kopfkissen eingeschlafen war. Bald darauf war auch sie wieder eingedämmert, bis zuletzt verfolgt von der Vorstellung, beim Erwachen werde sich womöglich herausstellen, daß sie irgendeine neue Schreckenstat verübt hatte.

Mißlaunig stand sie auf, zog einen Bademantel über und ging ins Wohnzimmer. Mutter Melford mochte inzwischen einkaufen gegangen sein; vielleicht hatte auch Dana ihr den Gefallen getan, irgendwohin zu gehen.

Das Wohnzimmer war verlassen, aber an eine Sessellehne beim Kamin war eine Notiz geheftet: »Liebe Barbara, du schliefst so gut, daß ich es nicht übers Herz brachte, dich zu wecken, und Jamie sagte, du hättest eine unruhige Nacht gehabt, also ließ ich dich schlafen. Ruhe dich gut aus, Liebes. Ich helfe Dana bei der Wohnungssuche. Flora Melford.«

Barbara schnitt eine Grimasse und warf den Zettel in den Kamin. Ich muß ein völlig verderbter Mensch sein, dachte sie. Je mehr sie sich bemüht, nett zu sein, desto unechter kommt es mir vor, und das muß mein Fehler sein, nicht ihrer.

Mit Unbehagen erinnerte sie sich, daß sie für diesen Vormittag zwei Termine für Werbeaufnahmen hatte. Sie rief an und bat im Büro, neue zu vereinbaren. Jetzt war es dank Mutter Melfords wohlmeinender Fürsorge ohnehin zu spät, ins Atelier zu fahren. Ein längerer Aufenthalt unter der Dusche tat ihr gut; sie zog alte Jeans und einen Pullover an, band das feuchte Haar in einem Kopftuch auf und tappte auf der Suche nach etwas Kaffee zur Vervollständigung der Kur barfuß in die Küche. Sie streckte die Hand zur Kaffeedose aus, als ihr Blick auf etwas fiel:

schnell zog sie die Hand zurück und keuchte vor Entsetzen.

Vor ihr auf dem Küchenbuffet lag ein roh gearbeitetes hölzernes Kreuz; auf dieses Kreuz war der ausgestreckte Leichnam einer graugrünen Kröte genagelt.

Schaudernd starrte sie auf das Ding, vor Entsetzen konnte sie ihren Augen kaum trauen.

Wie war das da hingekommen? Wenn es heute früh schon in der Küche gewesen wäre – ausgerechnet in der Küche! –, hätte Mutter Melford mit ihren Schreien die Wände zum Einsturz gebracht. Barbara hatte keinen Schrecken vor toten Tieren als solchen, aber die sadistische Grausamkeit dieser Tat und die blasphemische Absicht verursachten ihr Übelkeit.

Konnte es sich um einen widerwärtigen Scherz handeln? Mutter Melford hatte sich gestern abend über ihre Absicht mokiert, ihre Kinder einmal religiös zu erziehen... Sollte dies ihre zusätzliche Antwort sein?

Barbara wußte, daß ihre Schwiegermutter sie nicht mochte. Doch um so etwas zu tun, mußte sie sie wirklich hassen.

Und würde ein geistig gesunder Mensch ein wehrloses armes Tier zu Tode quälen, bloß um jemand anderem einen solch geschmacklosen Streich zu spielen?

Barbara war nicht naiv und wußte, daß Tierquälerei keine noch nie dagewesene Erscheinung war; sie so hautnah zu erleben, war jedoch entnervend. Sie wollte das Ding aufheben und in den Mülleimer werfen, hielt aber inne, als die Erkenntnis sie wie der Schlag eines Dampfhammers traf: Das ist die Methode, mit der sie Jock Cannon erledigten.

Nun hatten sie auch mit ihr angefangen.

Aber warum mit ihr? Warum nicht mit Jamie? Sollte sie das Schreckensding lieber aufbewahren, um es ihm zu zeigen?

Nein, es würde ihn nur noch mehr aufregen...

Doch als sie die Hand wieder ausstreckte, um das Monstrum aufzuheben, mußte sie feststellen, daß ihre Finger nicht zugreifen konnten. Nach kurzer Unschlüssigkeit ließ sie es liegen, bereitete sich eine Tasse Pulverkaffee unter dem Warmwasserhahn und ging ins Wohnzimmer, um ihn dort zu trinken, damit sie das gräßliche Ding nicht sehen mußte.

So weit, so schlecht. Dieselben Leute, die Jock Cannon verfolgt und eingeschüchtert hatten, versuchten es jetzt mit ihr und Jamie. Aber wie war das Ding in die Wohnung gelangt? War jemand eingedrungen, während sie geschlafen hatte? Das würde bedeuten, daß jemand einen Duplikatschlüssel hatte.

Sie hatte Jock Cannons frühere Bücher nur flüchtig gelesen, nun aber, angestachelt von einer unbestimmten Halberinnerung, ging sie zum Bücherschrank und nahm ein Exemplar von *Der Teufel in Amerika* heraus. Nach einiger Suche fand sie in einem Bericht über Geflügelopfer bei Voodoo-Ritualen in New Orleans folgenden Abschnitt:

> Der verstorbene Aleister Crowley hinterließ die Schilderung einer grotesken Zeremonie, in deren Verlauf eine auf den Namen Jesus, Sohn des Joseph, getaufte Kröte drei Tage in einem Kasten aus Zedernholz gehalten wurde, während man vor ihr betete, Weihrauch verbrannte und sie verehrte. Unterdessen schnitzte der Zauberer ein Kreuz, auf welches er das Tier am dritten Tag nagelte.

Aber Jocks Buch gab keinen Hinweis darauf, warum solch ebenso sinnlose wie bösartige und frevelhafte Handlungen verübt wurden. Barbara hatte immer angenommen, daß derartige Perversionen religiösen Empfindens das Werk von Menschen waren, die aus irgendeinem Grund die Kirche verlassen hatten und nun von dem krankhaften Verlangen getrieben waren, öffentlich zu bespeien und zu beschmutzen, was sie einst als heilig verehrt hatten. Doch die unmittelbare Begegnung mit diesem scheußlichen Zeugnis geistiger Verirrung gab ihr das beklemmende Gefühl, dem Wahnsinn nahe zu sein.

Stumpf dachte sie, daß sie das Ding beiseite schaffen sollte, bevor Jamie nach Haus käme, aber sie blieb wie gelähmt im Sessel sitzen, das offene Buch in der schlaff herabhängenden Hand. In der Asche des Kaminfeuers lagen eng geschichtet zerfallende und gewellte schwarze Aschenblätter: der verbrannte Durchschlag des Manuskripts.

Wie hatte sie so etwas tun können? Sie war nie Schlafwandlerin gewesen, nicht einmal als kleines Mädchen.

Schritte und Stimmen im Hauskorridor rüttelte sie ein wenig aus ihrer Mattigkeit auf, und als Mrs. Melford und Dana hereinkamen, beide lächelnd und gerötet von der kalten Luft, setzte sie sich aufrecht und trank den Kaffee aus.

»Hallo, Liebes.« Die alte Frau kam herein und beugte sich vor, um sie auf die Stirn zu küssen. »Was machen die Kopfschmerzen? Hat Jamie angerufen? Gehst du heute nicht zur Arbeit?«

»Natürlich bin ich gegangen«, sagte Barbara mit einem schiefen Lächeln. »Was du siehst, ist nur mein Astralleib. Hallo, Dana. Hattest du Glück bei der Wohnungssuche?«

»Ich habe eine Wohnung angesehen, die ich wahrscheinlich nehmen werde«, sagte Dana. »Fühlst du dich besser, Barbara? Du siehst gar nicht gut aus, und Jamie sagte, du hättest geschlafwandelt.«

Die Vorstellung, daß die drei beim Frühstück über sie diskutiert hatten, war ihr zuwider. Sie raffte sich auf, sagte trocken: »Es geht mir ganz gut, danke«, dann stand sie auf, das Buch in der Hand.

»Was liest du da? Oh...«, Mrs. Melford machte eine Grimasse des Abscheus, »...dieses Ding!« Sie nahm ihre Einkaufstasche vom Stuhl, wo sie sie abgestellt hatte.

»Nun, es wird Zeit, daß ich mich um das Mittagessen kümmere...«

Sie wollte in die Küche, hatte die Tür jedoch kaum durchschritten, als sie mit einem schrillen Aufschrei zurückprallte: »Äh! Äh! Oh...!«

Barbara zuckte zusammen. Sie hatte die gräßliche gekreuzigte Kröte auf dem Küchenbuffet neben der Kaffeedose liegengelassen.

Mrs. Melford wandte sich erregt und mit verzerrtem Gesicht zu Barbara. »Hast du das da hingelegt? Hast du es liegengelassen? Oh, wie grauenhaft! Ich kann es nicht sehen, kann es nicht anfassen!«

Barbara seufzte. »Tut mir leid. Ich hätte es in den Abfalleimer werfen sollen, dachte aber, Jamie sollte es sehen, also ließ ich es liegen...«

»Du ließest es liegen? Bist du von Sinnen, solch ein Ding auf dem Buffet liegen zu lassen...«

»Ich meine, ich fand es dort«, sagte Barbara müde. »Und ich habe es nicht angerührt.«

»Aber Barbara«, sagte Dana, das süße Gesicht ein Bild der Verblüffung, und sah sie mit großen Augen an. »Wie konntest du es dort finden? Es war nicht da, als wir frühstückten, nicht wahr, Mutter?«

»Ganz gewiß nicht!« sagte Mrs. Melford energisch. »Und es ist nicht mit eigenen Füßen da hineingegangen! Und außer dir ist niemand dagewesen, Barbara! Soll das ein Scherz sein? Es ist nicht sehr komisch, muß ich sagen, aber...«

»Ich habe es da nicht hingelegt«, protestierte Barbara, »und ich finde es auch nicht komisch. Ich ging vor einer halben Stunde in die Küche, um mir Kaffee zu machen, und da lag es auf dem Buffet. Ich – ich konnte es nicht anrühren«, schloß sie matt.

Mrs. Melford musterte sie skeptisch. Dana runzelte ein wenig die Stirn, und ihre klaren blauen Augen betrachteten Barbara mit einem bekümmerten und erschreckten

Ausdruck. »Aber Barbara, wenn sonst niemand hiergewesen ist, bist du sicher, daß du es nicht da hingelegt hast... vielleicht, als du geschlafwandelt hast?«

»Ich habe nur dieses eine Mal geschlafwandelt«, sagte Barbara, die sich plötzlich in die Enge getrieben fühlte und zornig wurde. »Und ich habe es nicht getan. Vielleicht hast du es dort hingelegt.«

Darauf antwortete Dana nicht einmal. Sie zuckte bedeutungsvoll die Achseln, wandte sich ab und sagte zu Mrs. Melford: »Ich glaube, sie fühlt sich nicht sehr gut, Mutter. Wir wollen sie nicht plagen.«

Barbara schüttelte hilflos den Kopf, sah sich aber vollends in die Rolle einer Verrückten gedrängt, auf die Rücksicht zu nehmen war, als Mrs. Melford mit einem vielsagenden Unterton meinte: »Ihr Bruder, der arme Jerry – irgendwie fühle ich mich schuldig. Es wäre furchtbar, wenn so etwas noch einmal passierte...«

Sie verschwand in der Küche und kam gleich darauf wieder zum Vorschein, die gekreuzigte Kröte in der Hand. Nach allem anfänglichen Geschrei und Aufhebens schien sie jetzt ganz unbefangen damit umzugehen.

»Du solltest dich wieder hinlegen, Barbara«, sagte Dana und streckte ihr die Hand hin. »Wenn das Mittagessen fertig ist, werde ich dir etwas davon bringen.«

Die Aufdringlichkeit ihrer Fürsorge reizte Barbara nur noch mehr. Sie sagte kurz: »Ich fühle mich nicht schlecht.«

»Nun, nach deinem Aussehen und Benehmen... Ich werde dieses Ding in den Müllschlucker stecken«, sagte Mrs. Melford, und sie ging aus der Wohnung zum Müllschacht. Dana sagte halblaut: »Sie sorgt sich nur um dich, Barbara. Sei nicht verstimmt.«

»Ich bin nicht verstimmt. Und um zu beweisen, daß ich gut von ihr denke«, versetzte Barbara ein wenig grimmig, »werde ich ihr etwas Arbeit ersparen, indem ich die Betten und das Schlafzimmer selbst mache.«

»Oh, macht sie deine ganze Hausarbeit? Du Glückspilz,

du«, sagte Dana mit großen Augen. »Weißt du, was Zugehfrauen kosten?«

»Ich habe oft genug versucht, eine einzustellen; ich will mir nicht nachsagen lassen, ich machte meine Schwiegermutter zur Hausmagd. Aber sie weigert sich einfach, jemand anders in die Wohnung zu lassen. Eine Putzfrau wäre ihr nur im Weg, sagt sie.«

»Niemand hat dich beschuldigt«, sagte Dana. »Meine Güte, bist du heute gereizt! Was liest du da?«

Sie nahm Barbaras Hand, die noch das Buch hielt, drehte sie um und warf einen Blick auf den reißerisch aufgemachten Titel. »Hu! Kein Wunder, daß du dich so elend fühlst.«

Barbara unternahm eine entschlossene Anstrengung, befreite ihre Hand aus Danas und sagte: »Kümmere dich nicht um mich; ich bin nicht in der Stimmung für Gespräche. Ich möchte auch kein Mittagessen. Wenn ich das Schlafzimmer aufgeräumt habe, werde ich ins Atelier fahren und in der Stadt einen Bissen essen. Tut mir leid, wenn es sich gereizt anhört, Dana; es ist keine Absicht.« Sie ging ins Schlafzimmer und schloß die Tür hinter sich, dann preßte sie die Hände an ihre Schläfen.

Vielleicht meinte Dana es auch gut, aber dieser liebenswürdige, unschuldsvolle Ausdruck war einfach zuviel! Niemand konnte so lieb und süß sein!

Mißlaunig machte sie die Betten, wischte Bad und Dusche, fegte den Boden und ging mit dem Staubtuch über Nachttische und Frisierkommode. Sie kochte innerlich. Mit Vergnügen hätte sie eine Zugehfrau eingestellt, aber Jamies Mutter beharrte darauf, daß eine fremde Frau in der Wohnung, die sich in alles einmischen und mit all ihren Dingen herumfuhrwerken würde, eine unangenehme Beeinträchtigung der Privatsphäre wäre. Daß sie selbst durch ihre schwiegermütterliche Anwesenheit Jamies und ihre Privatsphäre beeinträchtigte, kam ihr jedoch nie in den Sinn.

Anfangs hatte Barbara einen ausgesprochenen Widerwillen dagegen gehabt, daß Jamies Mutter ihre Betten machte, möglicherweise in ihren Schubladen wühlte, ihre Wäsche ordnete und ihr Kamm und Bürste reinigte. Sie hatte durchzusetzen versucht, daß sie ihr Schlafzimmer selbst in Ordnung halten würde. Aber Mrs. Melford hatte verletzt und sarkastisch reagiert. »Du denkst, ich würde vielleicht in deinen Kommodenschubladen schnüffeln? In deinen privaten Papieren blättern? Vielleicht in deine Nachttischschublade schauen, um zu sehen, was für Pillen du nimmst?«

»Nein, nein«, hatte Barbara protestiert, schuldbewußt, weil sie genau dies befürchtete. »Ich möchte nur nicht, daß du wie eine Dienerin behandelt wirst.«

»Eine Dienerin? Eine Dienerin? Du kommst aus einer Familie, die Diener hat? Ich bin nicht so vornehm, ich möchte nur wie in meiner eigenen Wohnung sein. Ich arbeite gern!« Dann hatte sie die Stimme gesenkt und hinzugefügt: »Aber ich bin nur eine arme alte geduldete Großmutter, keine Hausherrin mehr, die ihre eigene Küche hat. Ich wäre besser im Altersheim! Eine Zeit hatte ich gedacht, ich könnte hier zu Hause sein...«

»Ach, um Himmels willen, Mutter! Tue meinetwegen, was du willst!«

»Damit du mich verdächtigst? Nein, ich sage dir, was du tun solltst!« Und ein halb trauriges, halb mißgünstiges Lächeln war über die Züge der alten Frau geglitten. »All deine Geheimnisse, alle Dinge, die ich nicht sehen soll, schließt du einfach weg. Besorge dir ein großes Schloß, und dann...«

»Lieber Himmel, Mutter, ich habe keine Geheimnisse!« hatte Barbara gerufen, und dabei war sie sich vorgekommen wie eine rebellische Halbwüchsige, schuldbewußt und unglücklich. »Es tut mir leid! Wenn du nicht verstehen kannst, wie ich es gemeint habe, vergiß es!«

Und Jamie hatte später halb entschuldigend gesagt:

»Mutter hatte immer ihren eigenen Hausstand, und ich glaube, sie fühlt sich einsam, wenn sie keine Hausarbeit zu erledigen hat. Schließlich ist sie nicht, was du intellektuell nennen würdest, weißt du.«

Das war wohl richtig. Die alte Frau las wenig, sah nicht fern, schien eine Abneigung gegen das Radio zu haben und kannte keine Steckenpferde, ausgenommen den kleinen Kräutergarten, mit dem sie sich gern beschäftigte: Schnittlauch und Salbei, Petersilie und Estragon, Basilikum und ein halbes Dutzend Blumentöpfe mit anderen Kräutern, die Barbara nicht kannte, die im allgemeinen aber angenehm dufteten, süß oder scharf oder bitter, und deren Geschmack sie meistens in irgendeinem Schmorgericht oder in einer Bratensoße wiedererkannte... Die alte Frau war eine vorzügliche Köchin.

Auch schien sie kaum Freundinnen zu haben; daß sie sofort eine Zuneigung zu Dana gefaßt hatte, konnte man nur als die Ausnahme ansehen, die die Regel bestätigte. Wäre sie jünger gewesen, hätte Barbara sich gefragt, ob ihre Schwiegermutter lesbische Neigungen habe; ihre plötzliche Freundschaft mit Dana war beinahe eine Vernarrtheit.

Nun aber, als Barbara mißmutig wischte und fegte, merkte sie, daß die körperliche Arbeit ihre gute Laune allmählich wiederherstellte. Man mußte verstehen, daß die arme alte Frau einsam war. Und da es ihr anscheinend unmöglich war, Barbara zu mögen, war es vielleicht angenehm, eine junge Freundin zu haben, die sie wie eine Tochter behandeln konnte. Und wenn Dana sich tatsächlich etwas aus Jamie machte, wäre es besser, sie zu bedauern, statt gehässig und eifersüchtig zu sein. Jedenfalls durfte man Mutter Melford die Freundschaft mit Dana nicht verübeln; Barbara selbst mangelte es, weiß Gott, nicht an Freundinnen, und ihre Schwiegermutter hätte die Wohnung geradesogut zum Versammlungsort eines ganzen Schwarmes von alten Vetteln machen können. Wenigstens das war ihr erspart geblieben.

Aber dieser Hinweis auf Terry wurmte sie. Sollte das heißen, daß sie bei ihr, Barbara, eine ähnliche Entwicklung erwartete?

Galt schlafwandeln nicht als ein Zeichen von Geistesgestörtheit?

Sie hatte so etwas noch nie getan. Ein Psychologe hatte ihr einmal erklärt, sie sei beneidenswert frei von neurotischen Neigungen. »Wenn alle Leute wie Sie wären, Mrs. Melford, wäre ich arbeitslos«, hatte er lachend erklärt. Barbara hatte bloß überlegt, ob das Problem vielleicht mit einem Mangel an Einbildungskraft zusammenhänge.

»Nun, jetzt mache ich es wieder gut«, sagte sie halblaut zu sich selbst, als sie Besen und Staublappen wegräumte.

War Mutter Melford imstande, ihr den grausamen Streich mit dem toten Tier zu spielen?

Jamie würde niemals dazu imstande sein. Andererseits, wenn die Wohnung abgesperrt und niemand sonst zu Haus gewesen war...

Barbara ermahnte sich, jetzt nicht durchzudrehen. Aber es gab nur fünf Möglichkeiten. Eins: Mutter Melford oder Dana hatten die gekreuzigte Kröte dorthin gelegt, damit sie das blasphemische Monstrum finde. Aber warum sollten sie so etwas tun?

Zwei: Jamie hatte es für sie liegen gelassen. Nein. Sie kannte Jamie, und er würde es einfach nicht tun. Nicht einmal versehentlich würde er es liegen gelassen haben, wo sie oder seine Mutter oder auch Dana es finden konnten.

Drei: Jemand hatte einen Schlüssel zur Wohnung. Das war gewiß die wahrscheinlichste Möglichkeit, aber dennoch kaum anzunehmen. Dieser Nervenkrieg hatte erst vor einem oder zwei Tagen begonnen; konnten sie sich so rasch ausgerüstet haben?

Vier: Das Tier war bei einer spiritistischen Sitzung oder

dergleichen durch einen üblen Zauber materialisiert worden. Diese Idee war zu lächerlich, als daß man sie in Erwägung ziehen konnte. Barbara war bereit, an Mord durch Einschüchterung und Suggestion zu glauben, aber nicht durch die Überwindung von Naturgesetzen durch faulen Zauber.

Fünf: Sie selbst hatte es getan, schlafwandelnd oder in einem Anflug von Geistesverwirrung. Der Gedanke erfüllte sie mit jähem Schrecken. Sie hatte das Manuskript verbrannt – wenigstens hatte Jamie gesagt, daß sie es getan habe, und sie hatte die verkohlten Reste gesehen. Was mochte sie sonst noch angestellt haben?

Sie legte sich nieder, streckte sich auf dem Bett aus und versuchte vergeblich, sich auf die Ereignisse des vergangenen Abends zu besinnen. Die quälenden Kopfschmerzen. Wie Dana sich erbötig gemacht hatte, ihr Schultern und Nacken zu massieren. Wie sie sich ausgekleidet hatte und ins Bett gekommen war, wußte sie nicht mehr; ihre einzige Erinnerung war die des unerträglichen Schmerzes, der ganz allmählich vergangen war, als hätte die fast hypnotische Wirkung von Danas langsam über Hals und Schultern streichenden Händen ihn an einem elektrischen Draht abgeleitet. Und dazu ihre weiche, besänftigende Stimme.

Sie ist so nett zu mir, dachte Barbara, und ich bin so ekelhaft, seit sie hier ist. Jamie hätte sie heiraten sollen. Sie ist viel netter als ich.

He, könnte sie mich hypnotisiert haben?

Ich werde wirklich paranoid! Dana würde so etwas nicht tun. Das ist schon Verfolgungswahn!

Undeutlich war ihr bewußt, daß sie zur Arbeit sollte, daß sie aufstehen und sich anziehen und wegen der Nachmittagstermine noch einmal im Atelier anrufen sollte. Außerdem sollte sie die Friseuse anrufen und einen Termin vereinbaren – ihr Haar mußte geschnitten und gelegt werden – und sie wollte in der Zeitung nachsehen, ob die nachweihnachtlichen Niedrigpreisaktionen schon inseriert waren: sie brauchten neue Handtücher. Außerdem hatte sie noch Weihnachtseinkäufe zu erledigen. Wenn Dana bis Weihnachten bei ihnen bliebe, würde sie ein Geschenk für sie besorgen müssen... Aber sie fühlte sich einfach zu müde, um sich zu irgend etwas aufzuraffen.

Draußen im Wohnzimmer hatte Dana das Radio eingeschaltet – nein, sie sang. Ihre Stimme war leise und beinahe tonlos, wie ein Wind, und das Lied, aus ständig wiederholten Bruchstücken bestehend, schien kein Ende nehmen zu wollen. Barbara gähnte; es machte sie schläfrig. Aber lieber Himmel, nachdem sie fast bis Mittag geschlafen hatte, konnte sie um zwei Uhr nachmittags doch nicht schon wieder müde sein!

Sie nahm das Buch *Der Teufel in Amerika* vom Nachttisch, schlug es willkürlich auf und begann wieder zu lesen.

> Diese weißen Hexen haben keine Verbindung mit dem Teufel oder irgendeiner Vereinigung von Satanisten. Sie schreiben ihre Kräfte wohltätigen Naturgesetzen zu und scheinen auf die legendären weisen Frauen, Hebammen und heilkundigen Kräuterweiblein des Mittelalters zurückzugehen, deren auf Überlieferung gegründete Naturmedizin seit Beginn der Neuzeit von der »wissenschaftlichen Medizin« als unliebsame Konkurrenz empfunden wurde, was in der Folgezeit zur Verfolgung und Verurteilung vieler weiser Frauen in Hexenprozessen führte, so daß ihr einst starker Einfluß auf die Volksmedizin mehr und mehr zurückging. Ihre heutigen Nachfahrinnen beschäftigen sich hauptsächlich mit Liebeszaubern und dem Verkauf von Amuletten zum Schutz gegen alle Widrigkeiten des Lebens, vor allem aber gegen Unfruchtbarkeit und eheliche Zwietracht.

Vielleicht war es das, was sie brauchte, dachte Barbara schläfrig: einen Fruchtbarkeitszauber. Was das anging, wurde gemunkelt, daß unten im East Village, wo die Hippies sich versammelten, neuerdings die alten Fruchtbarkeitskulte, verbunden mit Orgien, wieder im Schwange seien. Aber wer Orgien abhalten wollte, brauchte dazu keinen Fruchtbarkeitskult.

Sie las weiter und zwang ihre Augen, sich auf die verschwimmenden Buchstaben zu konzentrieren. Es konnte nicht sein, daß sie um diese Zeit schon wieder schläfrig war.

> Das genaue Gegenteil der wohlmeinenden, wenn auch wahrscheinlich nutzlosen Liebeszauber und Amulette der weißen Hexen finden wir in den bösartigen Schadenszaubern, Hexenbeuteln und anderem Verwünschungszubehör der schwarzen Hexe oder Zauberin. Ich habe erlebt, daß solche Zauber Männer impotent machten, Ehen zerstörten und Frauen Unfruchtbarkeit brachten. Die Kraft der Suggestion ist stark, aber ich möchte auch die Möglichkeit telepathischer Kraft nicht ausschließen, selbst dort nicht, wo das Opfer von seiner Verwünschung angeblich nichts weiß.

Das Buch fiel aus Barbaras Hand. Dummes Zeug, dachte sie schläfrig. Der arme Jock glaubte all diesen Unsinn, und sie ängstigten ihn damit zu Tode. Sie schloß die Augen.

Nur ein kleines Nickerchen...

Im Nebenzimmer murmelte Danas Stimme wie ein sprudelnder Quell weiter und weiter, und allmählich sank Barbara unter die Oberfläche des Wassers, dessen kleine Wellenriffel über ihrem Kopf weiterspielten.

Sie schien in einer mächtigen, grau gewölbten Halle zu sein, umgeben von Säulen, deren schwarze Oberflächen jeden Lichtschein spiegelten, als wären sie aus Ebenholz oder poliertem Jett gemacht. In der Mitte der Halle brannte ein schwelendes Feuer und verbreitete einen süßen Duft mit bitteren Beimengungen. Barbara ging auf wankenden Knien auf das Feuer zu, langsam, als bewege sie sich unter Wasser.

Eine dunkle Gestalt kauerte am Feuer. Weiße, knochige Hände schauten unter dem wallenden, schwarzen Kapuzengewand hervor. Zwischen den Händen sah Barbara die schlaffe Gestalt eines kleinen Tieres, einer Maus oder einer jungen Katze, und ein Messer... Der leise, einförmige Gesang schwoll an zu hypnotisch rhythmisierten Anrufungen, das Messer blitzte, ein quiekender kleiner Schrei ertönte...

Barbara hörte sich selbst laut wimmern und fuhr erschrocken auf. Der Raum war leer, und es war ihr eigenes, vertrautes Schlafzimmer. Es gab keine Halle, keine Säulen, keine verhüllte Gestalt, kein totes Tier...

Ihre Hand, die neben ihr auf dem Bett lag, zog sich entsetzt zusammen. Da lag etwas neben ihrem Handrücken, warm und schlaff... etwas...

Der Blick ihrer schreckgeweiteten Augen suchte es, und da lag es neben ihr, noch warm; rotes Blut tröpfelte aus der Kehle: eine große graue Maus, tot, aber noch nicht kalt.

Ein Schrei zog ihre Kehle zusammen, kam aber nicht heraus. Im Nebenzimmer sang Dana noch immer ihre eintönige Melodie, und durch die Türritzen zog der gute Duft gebratenen Fleisches mit Kräutern von der Küche herein. Die beiden anderen gingen unbekümmert ihren Beschäftigungen in der Wohnung nach und sie... sie...

Was hatte sie getan?

Konnte eine der beiden unbemerkt hereingekommen sein?

Wenn sie sie jetzt herbeiriefe...

Wenn sie sie beschuldigte...

Was konnte sie schon erwidern, wenn sie es leugneten? Mutter Melford glaubte schon jetzt, daß sie den Weg ihres Bruders gehe – in den Wahnsinn.

Konnte sie im Schlaf aufgestanden sein, irgendwie eine Maus gefangen und, immer noch im Schlaf, getötet haben?

Das war ausgeschlossen... Das war verrückt! Sie konnte es nicht getan haben!

Hatte eine der Frauen (sie haßten sie, mußten sie hassen!) ihr diesen bösen Streich gespielt? Und wenn sie eine von ihnen oder beide beschuldigte, wer in aller Welt würde glauben, daß diese allem Anschein nach vernünftigen Frauen zu solch einer Tat imstande wären?

Sie versuchte die Panik zu unterdrücken und sich an ihre schwindende Vernunft zu klammern. Warum sollten sie so etwas tun? Sicherlich haßten sie sie nicht. Sie waren nett zu ihr. Mutter Melford besorgte freiwillig die gesamte Hausarbeit und gab Barbara so die Möglichkeit, ohne die hektische Plackerei der meisten arbeitenden Hausfrauen ihrem Beruf nachzugehen. Dana hatte sich mit Erfolg bemüht, sie von den unerträglichen Kopfschmerzen zu befreien. War sie, Barbara, im Begriff, wie der arme Jerry den Verstand zu verlieren? Wenn man sich selbst als das Opfer einer Verschwörung sah, war dies oftmals das erste Anzeichen einer Geisteskrankheit.

Aber war es nicht besser, man sah sich als das Opfer einer Verschwörung, als zu glauben, daß man den Verstand verloren hatte, schlafwandelte und in einem Zustand der Umnachtung Manuskripte verbrannte und Mäuse umbrachte? Sie hielt sich den Kopf mit beiden Händen und ächzte: »Lieber Gott, hilf mir!«

Da war die tote Maus, die allmählich erstarrte. Ihr Blut hatte das Laken befleckt. Erfüllt von einem beinahe fiebrigen Abscheu, lief sie ins Bad und wickelte das tote Tier in ein Kleenex-Tuch.

Jamie wird mir das nie glauben, dachte sie. Ich sollte die Maus aufbewahren und ihm zeigen.

Wird er mich dann für verrückt halten?

Der ganze Raum schien irgendwie zu pulsieren. Sie setzte sich an die Frisierkommode und wartete, daß es nachließ.

Blut auf dem Bett... Vergossenes Blut.

Blut...

Wieder eilte sie ins Bad, wo sie prompt die Tasse Kaffee erbrach, die alles war, was sie seit letztem Abend zu sich genommen hatte. Noch lange nachdem der Kaffee hochgekommen war, stand sie über das Becken gebeugt, würgte matt, spuckte Schleim und fühlte, wie der ganze Körper unter den krampfhaften Kontraktionen der Übelkeit schmerzte. Zuletzt wusch sie sich das Gesicht mit kaltem Wasser, ging hinaus und legte sich wieder aufs Bett, nur um gleich wieder aufzuspringen, unfähig, die Nähe des frischen Blutes zu ertragen.

In einer nervösen Raserei riß sie die Laken vom Bett und stopfte sie mit schuldbewußter Hast in den Wäschekorb.

Mutter Melford wird das Blut sehen, dachte sie. Was wird sie glauben?

Wahrscheinlich wird sie denken, daß ich die Periode habe und unachtsam gewesen bin, das ist alles. Demütigend, wie die Vorstellung war, war sie doch besser als die Wahrheit.

Wer hätte gedacht, daß eine kleine Maus so stark bluten konnte? Es schien Barbara, daß das Blut die Rheumaunterlage durchdrungen und sogar die Matratze befleckt hatte. Ein eigentümlich muffiger Geruch lag in der Luft, wie – wie von einem Mäusenest, dachte sie angewidert. War es möglich, daß Mäuse in der Matratze hausten?

Mit zitternden Händen zog sie die Matratze halb vom Bett und hielt nach angefressenen Stellen Ausschau. Die Matratze schien intakt zu sein, aber der eklige Geruch drang ihr jetzt noch stärker in die Nase, und wieder drohte ihr übel zu werden. Sie zwängte sich zwischen Bett und Wand, hob die Matratze und stieß sie fort. Die Matratze fiel sich überschlagend auf den Boden und gab den grün und weiß bespannten Bettkasten mit dem Federrahmen frei. In der Mitte, niedergedrückt von den Spiralfedern des Rahmens, lag ein kleiner Beutel aus grobem Stoff.

Wie im Traum streckte Barbara die Hand danach aus.

Was war das? Sie hatte es nicht dorthin gelegt.

Aber wann hatte sie zuletzt das Bett gemacht? Mutter Melford erledigte doch alle Hausarbeiten.

Jamies Mutter. Aber warum sollte sie etwas in Barbaras Bett tun?

Zögernd, mit widerstrebenden Empfindungen, hob sie den kleinen Leinenbeutel aus dem Bettkasten.

Der Stoff war grobes Naturleinen in der gelblichen Flachsfarbe des ungebleichten Stoffes. Oben war er mit einer derben schwarzen Schnur zugebunden und mit einer Anzahl komplizierter Knoten verschlossen. Barbara mühte sich minutenlang hartnäckig damit ab, dann nahm sie ihre Nagelschere von der Frisierkommode und durchschnitt die Schnur.

Ein seltsamer, unangenehmer und muffiger Geruch entströmte dem Beutel. Barbara fühlte sich an Mutter Melfords Kräutergarten erinnert, doch dort waren wohlriechende Kräuter. Sie wußte, daß manche Leute getrocknete Lavendelblüten kauften, um sie in Duftkissen einzunähen, aber kein vernünftiger Mensch würde solches Zeug verwenden: es stank.

Sie entfernte die zerschnittenen Schnüre und schüttete den Inhalt in ihre Hand.

Da war eine eigentümlich runzlige schwarze Bohne. Da war eine Haarlocke: in ungläubiger Verwunderung erkannte Barbara sie als ihr eigenes Haar, zu einem winzigen Zopf geflochten und verknotet. Da waren zwei kleine schwärzliche Gegenstände, die unangenehm rochen und offensichtlich tierischen Ursprungs waren, doch hatte Barbara kein Verlangen, sich über ihren Ursprung den

Kopf zu zerbrechen. Dann waren da zwei Körner wie von Roggen oder Weizen, beschmiert mit einem klebrigen schwarzen Zeug, das stank. Schließlich war da ein kleines schwärzliches Stück Pergament, das mit Tinte beschrieben war, doch war die Handschrift so undeutlich gekritzelt, daß Barbara nicht einmal die Buchstaben erkennen konnte, obwohl sie den unbestimmten Eindruck hatte, daß der Text nicht englisch war. Und zuallerletzt war noch etwas in dem Beutel, aber es haftete darin, und Barbara, die es langsam mit zitternden Fingern losmachte, fühlte die Übelkeit wiederkehren. Was hatte dies alles zu bedeuten?

Das Buch, in dem sie gelesen hatte, erwähnte Fruchtbarkeitszauber. War Mutter Melford, weil Barbara sich mit dem Kinderkriegen Zeit gelassen hatte, ungeduldig geworden und hatte ihr eine Art Fruchtbarkeitszauber ins Bett praktiziert? Wenn es sich so verhielt, hatte sie den richtigen Ort dafür gewählt

Sie zog den letzten Gegenstand aus dem Beutel. Es war ein Stück steifen Kartons. Als sie es umdrehte, entdeckte sie, daß es ein Schnappschuß von ihr selbst war, aufgenommen mit ihrer eigenen kleinen Kamera, den jemand auf den Karton geklebt hatte. Sie stand mit naß herabhängendem Haar im Badeanzug auf einem Sprungbrett.

Aber die Gestalt war gezeichnet. Mit plötzlich zitternden Fingern hielt Barbara sich das Bild näher an die Augen.

Die Brüste der Gestalt waren mit einer Rasierklinge zerschnitten. Und der Bauch zeigte eine Brandstelle wie von einer Zigarette.

Barbara ließ die Fotografie zu Boden fallen. Sie konnte ihr Zittern nicht beherrschen. Der Schrei, den sie vorhin unterdrückt hatte, steckte ihr wieder in der Kehle. Kein Fruchtbarkeitszauber! Aber Unfruchtbarkeit? Tod? Ekel und Abscheu überwältigten sie. Wieder würgte sie, schmeckte Saures im Mund.

Wer? Warum?

Jemand klopfte leise an die Tür. Danas Stimme rief gedämpft: »Barbara? Möchtest du Mittagessen?«

Ich werde nicht antworten, dachte Barbara, verzweifelt wie ein in die Enge getriebenes Tier. Sie wird denken, daß ich noch schlafe, sie wird wieder weggehen.

»Barbara?«

Barbara antwortete nicht. Die Klinke wurde niedergedrückt, und Dana kam herein.

Barbara brachte soviel Geistesgegenwart auf, daß sie den kleinen Beutel zu Boden fallen ließ. Dana dachte, daß sie schlief, und war trotzdem hereingekommen.

Vielleicht hatte sie ihr die Maus ins Bett gelegt.

»Nanu, Barbara, ich dachte, du schläfst«, rief Dana aus. Ihre Augen weiteten sich, als sie Barbara zwischen dem Bett und der Wand stehen sah, die Matratze und alle Dekken am Boden. »Was in aller Welt tust du da?«

»Ich mache das Bett«, erwiderte Barbara. Ihre Stimme zitterte, aber sie zwang ihre Gesichtsmuskeln zu hölzerner Starrheit.

Denn nun wußte sie die Wahrheit – eine Wahrheit, die eins von zwei Gesichtern hatte, und beide waren Schrekkensmasken, waren auswechselbar.

Entweder war sie verrückt...

...oder sie war in ihrer eigenen Wohnung von bösartigen und wahnsinnigen Feinden umringt.

7

Der frühe Abend dunkelte bereits, als James Melford seiner Sekretärin einen schönen Abend wünschte, seine Pelzkappe vom Haken nahm und das Büro verließ. Im Aufzug dachte er mit einiger Erleichterung, daß Cannons umstrittenes Buch – sein umstrittenstes Buch, berichtigte er sich, weil Jocks frühere Veröffentlichungen bereits verschiedene Kontroversen ausgelöst hatten, vor allem über die Frage, ob der Verlag sich überhaupt auf dieses Gebiet hätte begeben sollen – sich nun sicher in den Händen eines Redakteurs befand, und daß zusätzliche Kopien in seiner Aktentasche und im Bürosafe waren. Wenn sie sich nicht zu einem Generalangriff auf den Verlag, die Agentur Merritt und womöglich die Druckerei entschließen konnten, waren die unbekannten Mächte, die das Erscheinen des Buches zu verhindern suchten, jetzt gezwungen, sich mit dem Scheitern ihrer Bemühungen abzufinden.

Er befand sich in einer Art Hochstimmung. Wenn die Unbekannten, wer oder was sie auch sein mochten, MacLaren zu ihm geschickt hatten, um in Erfahrung zu bringen, welche Wirkung ihr Nervenkrieg gezeitigt hatte, so schmeichelte er sich, MacLaren unbefriedigt fortgeschickt zu haben. Mittlerweile sah er das Ganze als einen persönlichen Kampf zwischen sich selbst und diesen Verrückten an und war nicht gewillt, ihnen auf irgendeine Weise nachzugeben.

Er überquerte die Straße zur öffentlichen Bibliothek und schlug in den Telefonbüchern der fünf Stadtbezirke nach.

Er wußte bereits, daß Manhattan nichts ergeben würde; die Bronx und Staten Island hatten gleichfalls keine Walter Mansells aufzuweisen. Im Telefonbuch von Queens war ein Walter M. Mansell angegeben, doch als Jamie von einem öffentlichen Fernsprecher aus die Nummer wählte und fragte, ob dort ein Pater Mansell wohne, sagte die kindliche Stimme am anderen Ende so ahnungslos »Was?«, daß Jamie hastig mit »Verzeihung, falsch verbunden« antwortete und verwirrt einhängte. Ein der Priesterwürde entkleideter Geistlicher konnte zwar heiraten, würde aber schwerlich Kinder haben – er hatte im Hintergrund Kinderstimmen in einem geräuschvollen Spiel gehört –, die alt genug waren, um das Telefon zu beantworten.

Er war im Begriff, enttäuscht das Feld zu räumen, als ihm einfiel, daß noch ein Stadtbezirk übrig war. Das Telefonbuch von Brooklyn enthielt einen Walter Mansell, und als er die Nummer wählte, meldete sich eine kräftige Baßstimme mit »Ja?«.

Jamie war momentan sprachlos. Nun, da er den abtrünnigen Pater Mansell offenbar ausfindig gemacht hatte, wußte er nicht, was er zu ihm sagen sollte. Schließlich stammelte er: »Äh – ich, verzeihen Sie, ich bin nicht sicher, ob ich den richtigen Mansell gefunden habe. Sind Sie der Walter Mansell, der...«, mein Gott, dachte er, ich kann doch nicht sagen: ›der früher Priester war‹, »...der mit dem Schriftsteller John Cannon bekannt war?«

Die Baßstimme klang ein wenig verwundert. »Wieso, ja, ich kenne Cannon. Was kann ich für Sie tun?«

»Es ist ein bißchen kompliziert«, sagte Jamie. »Ich nehme an, Sie wissen, daß Cannon tot ist?«

Nun war Mansells Bestürzung unverkennbar. »Tot? Nein, ich – wann ist das passiert? Wann wurde er getötet?«

Getötet. Wenn Mansell es so ausdrückte, mußte er mit der Nachricht mehr oder weniger gerechnet und vor allem gewußt haben, daß man Cannon nach dem Leben trachtete. Die normale Frage auf eine Todesnachricht wäre gewesen: »Woran ist er gestorben?« Einer plötzlichen Eingebung folgend, sagte Jamie: »Ja, sie haben ihn zur Strecke gebracht.«

»Die niederträchtigen Teufel!« sagte Mansell scharf. »Aber wer sind Sie?«

Jamie sagte es ihm und fügte hinzu: »Cannon nannte Ihren Namen, kurz bevor er starb. Es war augenscheinlich ein Herzanfall.«

Mansells Stimme klang jetzt vorsichtig. »Aber Sie sagten, sie hätten ihn zur Strecke gebracht.«

»Ich glaube, ich muß mit Ihnen sprechen, Pa – äh – Mr. Mansell. Wann könnte ich mich mit Ihnen treffen?«

»Ich nehme an, ich muß zu Cannons Beerdigung gehen«, sagte der andere zögernd. »Ich weiß nicht. Es wäre mir lieber, Sie würden nicht hierherkommen. Wenn Sie der sind, als der Sie sich ausgegeben haben, werden Sie wissen, warum. von wo aus rufen Sie an?«

»Von der öffentlichen Bücherei.«

»In Manhatten? Nun, schauen wir mal... Angenommen, ich treffe Sie dort. Ich kann in die U-Bahn steigen und in zwanzig Minuten dort sein«, sagte Mansell. »Ich trage keinen Klerikerkragen mehr; ich nehme an, Sie wissen das. Wie werde ich Sie erkennen?«

Jamie schmunzelte. »Ich kann nicht gut hinausgehen und mir um diese Zeit eine weiße Nelke fürs Knopfloch besorgen. Ich trage eine Pelzmütze und habe eine Aktentasche bei mir.«

Die Baßstimme schnaubte ein wenig. »Ich werde Sie irgendwie finden.«

Jamie ging in den Lesesaal und verbrachte fünfzehn Minuten mit dem Durchblättern des Nachrichtenmagazins *Time*. Die Nummer war mehrere Wochen alt, und er überflog ziemlich zerstreut die Bilder und Überschriften, bis er im hinteren Teil des Heftes auf einen Artikel stieß, der sich mit dem selbsternannten geistlichen Oberhaupt einer Vereinigung beschäftigte, die sich die ›Erste Satanische Kirche von Amerika‹ nannte und in Kalifornien für ein paar Verrückte eine Schwarze Hochzeitsmesse abgehalten hatte. Die Braut hatte ein scharlachrotes Kleid getragen, der Altar war eine nackte Frau gewesen, und der »Priester« hatte in seiner Predigt ausgeführt, daß der Satanismus in Wahrheit die Religion der Lebensfreude sei, wie schon aus dem Umstand ersichtlich, daß der Altar kein toter, mit Stoff behangener Stein sei, sondern nackt und lebendig. Jamie schüttelte stirnrunzelnd den Kopf. Noch vor einer Woche hätte er über solche Torheiten gelächelt; jetzt fragte er sich, ob diese geschmacklose Lustbarkeit das Werk von Naiven war, die zu viele Bücher gelesen hatten, oder ob sich etwas Unheilvolleres dahinter verbarg. Wäre es, falls man in Frieden die Werke des Teufels verrichten wollte, nicht das beste, wenn die Menschen über den Satanismus als theatralischen Unfug von Leuten lachten, die mehr Zeit und Geld als Verstand und Geschmack hatten?

Als er den Artikel zu Ende gelesen hatte, war es Zeit für das Treffen mit Mansell.

Er ging in die Eingangshalle und beobachtete das Kommen und Gehen. Inzwischen war es Nacht geworden, und auf dem Platz vor der Bibliothek eilten Männer und Frauen, viele von ihnen beladen mit Weihnachtseinkäufen, durch den kalten Winterabend heimwärts. Jungen und Mädchen in Schuluniform, Bücher unter dem Arm, kamen die Stufen zur Bibliothek herauf, andere Gruppen verließen sie. Vor einem Kaufhaus auf der anderen Seite schwang ein Soldat der Heilsarmee mechanisch eine Handglocke. Ihr dünner Klang tönte verloren durch das Brausen des Verkehrs.

Jamie hatte nicht mehr als sieben oder acht Minuten gewartet, als ein großer, stämmiger Mann langsam die Stufen herauf und direkt auf ihn zukam.

»Melford?« fragte er. »Ich bin Mansell. In der Bücherei können wir nicht sprechen. Wohin können wir gehen?«

»Auf der anderen Seite ist ein Lokal«, sagte Jamie. »Dort können wir etwas trinken, wenn Sie wollen.«

»Bloß Kaffee für mich, danke«, sagte der Mann. »Ja, ich nehme an, das wird dem Zweck so gut dienen wie jeder andere Ort.« Dunkle Bartschatten überzogen seine fleischigen Wangen. Er hatte dunkle kleine Augen, die mißtrauisch umherspähten. Trotz seiner Größe und Massigkeit war etwas an ihm, das Jamie an einen Vogel gemahnte, und nach einer Weile bemerkte er, daß es an den ständigen kleinen Kopf- und Augenbewegungen lag. Es war wie ein nervöser Tick, der Mansell zwang, unaufhörlich umherzublicken und möglichst alles gleichzeitig zu sehen.

»Wollen wir gehen? Nein, einen Moment.« Mansell zog sich plötzlich in den Schatten des Eingangs zurück, wo er um ein Haar mit jemand kollidierte, der herauskam. Jamie blickte verwundert umher, und Mansell sagte: »Nein, ich nehme an, es ist in Ordnung. Ein Irrtum...« Er brach ab, machte eine auffordernde Kopfbewegung, lief die Stufen hinunter und tauchte in die zur Kreuzung strömende Menge ein. Jamie, der Mühe hatte, ihm zu folgen, dachte irritiert, daß dieser Mann um nichts weniger verrückt war als alle die anderen Neurotiker, die er im Zusammenhang mit dieser Angelegenheit bisher kennengelernt hatte.

In der Gaststube suchte Mansell mit Bedacht einen Platz, von dem aus er die Tür sehen konnte, und sobald sie saßen, reckte er immer wieder ziemlich auffällig den Hals, um mit seinen schnellen, nervösen Kopfbewegungen an Jamie vorbeizuspähen. Auf seine Augen traf die Vogelanalogie in mehr als einer Hinsicht zu: sie waren nicht nur klein und in ständiger Bewegung, sondern sie waren von einem beinahe glitzerndem Leuchten. Beide bestellten Kaffee. Dann änderte Mansell unvermittelt seine Meinung und verlangte heiße Schokolade. Jamie hätte lieber etwas Alkoholisches getrunken, aber er wollte für alle Fälle wach und bei klarem Verstand sein.

»Nun erzählen Sie«, sagte Mansell mit seiner tiefen, kräftigen und wohlklingenden Stimme, wie ein Mann, der gewohnt ist, daß man ihm gehorcht. »Wie kam Cannon ums Leben? Und was veranlaßte Sie, sich mit mir in Verbindung zu setzen?«

»Wie ich Ihnen sagte, sprach er wenige Minuten vor seinem Tod Ihren Namen aus. Seinen Worten entnahm ich, daß Sie ein Geistlicher seien.«

Der schmale Mund verzog sich zu der Andeutung eines Lächelns. »Ich war einer ... früher.«

»Und nun haben Sie mit ... Satanisten Umgang, oder was immer sie sind?«

»Sie wissen es nicht?« Mansell faßte ihn scharf ins Auge; es war ein höchst beunruhigender Blick.

»Ich weiß nur, daß Cannon sie fürchtete.«

Der andere holte tief Atem. »Ich verstehe nicht ganz, wie *Sie* in diese Sache hineingeraten sind. Cannon hat Sie nie erwähnt. Und ich habe Sie nie gesehen ...« Er brach ab und erhob sich halb von seinem Platz, um mit finsterem Blick und ruckartigen Kopfbewegungen über die anderen Tische in die Runde zu blicken.

»Erwarten Sie jemanden?« fragte Jamie mit einiger Ungeduld.

Mansell nahm seine Tasse mit Schokolade und trank sie gierig in einem Zug leer. Dann wischte er sich den Mund ab und sagte: »Wenn Sie wissen, wie John Cannon ums Leben kam, werden Sie verstehen, warum ich ... aufgestört bin.«

»Ich weiß nur, daß jemand den armen Cannon durch Einschüchterung und Drohungen zu Tode ängstigte«, sagte Jamie ärgerlich, »daraufhin versuchte, seine Frau einzuschüchtern, und schließlich mich unter Druck gesetzt hat.«

»Und Sie veröffentlichen trotzdem?«

Jamie versuchte sich zu besinnen, ob er in irgendeiner Weise angedeutet oder gesagt hatte, daß er Jocks Verleger war. Ach ja, am Telefon mußte er es erwähnt haben. Er sagte: »Das Buch wird trotzdem erscheinen. Aber wir haben etwas gemeinsam: Ich weiß nicht, welche Rolle *Sie* in dieser Sache spielen.«

»Cannon hat es Ihnen nicht gesagt?«

»Dazu hatte er keine Gelegenheit mehr.«

Wieder reckte Mansell den Hals und blickte suchend umher. »Sie haben sein Buch gelesen?« fragte er dann.

»Mehr oder weniger.« Jamie schlürfte seinen Kaffee und überlegte, ob der Mann betrunken war oder nicht ganz bei Sinnen. Immer wieder erweckte er den Eindruck, daß er irgend etwas Wichtiges sagen wolle, tat es dann aber nicht. Und doch, wenn Jock ihn vor seinem Tod noch hatte sehen wollen ...

Mansell winkte der Kellnerin, seine Tasse nachzufüllen. Er rührte in der Schokolade und erzeugte cremige Wirbel in der dunklen Oberfläche. Nachdem er einige Zeit in brütendem Schweigen verharrt hatte, sagte er stokkend: »Als ich die Kirche verließ, war ich – wie die meisten von uns – verbittert ... zornig. Ich fand eine Stelle als Bibliothekar und ... zog die Tür gewissermaßen hinter mir zu, versuchte ein neues Leben aufzubauen. Dann ... trat jemand an mich heran, der einen Expriester suchte. Ich weiß kaum, wie ich dies erklären soll; es hatte nichts mit bewußter Blasphemie zu tun, ich war einfach ... neugierig.« Seine Stimme hatte Wohlklang und Wärme; während er sprach, beugte er sich über den Tisch zu Jamie, zu angespannt, um zu lächeln, obwohl er es offensichtlich versuchte. »Es ist schwierig, dies zu erklären – sind Sie zufällig Katholik?«

»Nein.«

»Dann werden Sie schwerlich verstehen, aber ich will es versuchen. Wenn Sie Priester sind, müssen Sie eine große innere Disziplin aufbringen ... Ich weiß kaum, wie ich es Ihnen als einem Nichtkatholiken erklären soll, es wäre einfacher, wenn Sie in den Traditionen der Kirche bewandert wären ... Nun, es gibt Dinge, die einem als Priester verwehrt sind, die man einfach nicht tut ... an die man nicht einmal denkt. Es gibt Bücher, die man nicht liest. Wege, die man einfach nicht einschlägt. Dinge, die man nicht ausprobiert. Insbesondere dann, wenn man, wie ich, geradewegs von einer Konfessionsschule über ein von Ordensgeistlichen geleitetes Gymnasium zum Seminar und zur Priesterweihe geht. Mein Leben war ganz geradlinig, vorgezeichnet. Aber ich war auf diese Weise in einer Art permanenter Gehirnwäsche aufgewachsen, und es kam die Zeit, als ich fühlte, daß mein Leben einer ausgequetschten Frucht glich – alles wirkliche Leben war herausgepreßt worden. Ich hatte nicht die geringste Absicht, loszugehen und eine nach der anderen alle Todsünden zu begehen, um darin das vermeintliche Lebensglück zu finden; ich wollte nur sehen, wie es um einige dieser weltlichen Dinge bestellt war, was die Leute meinten, wenn sie über... bestimmte Dinge sprachen.« Er wurde beinahe heftig. »Ich wollte nur einmal selbst Erfahrungen sammeln, statt zu lesen, was zehntausend Kirchenväter in den tausendfünfhundert Jahren Kirchengeschichte Wissenswertes darüber gesagt haben!«

»Ich denke, ich kann das gut verstehen.«

»Richtig. Es war eine Art Rebellion, wie man sie bei Halbwüchsigen antrifft, nur kam sie bei mir mit dreißig Jahren Verspätung.« Er brach ab, schien sich zu besinnen. »Nur um mögliche Mißverständnisse auszuräumen: Haben Sie vor, mich zu bitten, daß ich Sie irgendwie in solche Kreise einführe?«

»Gott bewahre!« sagte Jamie schockiert. »Ich dachte, ich hätte deutlich gemacht, auf welcher Seite ich stehe.«

Und nach diesen Worten fragte er sich, ob es für ihn noch Zweifel gebe, auf welcher Seite Mansell stand.

Mansell hob mit einer ruckartigen Bewegung den Kopf und spähte an Jamie vorbei zur Tür, dann richtete er seinen stechenden Blick wieder auf Jamie und sagte: »Entschuldigen Sie mich einen Augenblick. Ich möchte etwas überprüfen.«

Er stand auf, ließ den verdutzten Jamie am Tisch zurück, ging zum rückwärtigen Teil des Lokals und verschwand in Richtung Toilette. Jedenfalls schien es Jamie so; es gab kaum einen anderen Ort, den er dort hätte aufsuchen können. Er blieb ziemlich lange aus, so daß Jamie schon mit dem Gedanken spielte, ob der Mann sich womöglich durch einen Hinterausgang davongemacht hatte, aber nach geraumer Zeit kam die große, stämmige Gestalt wieder zum Vorschein, und Mansell ließ sich aufseufzend auf seinen Stuhl sinken.

»Verzeihen Sie, daß ich Sie warten ließ. Wie gesagt, ich mußte etwas überprüfen... Nun, ich wollte Ihnen erzählen, wie ich da hineingeraten bin. Zuerst war es Neugierde; ich schloß mich ihnen an, ließ mir alles zeigen und erklären. Anfangs kam mir das alles ziemlich kindisch und verrückt vor, wie die Schmutzigkeiten von Heranwachsenden, wenn Sie so wollen... wie eine Bande von Jugendlichen, die sich zusammentut, um Marihuana zu rauchen und vielleicht eins von den Mädchen dazu zu bringen, daß es sich auszieht, verstehen Sie? Schmutzig und garstig vielleicht, manche mögen es bösartig nennen... aber irgendwie nicht ernst zu nehmen. Zuerst dachte ich, es sei ein verrücktes Spiel mit dem Reiz des Verwerflichen, Verbotenen, blasphemisch in der Art einer Maskerade.«

»Immerhin ein recht seltsames Spiel, um sich als Erwachsener daran zu beteiligen«, bemerkte Jamie.

»Wie ich schon sagte, für mich begann es als eine Art pubertäre Rebellion«, wiederholte Mansell, und Jamie, dem wieder in den Sinn kam, was er über die Hochzeit der Satanisten in Kalifornien gelesen hatte, sagte: »Und es war dann doch mehr dran?«

»Es war mehr dran«, bestätigte Mansell düster. »Und jetzt... bin ich verdammt.«

»Kommen Sie«, sagte Jamie unter dem plötzlichen Eindruck, daß man diese ganze Sache nicht allzu ernst nehmen, sich nicht zu intensiv hineinversetzen sollte. »Das kann nicht Ihr Ernst sein – nicht wirklich! Glauben Sie tatsächlich, daß Gott über die Taten und die Sünden einfältiger Menschen Buch führt?«

»Ich bin verdammt«, wiederholte Mansell langsam, und seine glitzernden schwarzen Augen blickten plötzlich stumpf und beinahe glasig auf den Tisch; wieder fragte sich Jamie, ob der Mann betrunken sei. »Und sie...«

»Augenblick«, sagte Jamie. »Wer sind sie? Alles das ist für meinen Geschmack zu unbestimmt und nebelhaft. Diese Leute können nicht allesamt Gespenster und Kobolde sein! Sie sind nicht in Draculas Sarg aus Transsylvanien gekommen! Sie müssen Namen und Anschriften und sogar, Gott sei uns gnädig, Telefonnummern und Berufe haben, mit denen sie ihren Lebensunterhalt verdienen; es scheint mir unwahrscheinlich, daß sie sich durch Dämonenbeschwörungen am Leben erhalten; das dürfte heutzutage ein ziemlich brotloser Beruf sein. Selbst den mittelalterlichen Alchimisten ist es nie gelungen, Blei in Gold zu verwandeln. Bevor Sie also erzählen, was ›sie‹ taten, sollten Sie mir verraten, wer und was ›sie‹ sind.«

Mansell wiegte den Kopf. »Dummköpfe trampeln herum, wo Engel nicht aufzutreten wagen. Der letzte Mann, der Namen und Anschriften wußte, lebte nicht lange genug, um von dieser Kenntnis Gebrauch zu machen. Wollen Sie das Risiko wirklich auf sich nehmen?«

»Ich muß erst noch überzeugt werden, daß ein Risiko besteht«, sagte Jamie; Mansell zog die Brauen hoch, sah ihn eulenhaft an und grinste überraschenderweise. Es war wie ein beschwipstes Grinsen, und Jamie war mehr und mehr überzeugt davon, daß der Mann sich in die Toilette geschlichen hatte, um aus einer mitgebrachten Flasche zu trinken oder sich vielleicht eine Dosis von irgendeiner Droge einzuverleiben, obwohl seine Pupillen nicht verengt zu sein schienen: er war nicht auf einem Herointrip. Oder hatten Heroinsüchtige erweiterte Pupillen? Jamie verwünschte sein schlechtes Gedächtnis. Mansells vogelartige Augen glommen ihn düster an, schwarz und undurchdringlich. »Sie armer Dummkopf«, sagte er. »Lauter Unerschrockenheit und kein Gehirn. Passen Sie auf!« Er ließ die Hand auf die Tischplatte fallen, daß die leere Kakaotasse schepperte. »Wissen Sie, was die mit jemandem machen, der in ihre Gruppe eintritt, die Eide leistet und dann wieder auszutreten versucht? Haben Sie Cannons Buch gelesen?«

»Hokuspokus. Suggestion.«

»Hören Sie zu, Mann!« sagte Mansell, die Stimme rauh und gedämpft, aber erfüllt von einer heftigen, untergründigen Vibration. »Zuerst brechen sie Ihren Widerstand. Sie informieren sich über die Schwächen und verborgenen Ängste des oder der Betreffenden. Dann lassen sie sie Wirklichkeit werden. Fürchten Sie sich vor Ratten«, fragte er plötzlich.

»Ein wenig. Wohl jeder, der in Übersee gewesen ist... Ich war in Korea.«

»Was würden Sie sagen, wenn Sie aus einem tiefen, gesunden Schlaf erwachen und entdecken, daß Ihr Bett, Ihr hübsches, sauberes, bequemes Bett, von lebenden Ratten wimmelt?«

Jamie schauderte und verzog sein Gesicht.

»Sehen Sie? Aber das ist nur der Anfang. Angenommen, Sie erwachen und entdecken, daß Sie Arme und Beine nicht bewegen können und die Ratten über Sie hinweghuschen? Angenommen, Sie bestellen in einem Restaurant ein Abendessen, und der Kellner serviert Ihnen eine tote Ratte – und wenn Sie schreien und eine Szene machen und wieder hinsehen, ist es ein Käseomelett? Angenommen, in Ihrem Zimmer stinkt es muffig nach Ratten, ohne daß Sie welche sehen, aber wann immer Sie die Augen schließen, hören Sie sie in den Wänden quietschen und rascheln und herumlaufen?«

»Ich nehme an, ich würde denken, daß jemand versucht, meine Nerven zu zerrütten«, sagte Jamie.

»Angenommen, Sie haben einen Alptraum nach dem anderen, und immer finden Sie sich eingesperrt in Kammern voller Ratten? Hören Sie zu!« sagte Mansell wieder – und wartete. So zwingend war die Pause, daß Jamie unwillkürlich den Kopf auf die Seite legte und überlegte, ob er in dieser Stille das Quietschen einer Ratte hören würde.

»Ist das Opfer erst demoralisiert, beginnt das eigentliche Vergnügen«, stieß Mansell zwischen den Zähnen hervor. »Ich nahm daran teil. Stellen Sie sich dreizehn Männer und Frauen vor – die Hexenversammlung –, die dreizehn Stunden lang im magischen Kreis sitzen. Nackt. Mit Symbolen bemalt. Kein Wasser, keine Nahrung, nur das brennende schwarze Räucherwerk und die Konzentration. Die Konzentration. Was wissen Sie von der Kraft eines Gedankens? Sie wissen, daß Sie es fühlen, wenn jemand Sie aufmerksam beobachtet. Sie verspüren ein Unbehagen. Das ist ein kleines, ein winziges Beispiel von der Kraft des Gedankens. Stellen Sie sich dreizehn ausgebildete Gehirne vor – ausgebildet in jahrelanger Arbeit. Nicht behindert durch irgendwelche noch so geringen Überreste von gutem Willen oder Hemmungen. Dreizehn Stunden in Bewegungslosigkeit sitzen – stellen Sie sich vor, wieviel Training allein dazu gehört – und alle Willenskonzentration auf den Tod des Opfers richten, jede Qual, die der menschliche Geist und Körper erleiden kann, auf diese Person herabzurufen...«

Er verstummte. Seine glitzernden Augen hypnotisierten Jamie förmlich. Endlich machte er eine kleine, wegwerfende Handbewegung, und Jamie regte sich unbehaglich und hob seine Kaffeetasse. Der Kaffee war kalt.

»Hört sich an«, sagte er, »als versuchten Sie, mir angst zu machen.«

»Und ob ich versuche, Ihnen angst zu machen«, sagte der Expriester. »Hören Sie zu! Ich denke nicht daran, Ihnen den Helden vorzuspielen... aber Sie werden mich fragen, warum ich dort mitgemacht und die Verdammnis über mich gebracht habe.«

»Ich wollte nicht danach fragen. Aber warum haben Sie mitgemacht?«

»Ich hatte Angst«, sagte Mansell kurz. »Wenn sie es anderen antun konnten, dann konnten sie es auch mir antun. Ich glaube, daß ich meine ganze Nervenkraft, all meine emotionale Stärke in dem inneren Ringen aufgebraucht habe, das meinem Bruch mit der Kirche vorausging. Ich saß da und sah die anderen hassen und ertappte mich dabei, daß ich selbst mit ihnen haßte. Ich wünschte – vielleicht werden Sie dies nicht verstehen können – nichts sehnlicher als aus dem schmutzigen Raum heraus und von dieser blonden Frau mit dem Gesicht einer Heiligen und den Augen des Teufels wegzukommen, und doch fühlte ich gleichzeitig ... O ja, es ist Macht darin«, sagte er leise. »Ich habe erfahren, wie es ist, Gott zu den Menschen zu bringen, und nun sah ich die andere Seite ... wie man den Menschen demütigt ... auch eine Art Gottheit ...«

»Damit kann ich nicht viel anfangen«, sagte Jamie frei heraus. »Es hört sich wie ungereimtes Zeug an.«

Mansell, der sich in seinem Redefluß unterbrochen sah, schien verdutzt, dann funkelte er ihn zornig an.

»Das können Sie leicht sagen – Sie haben nicht gesehen, Sie haben nicht erfahren, wie Erlösung und Verdammnis miteinander eins werden!«

Jamie holte tief Luft. Mansells Erzählungen interessierten ihn, obgleich er sich davon abgestoßen fühlte, aber diese von Selbstmitleid gefärbten Bekenntnisse brachten ihn nicht weiter. »Es tut mir leid, daß ich solch ein Pragmatiker bin, aber ich wünschte, Sie könnten sich etwas deutlicher ausdrücken. Wenn diese Leute gegen die Gesetze verstoßen haben, warum gehen Sie nicht zur Polizei? War das der Grund, daß Sie diesen Kreis verließen?«

»Allerdings«, sagte Mansell. »Ich zog sogar nach Brooklyn. Haben Sie Cannons Bücher gelesen? Dann wissen Sie, daß das Überqueren eines Wassers eine Hexe von Ihrer Fährte abbringt. Darum wollte ich nicht, daß Sie mich besuchen; denn es hätte ja sein können, daß Sie einer von ihnen sind ... gekommen, meine Verdammnis vollkommen zu machen.«

Jamie starrte ihn verblüfft an, der vierschrötige Mann zitterte wie Espenlaub. Es war beinahe zu dramatisch.

Jock hatte dies alles geglaubt, und er war tot. Mansell – nun, die Todesfurcht konnte vieles erklären. Aber wie war es möglich, daß ein Mann sich gleichsam im Handumdrehen in ein zitterndes, furchtsames Häuflein Elend verwandelte?

»Und Sie sagen«, sagte Mansell nach einem mannhaften Versuch, die Fassung wiederzugewinnen, »daß sie mit dem Nervenkrieg gegen Sie angefangen haben?«

»Sogar mit sehr konkreten Übergriffen«, sagte Jamie. »Ich rief die Polizei. Und ich denke, es ist mir gelungen, alles so zu regeln, daß das Manuskript selbst außerhalb ihrer Reichweite ist.«

»Die Polizei! Sie Dummkopf«, sagte Mansell geringschätzig. »Glauben Sie wirklich, es wird jemals etwas geben, was Sie als Beweis gegen diese Leute verwenden können?«

»Ich dachte, Sie könnten mir da helfen«, sagte Jamie, »weil Sie offensichtlich wissen, wer und was diese Leute sind. Sie können mir nicht weismachen, daß eine gewissenlose Bande wie diese niemals irgend etwas Illegales getan hat. Auch Sie könnten Anzeige erstatten.«

»Und mir auch noch Ihren Tod aufs Gewissen laden?«

»Sie können kaum öfter als einmal verdammt werden«, sagte Jamie vernünftig. »Und wenn Sie gute Absichten haben und etwas zur Wiedergutmachung tun...«

»Sie als Ungläubiger können leichtfertig über die Verdammnis reden«, erwiderte Mansell heftig. »Warten Sie ab, wie Ihnen zumute sein wird, wenn Sie wissen, daß Sie verdammt sind!«

»Ich bin nicht leichtfertig«, sagte Jamie zögernd. »Ich dachte, Sie könnten vielleicht helfen, andere vor... der Verdammnis zu bewahren.«

»Vielleicht.« Mansell stand auf. »Ich werde darüber nachdenken müssen. Ich könnte Ihnen Namen und Anschriften sowieso nicht aus dem Handgelenk sagen. Sehen Sie, der Kellner schaut schon herüber; sie wollen diesen Tisch. Wenn Sie erlauben, zahle ich.«

»Ach nein, ich habe Sie eingeladen.«

Mansell machte eine seiner ruckartigen Kopfbewegungen und sah ihn eindringlich an. »Haben Sie Angst, ein Geschenk von mir anzunehmen?«

Jamie zuckte die Achseln und ließ den andern bezahlen. Er fragte sich, warum er gedacht hatte, Mansell könne und werde ihm helfen. Der Expriester war offensichtlich unausgeglichen, gelinde ausgedrückt, wenn nicht gar ein Fall für den Psychiater. Er folgte Mansell hinaus auf die Straße.

Es war Nacht geworden; die Menschenmenge hatte sich verlaufen. Der Platz lag im grellen, aber dunstig umflorten Schein der Bogenlampen, der im winterlichen New York die über der Stadt liegende erstickende Schicht von Abgasen und Rauch verrät. Mansell zog sich die Handschuhe an und blickte mit ruckartigen Kopfbewegungen umher. »Ich muß mir das durch den Kopf gehen lassen. Ich werde Sie anrufen.«

Ohne ein Wort des Abschieds wandte er sich um und eilte über die Kreuzung, und als Jamie ihm noch verblüfft nachsah, kreischten Autoreifen. Jamie sprang vor und riß Mansell am Arm zurück. Einen panikerfüllten Augenblick lang glaubte er, sie würden beide unter den Wagen geraten; dann gab der Lenker wieder Gas und raste mit durchdrehenden Rädern davon, und Mansell starrte ihn mit schreckgeweiteten Augen an.

»Idiot!« keuchte Jamie. »Sie liefen auf die Straße wie ein Betrunkener!«

»Sehen Sie?« sagte Mansell in einem Ton, als ob der Zwischenfall ihn in etwas bestätigt hätte. »Sehen Sie? Ich wußte, daß sie mich beobachten. Lassen Sie es sich eine Lehre sein. Sehen Sie zu, daß Sie da herauskommen, solange Sie es noch können! Halten Sie sich da heraus!«

Er schüttelte Jamies Arm ab und eilte im Laufschritt

über die Kreuzung. Jamie blieb verdattert stehen und sah ihm nach, wie er drüben den Gehsteig entlanglief und einem vorbeifahrenden Taxi winkte. Das Taxi hielt, Mansell warf sich hinein, der Wagen fuhr weiter, und Jamie stand da und starrte ihm nach, beinahe unfähig, das Gehörte und Gesehene zu verarbeiten.

Also waren sie auch hinter Mansell her.

Nun, wenigstens bedeutete das, daß sein kurzlebiger Argwohn gegen Mansell unbegründet war. Um ein Haar wäre Mansell getötet worden; sie beide wären fast unter die Räder gekommen.

Nun ja, vielleicht war der Mann tatsächlich betrunken gewesen; und vielleicht – oder sogar wahrscheinlich – hatte er sich selbst und seine Rolle dramatisiert. Zum Beispiel dieser Unsinn, er sei nach Brooklyn gezogen, um die Hexen durch das Überqueren eines Wassers von seiner Fährte abzubringen. Dabei stand er mit vollem Namen im Telefonbuch. Nun, wer sich mit Satanisten abgab, mußte irgendwo einen Knacks haben. Gleichviel, betrunken oder paranoid oder beides, er war Jamies bislang einziger und bester Informant.

Jamie beschloß, ihm einen oder zwei Tage zur Ausnüchterung zu lassen und dann zu sehen, ob er nicht mehr Informationen aus ihm herausbekommen könnte... Wenn seine vormaligen Gesinnungsfreunde ihm bis dahin nicht den letzten Rest Mut genommen hatten.

8

Die Kopfschmerzen waren wieder da. Barbara kauerte auf dem Bett, benommen vor Schmerzen, und dachte immer wieder, sie müsse doch verrückt sein.

Sie hatte die Schlafzimmertür nicht wieder geöffnet und eine Stuhllehne unter die Klinke geklemmt. Nicht, daß sie ernstlich damit rechnete, daß eine der beiden Frauen versuchen würde, bei ihr einzudringen. Den ganzen Nachmittag, seit Dana unaufgefordert hereingekommen und wieder gegangen war, hatte Barbara sich kaum vom Fleck bewegt. Aber sie hatte bei aller scheinbaren Benommenheit gehört, wie sie in der Wohnung hin und her gegangen waren. In meiner Wohnung, dachte sie. Sie haben mich zu einer Gefangenen in meiner eigenen Wohnung gemacht!

Solange sie das Schlafzimmer nicht verließ, konnten die beiden, wenn sie mit weiteren Abscheulichkeiten wie toten Mäusen, gekreuzigten Fröschen und dergleichen um sich warfen, jedenfalls nicht behaupten, sie habe es getan.

Und sollten sie sie doch beschuldigen, würde sie zumindest wissen, daß sie es nicht in einer Anwandlung von Wahnsinn getan hatte.

Aber woher nahm sie die Gewißheit, daß sie die ganze Zeit im Schlafzimmer verbracht hatte und nicht wieder schlafwandeln gegangen war? Gab es irgendeine Gewißheit? Nein. Klar war nur, daß sie den Verstand verlieren würde, wenn sie so weitermachte. Wenn sie ihn nicht schon verloren hatte! Ach, wenn Jamie nur heimkommen würde!

In ihrem Kopf pochte der Schmerz, als ob ein Riese ihr den Schädel im Takt zu einer ruckartigen Musik zusammendrückte ... oder war es das Pochen ihres eigenen Herzens, das ihr so laut in den Ohren dröhnte?

Wenn sie angestrengt lauschte, konnte sie die Stimmen der beiden Frauen im Wohnzimmer hören. Sie plätscherten in einem gleichförmigen Auf und Ab dahin, doch konnte Barbara nicht ein einziges Wort verstehen, obwohl es ihr dann und wann schien, daß sie ihren eigenen Namen hörte. Nun, warum sollten sie nicht über sie sprechen? Ach wo, wahrscheinlich unterhielten sie sich über Strickmuster. Eines der Zeichen, der sicheren Zeichen von Wahnsinn ist die Überzeugung, daß andere Leute ständig über einen reden. So war es dem armen Jerry ein paar Monate vor seinem Tod ergangen...

Nein, nein. An Jerry wollte sie nicht denken. Lieber Gott, warum kam Jamie nicht nach Haus?

Der frühe Dezemberabend senkte sich auf die Stadt, und im Raum dunkelte es. Draußen hatte wieder Schneefall eingesetzt. Essensdüfte drangen von der Küche durch die Türritzen, stiegen Barbara trotz ihrer unbändigen Kopfschmerzen und der immer wieder aufkommenden Übelkeit verlockend in die Nase und erinnerten sie daran, daß sie an diesem Tag noch nichts gegessen hatte.

Warteten die beiden, daß der Hunger sie herauslocken würde?

Verdammt. Hatte sie nicht ins Atelier gehen wollen? Und sie hatte nicht einmal angerufen, um sich mit Krankheit zu entschuldigen und die Termine abzusagen. Aber andererseits, was konnte sie dafür? So ist es eben, dachte sie, und es war ein seltsam erleichternder Gedanke: Ich bin krank. Jeder kann krank werden.

Ja, du bist krank, sagte sie sich. Da ist nichts zu machen, Barbara. Du bist krank. Du brauchst Ruhe, ausgiebige Ruhe. Werde krank und bleibe krank, dann bist du aus dem Weg, und niemand wird dir weh tun...

»Mein Gott«, sagte sie laut, die Hände vor dem Gesicht. »Jetzt höre ich schon Stimmen!«

Sie versuchte, die Ohren gegen das heimtückische Geflüster zu verschließen, aber in ihrem Kopf ging es weiter und weiter, unbarmherzig, tonlos.

Du siehst, wie krank du bist. Zu krank für Jamie, Barbara.

Am Ende wirst du noch verrückt, wie der arme Jerry...

»Nein«, widersprach sie abermals der flüsternden Stimme. Ihr hilflos irrender Blick blieb am Spiegel ihrer Frisierkommode hängen. Aus ihm starrte ihr ein weißes, abgehärmtes und gequältes Gesicht entgegen, das von

Schrecken gezeichnete Gesicht einer mindestens Vierzigjährigen. Ich höre Stimmen, und es gibt keine Stimmen, dachte sie. Also muß ich Selbstgespräche führen, ohne es zu wissen. Versuchen sie mich zu überzeugen, daß ich verrückt bin? Oder bin ich verrückt und versuche mich zu überzeugen, daß andere mir das antun? Ihre Gedanken glichen Mäusen, die in einem Laufrad rennen und rennen und nicht vom Fleck kommen.

In einer jähen Aufwallung von Zorn und Trotz ging sie ins Bad, rieb sich das Gesicht mit einem nassen Waschlappen und legte mit zitternden Händen Make-up auf. Sie war so bleich, daß der Lippenstift und die Lidschatten unmäßig hervortraten und ihr das Aussehen eines bemalten Clowns verliehen, aber die gewohnte, alltägliche Beschäftigung beruhigte sie. Sie nahm ein Kleid aus dem Schrank, das leuchtendste Rot, das sie hatte, doch statt im dämmerigen Zimmer hell und heiter zu wirken, fand sie ihr Aussehen ordinär und herausfordernd.

Die tote Maus war fort, das blutbefleckte Messer auch. Wahrscheinlich hatte Dana sie entfernt. Zwar hatte Barbara nichts davon bemerkt, aber das hatte nicht viel zu besagen. Wo aber war der Zauber, der kleine rohleinene Beutel mit seinem ekligen, schmutzigen Inhalt? Der lag am Boden hinter dem ungemachten Bett. Nachdem sie ihren Widerwillen gegen die Berührung überwunden hatte, hob sie ihn auf.

Dies war ein Beweis, dachte sie. Was aber bewies er? Und wen überführte er? Sie sollte ihn ins Feuer werfen, traute sich aber nicht. Außerdem hätte es erfordert, daß sie zu den anderen ins Wohnzimmer hinausging. Hatte nicht jemand einmal eine Voodoo-Puppe ins Feuer geworfen und war selbst in Flammen aufgegangen? Nein, das war nur in irgendeinem albernen Film im Nachtprogramm passiert. Jedenfalls konnte sie hier im Badezimmer nicht eigens ein Feuer entfachen.

Aber wenn sie den Beutel und seinen Inhalt Jamie zeigte...?

Würde er die Drohung darin erkennen? Oder würde er sie des Versuchs beschuldigen, mit geschmacklosen Tricks Stimmung gegen seine Mutter zu machen? Als sie in der vergangenen Nacht sein Manuskript verbrannt hatte, war das keine Tragödie gewesen, weil noch eine Kopie da war, aber wenn sie keine vierundzwanzig Stunden später wieder mit etwas käme, würde er vielleicht sogar auf den Gedanken kommen, daß ich ihm dies alles absichtlich antue. Doch auf keinen Fall wollte sie das widerwärtige Ding wieder ins Bett legen. Mit seinem üblen, muffigen Geruch schien es symbolisch für eine dahinter verborgene, tieferliegende Niedertracht.

Das aufgeschlagene Buch *Der Teufel in Amerika*, in dem sie vorher gelesen hatte, lag noch aufgeschlagen auf der Frisierkommode. Sie glaubte sich vage an etwas zu entsinnen, das sie früher darin gelesen hatte, und sie nahm das Buch und durchblätterte auf der Suche nach dem halb erinnerten Text die Seiten.

> Der Überlieferung nach sollte der Finder eines Hexenzaubers oder Voodoo-Talismans, selbst wenn er Gewißheit hat, daß er gegen ihn selbst gerichtet ist, seinen Fund niemals kurzerhand zerstören. Dieser sollte vielmehr sicher verwahrt werden, an einem Platz, wo er keinen weiteren Schaden anrichten kann, bis er durch einen eingeweihten Meister oder eine ausgebildete Person, die sich darauf versteht, den Zauber zu entmagnetisieren und die Verbindung zwischen ihm und seinem Opfer zu zerbrechen, zerstört werden kann.

Beim Weiterlesen entdeckte sie, daß es mehrere Methoden gab, wie man einen Hexenzauber isolieren konnte, so daß er keinen weiteren Schaden mehr anzurichten vermochte. Als Aufbewahrungsort eignete sich ein Kasten aus massivem Silber, mit Blei verlötet und versiegelt. Das war wenig hilfreich, denn wer hatte schon einen silbernen Kasten und einen Lötkolben zur Hand? Auch besaß sie keinen Kasten aus Sandel- oder Zedernholz, der mit Bienenwachs und sicherheitshalber mit einem Drudenfuß versiegelt werden mußte. Selbst wenn sie an solches Zeug geglaubt hätte, wo sollte sie die Zutaten hernehmen? Es glich dem Versuch, jenen Zaubertrunk zu brauen, den Shakespeare beschrieb: Wo zum Teufel sollte man das Auge eines Wassermolchs, den Zeh eines Frosches und all das andere Zeug herbekommen? Das einzig praktikable Rezept, das Cannon gegen solche Zaubermittel angegeben hatte, war der Ratschlag, das Zaubermittel in Ermangelung eines geeigneteren Behältnisses in Seide einzurollen – vorzugsweise in jungfräuliche Seide, was immer darunter zu verstehen war – und in einem luftdichten Behälter aufzubewahren. Sie suchte in den Schubladen der Frisierkommode und fand ein reinseidenes Halstuch, das sie noch nie getragen hatte. Nun, das war keine »jungfräuliche Seide« – sie vermutete, daß damit Seide gemeint war, die nie gefärbt oder zu einem Kleidungsstück verarbeitet worden war –, aber es mußte reichen. Sie rollte den ekligen kleinen Beutel in das Seidentuch und machte daraus ein Päckchen von weniger als fünf Zentimetern Kantenlänge; schließlich fand sie in ihrer Handtasche eine kleine Plastikröhre, in der sie eine Zeit lang Vitamintabletten aufbewahrt hatte. Sie war wahrscheinlich so luftdicht wie alles andere, was sie finden konnte. Sie stopfte den in Seide gewickelten Zauberbeutel hinein, drückte den Verschluß fest und umwickelte ihn zusätzlich mit Klebestreifen.

So. Wenn die ganze Geschichte auf Suggestion beruht, mußte sie es eben mit Gegensuggestion versuchen. Dennoch wünschte sie, Jamie würde nach Haus kommen.

Sie setzte sich wieder auf das Bett, versuchte, das Zittern ihrer Hände unter Kontrolle zu bringen, aber schon nach wenigen Minuten hörte sie die Türglocke läuten – und es war Jamies besonderes Signal. Zwei kurze Töne: ein Zeichen, das ihm den Gebrauch des Wohnungsschlüssels ersparte, wenn seine Mutter oder Barbara zu Hause waren.

Gott sei Dank! Der endlose Tag war um, und Jamie war hier. Die Wohnung gehörte wieder ihr; sie war nicht mehr von feindseliger Gesellschaft in die Enge getrieben. Sie konnte zu ihm gehen, sich in seine Vernunft und Kraft hüllen, und ihm dann das Zaubermittel zeigen und ihm klarmachen, daß die Gefahr real war.

Sie stand vom Bett auf.

Nein. Sie konnte nicht. Ihre zitternden, kraftlosen Knie wollten ihr nicht gehorchen; mit jedem Atemzug schienen ihre Kräfte noch mehr zu schwinden. Sie kämpfte wie gegen unsichtbare Fesseln, versuchte, sich auf die Hände zu stützen und aufzurichten, zitterte und fiel zurück gegen die Matratze. Dort lag sie mit klopfendem Herzen und wußte in betäubtem Schrecken, daß sie nun keine Verteidigung gegen all das hatte, was sie über sie sagen wollten.

Jamie mußte noch einmal läuten, ehe geöffnet wurde; und er konnte kaum seine Gereiztheit verbergen, als Danas blonder Kopf hinter dem Türspalt erschien.

»Ach, Jamie«, sagte sie in leisem, besorgtem Ton, »bin ich froh, daß du da bist. Es gibt Schwierigkeiten.«

Ach du lieber Gott, was nun? Er ächzte in sich hinein. »Was ist es diesmal, Dana? Wieder Anrufe?«

»Schlimmer als das«, sagte Dana, und der Schatten eines Stirnrunzelns zeigte sich in ihrem lieblichen Gesicht. »Es geht um Barbara, Jamie. Sie hat sich in ihrem Schlafzimmer eingeschlossen und will nicht herauskommen. Nicht einmal zum Essen ist sie erschienen. Am Vormittag ging ich hinein, um ihr beim Bettenmachen zu helfen, und sie benahm sich, als würde sie mich nicht kennen.«

»Ja«, warf seine Mutter ein, die hinter Dana erschienen

war. »Wäre Dana nicht hier gewesen, hätte ich mich zu Tode geängstigt. Heute früh lag ein blutbeflecktes Messer in der Küche. Und du weißt, wie Jerry...«

Jähe Angst schnürte ihm die Kehle zu. Barbara! Bedrohten die geheimnisvollen »Sie« jetzt Barbara, wie sie Bess bedroht hatten? Oder hatte diese schreckliche Geschichte ihr seelisches Gleichgewicht erschüttert? Er hätte schwören können, daß Barbara vollkommen stabil sei, frei von Neurosen. Nach Jerrys Tod hatte sie aus freien Stücken einen Psychiater konsultiert. »Wenn wir Kinder haben wollen, sollten wir uns vergewissern, daß es nicht in der Familie liegt«, hatte sie munter erklärt. Der Psychiater hatte sie für vollständig gesund befunden, frei von jeglichen erkennbaren psychischen Defekten und neurotischen Tendenzen.

Aber konnte man es wirklich wissen?

Nur mit halbem Ohr hörte er seine Mutter reden. »Ich werde mit ihr sprechen«, sagte er, noch ehe sie geendet hatte, und ging zur Schlafzimmertür.

Beim Niederdrücken der Klinke stieß er auf Widerstand. Sie mußte drinnen einen Stuhl untergeschoben haben.

»Barbara!« rief er. »Ich bin es. Was ist mit der Tür?«

»Bist du es wirklich, Jamie?« Ihre Stimme klang durch die geschlossene Tür seltsam verfremdet.

»Wen zum Henker hast du erwartet – den Weihnachtsmann? Komm schon, Barbara, laß die Albernheiten und mach die Tür auf! Was ist in dich gefahren, uns alle so zu erschrecken?«

Während der darauffolgenden Pause hörte er seinen eigenen Herzschlag unangenehm laut in der Stille, und mit Unbehagen war ihm bewußt, daß Dana und seine Mutter hinter ihm standen und warteten. Er überlegte, ob Barbara bewußtlos oder eingeschlafen war oder ob sie sich im Bad versteckt hatte; dann hörte er ein Geräusch wie Möbelrücken, die Klinke wurde in seiner Hand niedergedrückt, und die Tür vorsichtig einen Spaltbreit geöffnet. Dahinter erschien ein schmaler Ausschnitt von Barbaras Gesicht.

»Komm herein«, sagte sie im Flüsterton.

»Nein, verdammt, du kommst heraus. Mir ist heute nicht nach derlei Unsinn zumute, Barbara. Ich möchte in Ruhe ein Glas trinken und zu Abend essen, ich habe genug Ärger und Scherereien für einen Tag gehabt. Nun komm schon«, sagte er bittend, »fang du nicht auch noch an! Was ist los, Barbara, bist du krank?«

Hinter ihm hörte er seine Mutter in der Stille wispern: »Genau wie ihr armer Bruder. Ich hab' es Jamie gesagt...« Daß sie sich diese Blöße und seiner Mutter Gelegenheit zu ihrer boshaften Stichelei gab, erfüllte ihn mit unvernünftigem Zorn gegen Barbara. Auch Barbara hatte die geflüsterte Bemerkung vernommen, und ihre Züge verhärteten sich. Sie kam ins Wohnzimmer, und Jamie stellte fest, daß sie tatsächlich krank aussah. Sie hatte zuviel Make-up aufgelegt, und ihr Haar war in Unordnung; sie sah aus, als hätte sie auf gut Glück in den Kleiderschrank gegriffen, irgend etwas herausgenommen und angezogen. Ihre Hände zitterten, und ihm entging nicht, wie sie schnell zu Dana und seiner Mutter hinsah und den Blick genauso schnell wieder von ihnen wandte. Sie sagte: »Gib mir auch ein Glas. Laßt uns alle etwas trinken. Aber erwarte nicht von mir, daß ich irgend etwas esse, was sie für mich zusammengekocht haben!«

»Weshalb, Barbara, liebes Kind«, sagte Mrs. Melford, und Jamie ging mit finsterer Miene zum Buffet, um Gläser herauszuholen.

Dana sagte: »Barbara, ich würde an deiner Stelle nichts trinken, wenn du dich nicht gut fühlst.«

»Was kann es dich kümmern?« Barbara spuckte die Worte aus, daß Dana zusammenzuckte.

»Na, nun laßt doch«, sagte Jamie mechanisch, ohne recht zu wissen, was er sagte. Er teilte den üblichen männlichen Abscheu vor Szenen, und allmählich ging ihm auf, daß hier etwas vorging, das nicht so einfach überspielt werden konnte.

Barbara nahm eines der Gläser und schenkte sich aus der Flasche mit Scotch ein. Nun war deutlich zu sehen, daß ihre Hände zitterten; so sehr, daß sie etwas verschüttete. Jamie nahm ihr das Glas ab und sagte unbeholfen: »Sieh mal, Schatz ...«

Sie riß ihm das Glas aus der Hand und warf es zornig zu Boden. Der Scotch versickerte im Teppich, das Glas, heil geblieben, rollte davon. Mit hoher, hysterischer Stimme, die nahe am Umkippen war, sagte sie: »Jamie, ich will sie nicht hier haben. Ich will sie beide nicht hier haben. Ich bin ... ich bin ...« Sie verkrampfte die Hände ineinander und rang um Selbstbeherrschung. »Entschuldige«, sagte sie mit bleichen Lippen. »Ich weiß, daß ich mich wie eine Hysterikerin anhöre – ich versuche, dagegen anzugehen –, aber Jamie, bitte, kann ich nicht allein mit dir sprechen?«

»Arme Barbara«, sagte Mrs. Melford süßlich und hob das Glas auf. Dann bückte sie sich und rieb mit ihrem Spitzentaschentuch an dem roten Kleid, wo ein paar Spritzer vom Scotch Flecken hinterlassen hatten. »Du hast dein hübsches Kleid fleckig gemacht; vielleicht geht es nie wieder heraus. Kannst du nicht versuchen, dich zusammenzunehmen, Liebes? Leg dich hin und laß mich dir eine heiße Tasse Tee machen oder etwas Suppe, und ruhe dich aus.«

Barbara schlug nach der Hand mit dem Taschentuch. Sie berührte sie nicht, aber Mrs. Melford kreischte auf und zog ihre Hand hastig zurück. Barbara sagte mit hoher, keuchender Stimme: »Laß mich in Frieden, rühr mich nicht an. Jamie, kannst du nicht sehen, was sie tun? Sie versuchen, dich zu überzeugen, ich sei verrückt.« Sie sank an seine Brust und umfaßte seine Schultern wie eine Ertrinkende. »Oh, Jamie! Ich bin doch nicht verrückt, oder?«

Er fühlte ihren krampfhaft versteiften, zitternden Körper unter seinen Händen, und ein Frösteln überlief ihn. Er wehrte sich gegen einen instinktiven Gefühlsumschwung, hervorgerufen von dem elenden Erinnerungsbild, das ihm Jerry zeigte, wie er trostlos in seinem Zimmer gekauert hatte, eine Woche, bevor er sich erschossen hatte. Mit einer Willensanstrengung drückte er seine Frau an sich und sagte sehr sanft: »Natürlich nicht, Barbara. Du bist krank, und ich denke, du bist ein wenig hysterisch. Niemand will dir etwas zuleide tun.«

»Sie will es«, sagte Barbara heftig. »Sie tut es! Nein, ich werde es nicht sagen. Sie will, daß ich alle möglichen verrückten Anschuldigungen vorbringe; ich spüre, daß sie es will. Ich werde es nicht tun...« Sie vestummte.

»Setz dich«, sagte Jamie und schob Barbara behutsam rückwärts zu einem Sessel, füllte ihr ein Glas. »Trink langsam. Und nun sag mir, was eigentlich los ist. Dana? Mutter? Hattet ihr Streit miteinander?«

Dana breitete in einer Gebärde der Ahnungslosigkeit die Arme aus, und ihre blauen Augen waren groß und unschuldig. »Wir gingen einkaufen, als sie noch schlief, und als wir zurückkamen, war sie so.«

»Mutter?«

»Ich weiß nicht, Jamie. Ich mache mir seit langem Sorgen um sie. Du weißt das.«

»Ich wußte es nicht«, widersprach Jamie. Sein verständnisloser Blick ging von einer zur anderen. »Komm schon, Barbara, reiß dich zusammen. Es war für alle ein harter Tag.«

Barbara hob den Kopf. »Sie machen es mit uns, wie sie es mit Jock und Bess gemacht haben. Es steht alles im Buch.«

»Ach, zum Teufel mit dem Buch!« Plötzlich kam der Ärger wieder in ihm hoch. »Du siehst Gespenster. Du weißt, daß Mutter dich gern hat. Hast du immer noch diese fixe Idee, daß Mutter mich mit Dana verheiratet sehen möchte?«

»Wird sie es leugnen?«

Mutter Melfords Lippen zuckten, und sie sah aus, als wollte sie in Tränen ausbrechen, aber dahinter steckte eine kaum verhohlene Selbstzufriedenheit. »Ich glaubte nicht, daß Barbara die richtige Frau für dich sei, Jamie, und nun kannst du selbst sehen, wie labil sie ist – all dieser hysterische Unsinn. Du brauchst Ruhe und Frieden, mein armer Junge, nicht Szenen und hysterische Ausbrüche!«

»Siehst du, was ich meine?« rief Barbara verzweifelt. »Die ganze Zeit beugt sie sich über mich, bevormundet mich, tut freundlich, haßt mich, stichelt, treibt und drängt mich, bis ich – bis ich solche Szenen mache und du anfängst, mich zu hassen. O Gott, Jamie, ich will sie nicht hierhaben. Ich habe mir weiß Gott Mühe gegeben, ich habe versucht, aber es hat keinen Zweck. Sie haßt mich, und sie hat Dana hierher gebracht – das war das äußerste Mittel –, und heute, als ich fand ...« Sie brach ab, als hätte ihr jemand die Hand auf den Mund gelegt.

»Sprich weiter«, sagte Mrs. Melford mit bebender Stimme. »Hör nur auf sie, Jamie. Laß sie dastehen und so zu mir sprechen. Willst du mich nicht hinauswerfen? Willst du deine eigene Mutter nicht auf die Straße setzen?«

»Mutter, verdammt noch mal ...« Jamie drückte sich die Finger an die Schläfen und merkte, daß er Pelzmütze und Mantel noch anhatte. Die Krise war so plötzlich ausgebrochen, daß er nicht einmal Zeit gehabt hatte, seine Sachen abzulegen. Das holte er jetzt nach und warf alles auf das Sofa, bevor er sich in erneuertem Ärger den Frauen zuwandte. Im Wohnzimmer herrschte eine Atmosphäre wie in einer Kampfarena. Barbara war auf das andere Sofaende niedergesunken und schluchzte, und er blickte mit einem Gefühl wie Haß auf sie herab. Wie konnte sie ihm so etwas antun? Wie konnte sie ihn in diese – diese hysterische Konfrontation ziehen, die an einen schlechten Film gemahnte, komplett mit böser Schwiegermutter und der anderen Frau? Einen Augenblick schien es ihm, als sähe er die drei Frauen durch ein umgedrehtes Fernrohr, als seien sie unbelebte kleine Puppen auf einem Fernsehschirm: Barbara, zitternd, völlig durcheinander und weinend; seine Mutter mit beleidigter Miene, das Urbild verletzter Unschuld – beinahe zuviel davon, dachte er; nur Dana sah lieblich aus, distanziert, und ihr süßes Gesicht drückte Teilnahme und Sorge aus. Er fühlte sich zu ihr hingezogen. Die arme Dana. Es war zu dumm, daß sie in diesen Familienstreit hineingezogen worden war. Ihre Ruhe hob sich vorteilhaft von diesem Hintergrund von Hysterie ab. Ungewollt drängte sich ihm die Frage ins Bewußtsein, ob sie ihm bei seiner Heimkehr von der Arbeit mit einer solchen Szene aufgewartet hätte. Er lächelte ihr ein wenig kläglich zu, bevor er seine Aufmerksamkeit wieder Barbara zuwandte.

»Seht mal – Mutter, Barbara –, das ist jetzt genug. Müssen wir unsere familiären Streitigkeiten vor einem Gast austragen? Wenn ihr Streit hattet, wird er sich gewiß beilegen lassen. So etwas kommt in allen Familien vor. Mutter, du könntest in die Küche gehen und dort nach dem Rechten sehen – ich rieche das Abendessen, und wir wollen doch nicht, daß es anbrennt – und Barbara in Ruhe ihr Glas austrinken lassen, damit wir alle ein wenig zur Besinnung kommen? Du auch, Dana. Barbara möchte allein mit mir sprechen. Einverstanden?«

Sie gingen, warfen aber protestierende Blicke zurück. Als die Küchentür hinter ihnen ins Schloß fiel, schenkte er sich etwas Whisky ein und füllte Barbaras Glas auf. Er setzte sich ihr gegenüber und sah zu, wie sie gegen ihr Schluchzen ankämpfte. Als sie sich endlich etwas beruhigt hatte, sagte er: »Nun erzähl mir, Barbara, was haben all die Aufregung und die Tränen zu bedeuten? Ist es wegen Mutter? Sieh mal, Schatz, du weißt, ich war nie verrückt danach, sie hier bei uns zu haben, aber angesichts der Wohnungsknappheit und der hohen Mieten konnte ich mir keine zusätzliche Wohnung für sie leisten. Sie hat nichts, nicht mal eine Altersrente. Sie hat nie gearbeitet, war ihr Leben lang Hausfrau. Und ich mag sie nicht in eins dieser Hotels für Dauergäste stecken, die nichts anderes sind als Abladeplätze für alte Leute.«

Sie sagte, von Schluchzen unterbrochen: »Ich weiß, Jamie. Ich dachte, es würde gehen.«

»Ich war immer der Meinung, daß ihr, Mutter und du, die meiste Zeit gut miteinander auskommt, aufs Ganze gesehen. Sollte ich mich so sehr geirrt haben?«

Barbara starrte auf ihre Knie. »Bis heute wußte ich nicht, wie sehr sie mich haßt.«

»Barbara, ich weiß einfach nicht, was ich dazu sagen soll. Du warst niemals ein Mensch, der unter Verfolgungswahn litt.«

Sie schluckte angestrengt. Der Alkohol begann ihr Gesicht ein wenig zu röten. »Siehst du? Ich kann nichts sagen. Tue ich es, leide ich einfach unter Verfolgungswahn. Es ist so hübsch, so einfach... es fügt sich alles so gut ineinander. Aber heute früh fand ich ein gräßliches Ding in der Küche. Und das war nur der Anfang...«

Jamie ächzte. »Ach du lieber Gott, dieser verdammte Frosch? Barbara, es tut mir leid. Ich hatte vor, dieses Ding selbst in den Mülleimer zu werfen, war aber so verwirrt, weil alles gleichzeitig geschah, daß ich es liegenließ. Aber warum gibst du Mutter die Schuld daran? Das waren diese verdammten Irren, die versucht haben, mir Jocks Buch abzujagen. Willst du mich wirklich glauben machen, Mutter stecke mit diesen Leuten unter einer Decke?«

Sie hielt den Kopf zwischen den Händen. Er sah sie an und dachte gereizt, daß sie gehen und sich das Haar kämmen solle; nie hatte er sie so aufgelöst und in Unordnung gesehen, und seine Verärgerung wandte sich gegen ihn selbst, als er sich dabei ertappte, daß er sie mit Danas vollkommener Gepflegtheit verglich. »Ich weiß nicht, was ich denken soll«, sagte Barbara. Sie klang erschöpft, resigniert. »Wenn du es so hinstellst, wirst du mich noch überzeugen, daß ich wieder zu Jerrys Psychiater gehen sollte.«

Er trank sein Glas aus, stellte es weg und ergriff ihre Hände. »Ist dir jemals der Gedanke gekommen, Barbara«, sagte er behutsam, »daß der Zweck dieser Einschüchterungskampagne nur der sein kann, uns alle gegeneinander aufzuhetzen? Soviel ich weiß, haben sie es mit Jock und Bess Cannon genauso gemacht. Wenn wir einen klaren Kopf behalten, können wir sie auslachen. Sie müssen merken, daß es nicht klappt; das Buch wird herauskommen, es sei denn, sie sind bereit, die Druckerei und das Verlagshaus in die Luft zu sprengen. Willst du zulassen, daß sie dich mit ihrem dummen Nervenkrieg zermürben?«

Sie hob den Blick nicht. Gegen seinen Willen fühlte er sich zu Mitleid gerührt. Zuletzt, als sie merkte, daß er auf ihre Antwort wartete, verkrampfte sie die Hände ineinander und blickte auf. »Vielleicht hat dies alles – die schwierige Situation wegen des Manuskripts – nur an die Oberfläche gebracht, was schon lange hätte geregelt werden müssen. Vielleicht hätte ich niemals zustimmen sollen, daß wir deine Mutter bei uns aufnehmen. Vielleicht hättest du mich niemals gegen ihren Willen heiraten sollen.«

Er versuchte, seine Betroffenheit durch aufgesetzte Munterkeit zu überdecken. »Tut mir leid, aber so ist es nun mal; ich habe dich geheiratet, und wenn es Mutter nicht gefällt, ist das ihr Pech.« Er berührte ihre ineinander verschlungenen Hände. »Vielleicht können wir eine Regelung finden, Barbara, wenn uns das alles zu sehr auf die Nerven geht. Wenn ... wenn wir Kinder haben«, fügte er schnell hinzu, »werden wir sowieso eine andere Regelung treffen müssen. Vielleicht sollten wir anfangen, darüber nachzudenken. Aber kannst du nicht damit warten, bis ich mir etwas ausgedacht habe?«

Ihre Lippen bebten. »Ich werde es versuchen – mit deiner Mutter. Ich kann nichts versprechen, aber ich werde es versuchen. Aber daß sie Dana hierherholte – das brachte das Faß zum Überlaufen. Jamie, kannst du sie nicht fortschicken?«

Die Stärke seiner zornigen Aufwallung überraschte ihn selbst. »Barbara, das ist deiner nicht würdig. Ich verabscheue Eifersucht!«

»Das ist mir gleich!« Ihre Stimme schnappte über. »Ich weiß, daß deine Mutter die Hoffnung nicht aufgibt, solange sie hier ist... Jamie, ich bestehe darauf. Ich werde versuchen, es noch eine Weile – eine kleine Weile – mit deiner Mutter auszuhalten. Aber ich will, daß Dana aus dieser Wohnung verschwindet, und zwar noch heute abend! Heute abend!«

»Was in aller Welt soll ich zu ihr sagen?« fragte Jamie hilflos. »Du selbst sagtest ihr, daß sie bei uns willkommen sei. Wie kann ich einen Gast hinauswerfen... und zu dieser späten Stunde? Wohin sollte sie gehen?«

»Es ist mir gleich, was du zu ihr sagst oder wohin sie geht«, sagte Barbara, und ein gefährlicher Ton kam in ihre Stimme. »Ein Hotel, eine Pension, die Heilsarmee. Aber sie geht, Jamie. Andernfalls gehe ich. Das ist mein Ernst. Sie oder ich. Ich werde nicht wieder in meinem Bett schlafen, solange diese Frau unter meinem Dach ist!«

Er starrte sie an. Er war völlig verwirrt, als sei die vertraute Barbara plötzlich eine Fremde geworden. »Ich beginne mich wirklich zu fragen, ob du den Verstand verloren hast, Barbara!«

»Das ist eine hübsche, einfache, leichte Erklärung!«

»Nicht unbedingt«, sagte er. Gegen seinen Willen wurde er noch zorniger. »Du bist nicht fair und verständig. Und du hast kein Recht, solch ein Ultimatum zu stellen. Diese... diese Art von Entscheidungszwang – es ist wie in einem billigen Melodrama!«

»Warum willst du Dana hier haben?« sagte sie mit leiser Stimme. »Warum verteidigst du sie?«

»Mein Gott!« rief er aus, erinnerte sich, daß Dana in der Küche war, und fuhr mit gedämpfter Stimme fort: »Ich will sie nicht hierhaben, nicht unbedingt. Ich möchte sie bloß nicht hinauswerfen!«

Ihr Gesicht war verhärtet, sie war wieder die fremde Barbara. »Dann laß es sein«, sagte sie kalt. »Wirf statt ihrer mich aus dem Haus, denn darauf läuft es hinaus.« Sie stand auf, und während er bestürzt zusah, ging sie in die Diele, nahm ihre dunkle Winterjacke vom Haken und fuhr hinein. Ihre Stimme war angespannt und beherrscht, als sie sagte: »Ich bluffe nicht, Jamie. Wenn ich aus dieser Tür gehe, komme ich nicht eher zurück, als bis sie gepackt hat und draußen ist.«

Er sprang auf, zornig, hartnäckig, die Fäuste geballt. Etwas in ihm lärmte: Laß sie gehen und zum Teufel mit ihr! Durch diese Uneinsichtigkeit hat sie jedes Recht auf dein Mitgefühl verspielt! Aber diese innere Stimme war so rigoros, so gleichgültig, daß er über sich selbst entsetzt war. Er ging zu ihr und ergriff sie bei den Armen; sie riß sich los. Bei seiner Berührung brach sie wieder in Tränen aus. Er legte die Arme um sie und drückte sie an sich und das Durcheinander von Zorn und Verwirrung legte sich ein wenig.

»So kann es nicht weitergehen, Barbara«, sagte er, um Freundlichkeit bemüht. »Es ist lächerlich. Ich gebe nach, aber ich werde einen Handel mit dir machen. Dana geht, aber morgen gehst du zu einem Psychiater. Einverstanden?«

Er hoffte irgendwie, daß sie beleidigt ablehnen, nachgeben und sagen würde, was er hören wollte, nämlich, daß es auf Dana nicht ankomme, daß sie wisse, wie albern und übertrieben sie reagiert habe. Statt dessen hellte sich ihre Miene ein wenig auf, und sie sagte: »Einverstanden, Jamie.«

Mit langsamen und eckigen Bewegungen hängte sie die Jacke wieder über den Bügel. Er kehrte ihr den Rücken und schritt, kochend vor Wut, weil sie ihn entwaffnet hatte, in die Küche.

Drinnen war es warm und dampfig von den verlockenden Düften aus den Kochtöpfen, die Luft voll vom Aroma der Kräuter und Gewürze, und der Teekessel summte. Es war geradezu widersinnig, sich an einem so friedlichen, gemütlichen Ort dermaßen unglücklich und verlegen fühlen zu müssen. Danas und seiner Mutter Blicke ruhten auf ihm.

»Wie geht es ihr, Jamie?« fragte seine Mutter mit gedämpfter Stimme.

»Sie ist... ruhiger. Tut mir leid, Mutter...« Er zögerte; wie sollte er es ihnen beibringen? Dana lächelte, ein seltsames Lächeln. Ehe er weitersprechen konnte, sagte sie: »Jamie, ich glaube, ich sollte lieber gehen. Meine Anwesenheit hier ist schlecht für Barbara... in ihrem gegenwärtigen Zustand.«

Er hätte Erleichterung verspüren sollen, weil sie ihm die Peinlichkeit erspart hatte, selbst damit herauszurücken. Statt dessen verspürte er ein unerklärliches, erneutes Aufbranden von Zorn gegen Barbara, daß sie ihn in diese Lage gebracht hatte. »Es ist mir sehr unangenehm, Dana, aber...«

Seine Mutter plusterte sich beleidigt auf. »Jamie, Dana ist mein Gast! Barbara hat kein Recht dazu.«

»Tut mir leid«, wiederholte er, und sein Zorn richtete sich nun gegen sie wie gegen Barbara. »Ich weiß, sie ist deine Freundin, Mutter, aber meine erste Verantwortlichkeit gilt meiner Frau. Barbara ist krank, sie ist nervös und überreizt. Ich muß an sie denken...« Er hatte das Gefühl, sich vor Nervosität zu wiederholen. »Natürlich, wenn Dana nicht weiß, wo sie unterkommen kann...«

»Natürlich weiß ich etwas. Ich hatte gerade zu deiner Mutter gesagt...«

»Und ich habe ihr gesagt«, erklärte Mrs. Melford, »daß ich ein krankes, neurotisches, labiles Mädchen nicht anordnen lassen werde, wer in der Wohnung meines Sohnes kommen und gehen darf.«

»Bitte, Mutter Melford!« Danas Stimme war freundlich und sanft, doch gewann Jamie plötzlich den Eindruck stählerner Kraft. Sie wandte sich wieder zu ihm und zeigte ihr liebreizendes Lächeln. »Natürlich muß deine erste Sorge der armen Barbara gelten, Jamie. Ich achte dich dafür. Alles andere ist jetzt zweitrangig. Sie muß sehr... krank sein. Ich habe bereits einen Bekannten angerufen, Jamie.«

»Ich komme mir vor wie ein Schuft... Zuzulassen, daß sie dich so hinauswirft...«

»Nein«, sagte sie mit einem rätselhaften Lächeln. »Vielleicht ist dies das beste, was geschehen konnte.« Sie schlüpfte hinaus und überließ es ihm, zu überlegen, was sie damit gemeint haben konnte, während seine Verärgerung über Barbara erneut aufwallte. Wie konnte sie sich von ihrer Eifersucht gegen ein harmloses Mädchen, das obendrein ihre Freundin gewesen war, so hinreißen lassen?

Eine Stunde später nagte die Verärgerung noch immer an ihm. Dana hatte ihre Koffer gepackt, spähte zum Fenster hinaus und sagte: »Ah, da kommt der Wagen«, zog rasch ihren Mantel an und ging zur Tür. Mrs. Melford saß finster schweigend in einer Ecke. Barbara hatte sich geweigert, am Abendessen teilzunehmen, und sich ins Schlafzimmer zurückgezogen, wo sie, wie Jamie mit einiger Erleichterung vernommen hatte, bald darauf zu rumoren begonnen hatte. Anscheinend machte sie das Bett und räumte auf. Vielleicht konnte er, sobald die Verhältnisse im Haus sich einigermaßen normalisiert hatten, erreichen, daß sie etwas aß. Er hatte seiner Mutter, nicht ohne ein vages Gefühl von Untreue gegenüber Barbara, aber mit dem Gedanken, daß es der Wiederherstellung des häuslichen Friedens förderlich sei, anvertraut, daß Barbara versprochen hatte, einen Psychiater aufzusuchen, und sie war ungewöhnlich mitfühlend gewesen und hatte ihm gesagt, sie kenne einen sehr guten Mann, der bei einer guten Freundin von ihr Wunder gewirkt habe.

Nun, als Dana zur Tür ging, ergriff Jamie ihre Hand. »Nichts für ungut, Dana, wir bleiben in Verbindung.«

»Natürlich, du Dummchen«, sagte sie. »Ich werde deine Mutter besuchen, und natürlich werde ich wissen wollen, wie es der armen Barbara geht, selbst wenn sie sich... gegen mich gewendet hat. Vielleicht wird es ihr bald besser gehen, und ich kann sie besuchen.«

Jamie nahm ihr den Koffer ab. »Ich trage ihn hinunter.«

»O nein, er ist nicht schwer.« Aber er schritt schon in den Korridor hinaus und die Treppe hinunter. An der Haustür entwand sie ihm den Koffer mit festem Griff. »Wirklich, ich muß darauf bestehen, Jamie, du darfst ohne Mantel nicht in die Kälte hinaus!« Die Tür des draußen am Straßenrand haltenden Wagens war bereits geöffnet, und eine große, breitschultrige Gestalt kam durch die schneeerfüllte Dunkelheit auf den Hauseingang zu und öffnete den Mund. Dana machte eine Handbewegung, und der Mann begnügte sich damit, ihren Koffer zu nehmen, ihn in den Wagen zu heben, einzusteigen und die Tür zuzuschlagen. Einen Augenblick später waren sie weg.

Jamie, der durch das kleine Fenster der Haustür hinausgesehen hatte, starrte verdutzt den Rücklichtern nach. War er auch im Begriff, verrückt zu werden, oder war es tatsächlich Pater Walter Mansell gewesen, der Dana abgeholt hatte?

Nein, es konnte nicht sein. Seine Nerven waren durch diese ganze Geschichte bis zu einem Punkt überreizt, wo er allenthalben seltsame Zusammenhänge zu sehen glaubte. Es konnte nicht sein. In New York mußte es Dutzende oder sogar Hunderte von Männern dieser großen, stämmigen Statur geben, mit dem gleichen unauffälligen dunklen Wintermantel, dem gleichen zurückweichenden Haaransatz. Außerdem hatte er das Gesicht des Mannes nicht gesehen; der Fahrer hatte sich zu rasch abgewandt.

Dennoch begleitete ihn der Eindruck die Treppe hinauf. Oben angelangt, witterte er wieder die Essensdüfte und verspürte einen jähen Heißhunger. Er fühlte sich imstande, alles aufzuessen, was es gab. Vielleicht würde Barbara nun zur Ruhe kommen und bereit sein, mit ihnen zu essen und sich gesittet zu benehmen, sogar seiner Mutter gegenüber.

Spät in der Nacht, geplagt von verworrenen, unsinnigen Alpträumen (er wanderte durch ein Labyrinth, während Jock Cannon hinter einem dicken Vorhang herumgeisterte und nicht heraus konnte; er stolperte durch einen mit toten Kröten und zerbrochenen Kruzifixen übersäten Korridor; er ging in eine Kirche und nahm die Bibel vom Altar, welche sich in seinen Händen in eine Erstausgabe von *Der Teufel in Amerika* verwandelte; er heiratete wieder Barbara, aber Pater Mansell war der Priester, und seine Mutter führte die Braut, und als er genauer hinsah, war die Braut Dana, und Barbara lag nackt auf dem Altar...) schreckte er, von Entsetzen erfüllt, auf und hatte plötzlich das Bedürfnis, die Hand auszustrecken und sich zu vergewissern, daß Barbara tatsächlich da war. Sie stöhnte im Schlaf und wälzte sich herum, erwachte jedoch nicht, und er lauschte eine Weile ihren unruhigen Atemzügen, bevor er wieder in einen Halbschlaf sank. Zuerst stellte sich die vertraute Prozession unbestimmter Gesichter ein, die am Rand des Schlafes auftauchenden Bilder, und dann waren es Stimmen, die undeutlich und kaum wahrgenommen durch seinen Geist zogen, und Jamie war bereits zu tief im Schlaf versunken, um ihnen zu widerstehen oder sich ihrer auch nur klar bewußt zu sein.

Es ist zu spät für halbherzige Maßnahmen. Er muß den gleichen Weg nehmen, den Cannon gegangen ist.

Es darf ihm nichts geschehen. Das ist die einzige Bedingung, die ich stelle und die ich je gestellt habe; Jamie darf nichts zustoßen.

Bist du in einer Position, Bedingungen zu stellen? Was du willst ist nicht, was wir wollen.

Sie wird bald am Ende sein. Ist sie erst aus dem Weg, werde ich selbst mit Jamie fertig.

Nun gut. Aber warte nicht zu lange.

9

In der Gegend der oberen 80er Straße ist die Park Avenue ein eleganter Boulevard und strahlt noch immer etwas von dem verfeinerten urbanen Lebensstil des 19. Jahrhunderts aus, ehe die Probleme des 20. das Leben in der Stadt schwierig und oft unerfreulich gemacht hatten. Barbara ging zwischen den reizvoll gestalteten Fassaden der hohen alten Wohn- und Geschäftshäuser dahin, den Mantel grimmig um sich gewickelt, und hielt nach der Hausnummer Ausschau, die sie sich aufgeschrieben hatte.

Weiß Gott, sie hatte es erbärmlich angefangen. Es geschah ihr recht, daß sie nur unterwegs zum Psychiater war. Sie hatte sich von Migräne, prämenstrualen Spannungen und schierer Nervosität verleiten lassen, alles zu enthüllen. Sie hätte ruhig, vernünftig, sachlich und charmant sein sollen, wie Dana es gemacht hatte. Alle Ratgeber für Frauen warnten, daß man mit Eifersucht und Szenen niemals etwas erreichte. Sie hätte liebenswürdig und nachgiebig sein sollen, nicht grob und aufrichtig. Sie hätte selbst Dana gegenüber Herzlichkeit heucheln und Jamie dann allein beiseite nehmen und ihm den abscheulichen kleinen Beutel zeigen sollen, den sie in ihrem Ehebett gefunden hatte.

Am Morgen war sie mit Kopfschmerzen (sie hatte sie

noch immer, hol's der Teufel!) erwacht, und konfuse Erinnerungen an die Szene des vorangegangenen Abends hatten sie nachgiebig gegenüber Jamie und höflich sogar gegenüber Mrs. Melford gemacht. Sie wünschte, sie hätte einen anderen Psychiater als den finden können, den Jamies Mutter empfohlen hatte, hatte aber zu sich selbst gesagt, sie solle jetzt nicht durchdrehen. Sie hatte die Anschrift verstohlen im Telefonbuch von Manhattan nachgeschlagen: er hatte eine ausgezeichnete Adresse in der Park Avenue; da waren die eindrucksvollen Buchstaben hinter seinem Namen; alles schien völlig in Ordnung. Als sie ihn angerufen hatte, um einen Termin zu vereinbaren, war er anfangs gar nicht bereit gewesen, sie zu empfangen und hatte sie schließlich nur wegen einer anderen Absage angenommen. Warum also sollte sie ihn als jemanden ansehen, der danach trachtete, sie in die Klauen zu bekommen, um ihr zu erklären, was für eine gute Frau ihre Schwiegermutter sei, und zu verlangen, daß sie augenblicklich von all diesem neurotischen Unsinn ablasse?

Das Gebäude war in Ehren alt geworden. Das Messing an den Türen, das Schnitzwerk und die Vertäfelungen sahen weder verwahrlost noch auffallend restauriert aus. Die Übersichtstafel im Erdgeschoß war voller Namen von Ärzten und Zahnärzten, und irgendwo unter ihnen mußte sich auch der des Psychiaters befinden. Er sollte seine Praxis im zweiten Stock haben. Als sie die Treppe hinaufstieg, sah sie oben eine schwangere Frau aus einer der Türen kommen und spürte eine instinktive Regung von Neid, einen fast physischen Schmerz. Genau dort, wo das Foto die Brandstelle hatte, dachte sie. Konnte dieses widerwärtige Zaubermittel die Ursache sein, daß sie nie schwanger geworden war?

Aus der Arztpraxis, die das schwangere Mädchen gerade verlassen hatte, sagte eine angenehme weibliche Stimme: »Bitte lassen Sie die Tür offen, Mrs. Gardner. Ich fürchte, ich bin diese Hitze nicht gewohnt.«

Barbara drängte sich gegen die Wand, als die Schwangere vorsichtig an ihr vorbei die Treppe hinunterging. Auf dem Treppenabsatz angelangt, sah Barbara drei Türen und mit einem Mal fiel es ihr wie Schuppen von den Augen. Gefangen in ihrer Geistesabwesenheit hatte sie nicht bemerkt, daß dies dasselbe Haus war, in dem Dr. Clinton ihre Praxis hatte, genau hier im zweiten Stock. Sie war des öfteren hier gewesen, als sie im vergangenen Jahr die Tests hatte machen lassen. Anscheinend hatte sie eine neue Helferin am Empfang. Barbara spielte mit dem Gedanken, einen Termin für eine weitere Untersuchung zu verabreden, aber die Ärztin würde sie nach dem Grund fragen, und Barbara würde ihr schwerlich klarmachen können, daß sie nun glaube, sie könne nur deswesen nicht schwanger werden, weil ihre Schwiegermutter ihr ein Zaubermittel ins Bett praktiziert hatte. Die Ärztin würde sie wahrscheinlich gleich eine Tür weiter zu Dr. Soundso schicken!

Sie sah die drei Türen an, die ihr vom vergangenen Jahr noch vertraut waren. Marian Clinton, M. D.: Frauenkrankheiten und Geburtshilfe. Dr. Paul Barnes, Facharzt für Kieferchirurgie, Sprechstunden nach Vereinbarung. Alexander Wynitsch, Doktor der Psychologie. Sie überlegte wenig menschenfreundlich, welche unaussprechliche und möglicherweise dem Ansehen eines Arztes abträgliche Buchstabenkombination sich hinter dem nichtssagenden und unwahrscheinlichen Wynitsch verbarg. Wynzcyzowski? Wynczkowitz? Ein schöner Psychiater, wenn er sich nicht einmal zu seinem eigenen Volkstum bekennen mochte!

Sie sah auf die Uhr. Der Termin war auf ein Uhr festgesetzt; es war fünf Minuten vor eins.

Geh nicht da hinein. Es ist gefährlich! sagte ihr eine innere Stimme.

Sie ermahnte sich, nicht albern zu sein, doch ihr Instinkt rebellierte weiter. Im Berufsleben hatte sie sich eine allein an Tatsachen orientierte Nüchternheit antrainiert, hinter dieser Fassade aber war sie emotional bestimmt und beseelt von einem festen Glauben an die Intuition. Und jetzt schrillte ihre Intuition mit allen Alarmglocken. Am liebsten wäre sie davongelaufen.

Ich habe es Jamie versprochen.

Er wird dich einsperren. Du wirst schlimmer enden als Jerry.

Nein. Weil Jerry keine Hilfe bekam, endete er so.

Sie warf einen sehnsüchtigen Blick zu Dr. Clintons offener Praxis. Es war eine angenehme Erinnerung, eine Zeit der Hoffnung. Lieber wäre sie jetzt dort hineingegangen, schwanger oder nicht.

Geh hinein und laß dir einen Termin geben. Warum nicht? Es wird kaum eine Minute dauern.

Ihre Verwirrung wuchs. Du suchst nur nach Ausflüchten, sagte die unerbittliche innere Stimme.

Wieder wandte sie sich zu Dr. Wynitschs Tür, aber ein Schwindelgefühl überkam sie, und sie begriff, daß sie es einfach nicht über sich brachte, in die Praxis des Psychiaters zu gehen. Eine freundliche weibliche Stimme hinter ihr sagte: »Suchen Sie die Praxis von Dr. Clinton?«

Barbara wandte sich verwirrt um und blickte in die scharfen grauen Augen einer großen, nicht mehr ganz jungen Frau, die den weißen Kittel einer Schwester oder Arzthelferin trug. »Ah – nein, ich wollte, es wäre so; ich bin eine alte Patientin von ihr«, sagte sie schwerzüngig.

»Fühlen Sie sich nicht gut, meine Liebe? Sie sehen ein wenig angegriffen aus.«

»Nein, ich bin... es ist albern«, sagte Barbara verwirrt. »Ich habe einen Behandlungstermin bei Dr. Wynitsch, traute mich aber nicht hinein. Es... es ist furchtbar heiß hier drinnen.«

»Das dachte ich auch gerade«, sagte die fremde Frau in aufmunterndem Ton. »Deshalb ließ ich die Tür offen. Möchten Sie ein Glas Wasser?«

»Bitte.« Barbara betrat die vertrauten Praxisräume, ließ sich das Glas Wasser geben und trank. »Sind Sie schon länger bei Dr. Clinton? Ich kann mich nicht an Sie erinnern.«

»Ach nein«, sagte die Frau freundlich, »ich arbeite überhaupt nicht für Dr. Clinton. Ich komme von einer Agentur für Teilzeitkräfte; Rosemary wollte einen zusätzlichen freien Tag, um einen Krankenbesuch zu machen oder so, und deshalb bin ich als Aushilfe hier. Das ist meine Arbeit. Möchten Sie sich einen Augenblick setzen? Sie sehen etwas wacklig aus. Was ist geschehen? Haben Sie etwas auf dem Herzen?«

»Nur diesen Behandlungstermin«, sagte Barbara zögernd, »und er würde mir an sich nichts ausmachen: ich dachte sowieso daran, einen Arzt aufzusuchen. Ich tue es bloß nicht gern, weil meine Schwiegermutter mich dazu drängte.«

Die Frau nickte. Sie hatte eine ungewöhnlich ruhige Art zu sprechen. Sie war auffallend groß, mit ergrauendem blondem Haar, das ordentlich, aber weder modisch frisiert noch besonders gepflegt war – es sah aus, als bürstete und kämmte sie es jeden Morgen, woraufhin sie es bis zum nächsten Morgen vergaß –, und ihr Gesicht, obschon offen und angenehm, war nicht eben hübsch. Sie trug nur eine Spur von Lippenstift und Puder, und ihr Kittel schien etwas antiquiert in Schnitt und Machart. Ihre grauen Augen waren klar und heiter aber der Mund wirkte ernst.

»Nun, man muß die Dinge sehen, wie sie sind«, sagte sie. »Eine Frau und ihre Schwiegermutter haben sehr selten das Beste füreinander im Sinn, es sei denn, die Schwiegermutter ist eine sehr ungewöhnliche Frau. Im Grunde handelt es sich dabei um zwei Frauen, die einen Mann lieben. Gewiß ist es nicht immer so – meine eigene Schwiegermutter war die einzige Mutter, die ich je hatte, und ich liebte sie sehr –, aber in neun von zehn Fällen ist die Schwiegermutter einer Frau ihre schlimmste Feindin, auch wenn es ihr selbst nicht bewußt ist. Warum wählen Sie Ihren Arzt nicht selbst aus?«

»Ich kenne keinen«, sagte Barbara kläglich.

»Aber da brauchen Sie doch bloß die Geschäftsstelle der Kassenärztlichen Vereinigung anzurufen oder die Beratungsstelle des Gesundheitsamtes«, sagte die Frau. »Dort wird man Ihnen geeignete Ärzte empfehlen. Oder Sie können Ihren Hausarzt fragen, zu dem Sie gehen, wenn Sie an Schlaflosigkeit oder Kopfschmerzen leiden oder wenn Ihre Kinder die Masern haben. Aber eins muß ich Ihnen sagen: die werden Sie nicht hierher schicken; dieser Herr nebenan ist so wenig ein Psychiater wie ich, eher noch weniger.« Sie lächelte verständnisinnig, wie über ein gemeinsames Geheimnis. »Mein liebes Mädchen, überprüfen Sie nicht einmal die fachliche Qualifikation der Ärzte, zu denen Sie gehen?«

»Auf dem Schild steht Doktor der Psychologie«, sagte Barbara.

Die Frau lächelte freundlich. »Glauben Sie mir, es gibt keinen solchen akademischen Grad, oder wenn es ihn gibt, ist es einer, der von irgendeiner obskuren privaten Briefkasten-Universität in Kalifornien verliehen wird, ein Titel, den jeder – zusammen mit der Urkunde – kaufen kann, wenn er ein paar hundert oder tausend Dollar überweist. Ein richtiger Psychiater, meine Liebe, muß ein fertig ausgebildeter Mediziner sein, der sich zusätzlich auf Psychiatrie spezialisiert hat. Ein Psychologe – das heißt, ein staatlich anerkannter Psychologe – gehört der APA, der Amerikanischen Psychologischen Assoziation an. Und ich weiß zufällig, daß der Herr nebenan nicht Mitglied dieser Vereinigung ist, denn ich habe das selbst aus persönlichen Gründen überprüft. Passen Sie auf, Mrs...«

»Melford«, antwortete Barbara. »Barbara Melford. Ich bin eine Patientin von Dr. Clinton.«

»Nun, darf ich einen sehr ungehörigen Vorschlag machen? Nämlich, daß Sie mit Dr. Clinton sprechen, wenn sie zurückkommt – sie ist jetzt im Krankenhaus, um Geburtshilfe zu leisten, soviel ich weiß – und sie um einen Rat bitten, wenn sie meint, daß Sie einen Psychiater brauchen. Oder daß sie Ihren Hausarzt anruft, sollten Sie das vorziehen.«

»Ich finde das gar nicht ungehörig«, erwiderte Barbara, die sich plötzlich sehr erleichtert und beruhigt fühlte. »Ich finde, das ist eine großartige Idee. Ich bin Ihnen sehr dankbar. Glauben Sie an Intuition?«

»Ganz gewiß«, sagte die große Frau. »Warum?«

»Weil ich – es klingt verrückt, ich weiß – die ganze Zeit, während ich draußen stand, das Gefühl hatte, ich sollte da nicht hineingehen. Und nun weiß ich, warum. Können Sie sich das erklären? Ich sagte mir immer wieder, es sei bloß Feigheit.«

»Ja, das leuchtet mir ein«, sagte die Frau. »Ich weiß, es muß einen guten Grund gehabt haben, daß ich heute hierher kam, statt diese Aushilfe jemand anderem zu überlassen. Ich sehe darin eine Rechtfertigung meiner eigenen Intuition. Grundsätzlich aber ist es sehr wichtig, die Qualifikation jeder Person zu überprüfen, die man um Hilfe bitten will. Ich hoffe, Sie werden das in Zukunft tun, nicht wahr?«

»Das werde ich«, sagte Barbara. Sie wußte, daß sie jetzt eigentlich gehen sollte, zögerte aber; die Anwesenheit und die Anteilnahme der Frau hatten etwas ungemein Tröstliches, und sie wollte gern noch bleiben. Die Frau lächelte ihr aufmunternd zu, und Barbara hatte irgendwie den Eindruck, als wisse die Fremde genau, was sie dachte. Sie fühlte sich wie ein Küken, das nach langem Umherirren unter die Flügel der Mutterhenne zurückgefunden hat.

»Übrigens, mein Name ist Clair Moffat, und verzeihen Sie mir die Anmaßung, aber wurden Sie ärztlich untersucht, bevor Sie sich für den Weg zum Psychiater entschieden? Manchmal sind Symptome – besonders die Art von Symptomen, die den Schwiegermüttern auffällt«, fügte sie lächelnd hinzu, »überhaupt keine Symptome geistiger Störungen, sondern haben körperliche Ursachen. Das Umgekehrte kommt natürlich auch vor. Aber sehen wir die Dinge, wie sie sind: wenn jemand sagt: ›Du bist verrückt‹, dann bedeutet das in der Regel nur: ›Mir gefällt nicht, was du sagst oder wie du dich verhältst.‹ «

»Ich habe mich vor knapp einem Jahr ärztlich untersuchen lassen«, sagte Barbara. »Bis vor kurzem war mein einziges Problem – das allerdings hauptsächlich von meinem Mann als Problem gesehen wurde –, daß ich nicht schwanger wurde. Das war mein einziges emotionales Problem. Aber in letzter Zeit habe ich – ach – mir Dinge eingebildet, ohne erkennbare Ursache Kopfschmerzen bekommen, und gestern abend flippte ich irgendwie aus, schrie meine Schwiegermutter an, warf mitten in der Nacht einen Gast – ihren Gast, aber dadurch wohl auch meinen – aus der Wohnung und benahm mich insgesamt in einer Art und Weise, die ich nicht gerade als vernünftig bezeichnen kann. Als Jamie – das ist mein Mann – vorschlug, ich sollte einen Psychiater aufsuchen, fühlte ich mich nach allem, was vorgefallen war, nicht imstande, ihm zu widersprechen.«

Clair Moffat zog die Brauen hoch. »Wissen Sie, selbst in unserem überaus angepaßten Zeitalter ist ein Temperamentsausbruch kaum als Beweis zu bewerten, daß jemand psychiatrische Behandlung nötig habe. In unserer Massengesellschaft lautet die oberste Regel, das Boot nicht ins Schwanken zu bringen, aber trotzdem...«

»Es ist wahr, ich bin aus der Haut gefahren«, sagte Barbara kläglich. »Ich glaubte plötzlich, daß sie mich hassen.«

»Nun«, sagte Clair Moffat, »vielleicht tun sie es. Haben Sie daran schon gedacht? So etwas kommt vor, wissen Sie. Trotz allem, was man Ihnen in der Schule oder im Religionsunterricht beigebracht hat; man kann nicht immer bei allen Leuten beliebt sein.«

»Das weiß ich«, sagte Barbara rasch, »und es ist wahr, daß Mutter Melford wollte, daß ihr Sohn eine andere heirate – dieses Mädchen, das ich gestern abend aus der Wohnung warf. Aber mein Verhalten kommt mir im Nachhinein unzivilisiert vor und was ich mir einbildete, war irgendwie abwegig... nicht rational.« Sie zögerte, und dann, als sie den teilnehmenden Ausdruck im Antlitz der älteren Frau sah, platzte sie heraus: »Ich dachte, sie versuchten, mich mit einem Zauber zu verwünschen.«

Sobald die Worte heraus waren, erwartete sie höchste Verwunderung oder stirnrunzelnde Mißbilligung, doch zeigte die Miene der Frau keine Veränderung. Sie murmelte etwas zu sich selbst; es klang wie: »Also deshalb...«

Barbara sagte: »Sie haben es gehört; ich rede wie eine, die aus der Heilanstalt davongelaufen ist.«

»Nicht unbedingt. Hören Sie, Barbara – wenn ich Sie so nennen darf –, Dr. Clinton wird in zwanzig Minuten hier sein. Sie hat vor vierzehn Uhr keine Termine; ich schlage vor, Sie sprechen ein paar Minuten mit ihr. Sie sagen, daß Dr. Clinton Sie bereits kennt. Wenn sie meint, daß Sie geistig so verwirrt sind, daß Sie die Hilfe eines Psychiaters brauchen, wird sie Ihnen einen empfehlen können. Wenn nicht, könnten Sie mit mir kommen und mit einem guten Bekannten von mir sprechen. Ich gehe um drei, und dieser Freund von mir...« sie lächelte »... ist ein Sachverständiger für Leute, die versuchen, Mitmenschen mit Zaubermitteln und dergleichen zu verwünschen. So etwas kommt nämlich vor, wissen Sie. Gestern abend rief mich dieser Mann ziemlich spät noch an. Er fragte, ob ich vorhabe, heute hier zu arbeiten, und wenn nicht, ob ich es einrichten könnte. Ich sagte nein, ich hätte es nicht vor, aber wenn es einen Grund dafür gebe, könne ich es einrichten. Und er sagte mir, ich solle hierherkommen, wenn es mir möglich sei, weil jemand Hilfe brauchen werde – sehr dringend.«

Barbara war verblüfft. »Aber wie konnte er das gewußt haben?«

Clair lächelte. »Es ist sein Beruf, so etwas zu wissen«, sagte sie. »Man könnte ihn einen Fachmann im Wissen nennen, wann Leute Hilfe brauchen. Eines Tages werde ich Ihnen erzählen, wie er mich in einem Augenblick fand und aufrichtete, als ich zum dritten Mal nicht weiterkonnte.«

Das hörte sich nicht weniger verrückt an als all das, was sie sich am letzten Abend gedacht hatte... genauso unheimlich, so seltsam und fantastisch – doch als sie in Clairs ruhig blickende, freundliche Augen sah, begriff sie, daß die Frau keinen Versuch gemacht hatte, sie zu überreden oder Zwang auszuüben. Und sie hatte ihr wenigstens aufmerksam und mit Verständnis zugehört. Manchmal war es einfacher, mit Fremden über gewisse Dinge zu sprechen.

»Ich werde auf Dr. Clinton warten«, sagte sie. »Und dann, falls sie mich nicht zu einem Psychiater schickt, werde ich Ihr Angebot annehmen.« Etwas von ihrer konfusen Erleichterung floß über, und sie fügte schnell hinzu: »Wenn Ihr Freund ein Fachmann im Wissen ist, wann Leute Hilfe brauchen, dann kommt er für mich, weiß Gott, wie gerufen!«

Dr. Marian Clinton war etwas überrascht, begrüßte sie aber sehr herzlich. »Nun, Mrs. Melford, wie schön Sie zu sehen; erzählen Sie mir bloß nicht, Sie seien schwanger! Sagte ich Ihnen nicht, Sie müßten Geduld haben?«

Barbara schüttelte den Kopf. »Nein, es hat damit nichts zu tun. Ich bin gekommen, um mich untersuchen zu lassen und Sie zu bitten, mir – äh – vielleicht einen Psychiater zu empfehlen.«

Sie erzählte ihre Geschichte, bemüht, genau zu sein und sich selbst nicht zu schonen. Das fantastische Element verschwieg sie allerdings und sagte nur, daß ihre Nervosität begonnen habe, als irgendwelche verdrehten Sektierer angefangen hätten, ihren Mann wegen eines Buches zu verfolgen, das er veröffentlichen wolle, daß sie einen Anfall von Somnambulismus gehabt habe, in dessen Verlauf sie einen Durchschlag des Buches verbrannt habe, daß sie ein hysterisches Mißtrauen gegen ihre Schwiegermutter und deren Freundin, einen Gast der Familie, entwickelt habe; sie erwähnte die Kopfschmerzen, die Kraftlosigkeit und ihre Zustände abnormer Spannung. Nachdem Dr. Clinton ein paar routinemäßige Fragen gestellt hatte, unterzog sie Barbara einer eingehenden Untersuchung. Als sie damit fertig war, trat sie einen Schritt zurück und betrachtete Barbara mit einem seltsamen Blick. »Mrs. Melford, sagen Sie mir bitte, ob Sie Drogen genommen haben und wenn ja, welche?«

»Drogen?« Barbara sah sie erschrocken an. »Keine. Hin und wieder Aspirin gegen Kopfschmerzen. Sonst nichts.«

»Sie rauchen nicht Marihuana... nehmen LSD... irgend etwas von der Art?«

»Nein. Vor Jahren habe ich einmal Gras geraucht, aber es machte mir nur eine rauhe Kehle.«

»Haben Sie irgendwelche ungewöhnlichen Kopfschmerztabletten genommen... Cafergot oder etwas anderes mit Ergotamin? Hat Ihr Hausarzt Ihnen vielleicht ein Rezept gegeben?«

»Nein. Ich weiß, daß Ergotamin gegen Migräne ist, aber ich habe es nur zweimal genommen, und es half nicht besonders und hatte Nebenwirkungen wie Übelkeit und Schwindel, so daß ich die restlichen Tabletten in die Toilette warf. Warum?«

»Ich weiß es nicht genau«, sagte Dr. Clinton, »aber Sie zeigen einige Symptome von Ergotoxin, das heißt, von Mutterkornvergiftung. Vor einigen Jahren gab es ein Kopfschmerzmittel, das als Wunderdroge gegen Migräne vermarktet wurde – große Artikel darüber erschienen in *Reader's Digest* und anderen Blättern. Tatsächlich handelte es sich um ein Medikament, das LSD nicht unähnlich ist. Die Droge wirkte gegen einige Formen von Migräne, erwies sich aber als suchterzeugend und führte bei regelmäßiger Einnahme zu Bluthochdruck. Außerdem bekam ungefähr die Hälfte der Patienten, die das Mittel nahmen, psychotische Störungen. Sind Sie sicher, daß Sie nichts genommen haben, Mrs. Melford? Sie brauchen nicht zu fürchten, daß ich Sie wegen illegalen Drogenkonsums oder dergleichen anzeigen würde, aber Sie sollten immer aufrichtig sein, wenn es um Ihre Gesundheit geht.«

»Was soll ich tun... Ihnen mein Ehrenwort geben? Glauben Sir mir, Frau Doktor, ich fürchte mich regelrecht vor Drogen. Ich vermeide sogar Penicillin und Antibiotika, wenn es geht. Aspirin, Magenmittel und Mundwasser sind alles, was ich außer Heftpflaster und dergleichen im Haus habe.«

»Magenmittel? Sie haben Magenverstimmungen?«

Barbara lächelte. »Ich dachte mir, es sei der viele Kaffee auf leeren Magen, zuviel Streß im Atelier, zuviel hastig hinuntergeschlungene Essen... vielleicht auch zuviel Ärger mit der Schwiegermutter.«

»Schon möglich«, sagte Dr. Clinton. »Wer bereitet Ihre Mahlzeiten zu?«

»Meine Schwiegermutter. Glauben Sie, daß ich zu einem Psychiater gehen sollte? Ich meine, wenn ich durch meine Schwiegermutter Magengeschwüre bekomme...«

»Nein, Sie brauchen keinen Psychiater, Mrs. Melford«, sagte Dr. Clinton nachdenklich. »Ich glaube Ihnen. Vielleicht brauchen Sie Ferien.« Sie zögerte. »Oder Sie sollten eine Weile Ihre Mahlzeiten selbst kochen. Mrs. Melford, ich möchte nächste Woche ein paar Tests machen. Einstweilen tun Sie mir den Gefallen und essen Sie eine Woche oder so auswärts, wenn Sie es sich leisten können. Oder kochen Sie sich selbst etwas. Ich möchte Sie nicht in Panik versetzen, aber... vielleicht sollten Sie lieber daran denken, Ihre Schwiegermutter zu einem Psychiater zu schikken. Ich – ich sage dies ungern, aber ich muß Sie warnen. Ich habe den Verdacht, daß Sie vergiftet werden.«

10

Eine geschäftige Verlagsredaktion ist der geeignete Ort, um bedrückenden persönlichen Problemen zu entfliehen. Jamie diktierte seiner Sekretärin neun Briefe; verbrachte eine Stunde mit dem Werbeleiter, um Taschenbuch-Titelentwürfe für drei neue Western, zwei Schauerromane und ein Enthüllungsbuch über die Modebranche auszuwählen; führte ein Telefongespräch mit einem unzufriedenen Autor, dessen Freunde und Verwandte sich angeblich beklagt hatten, daß neun verschiedene Buchhandlungen sein neuestes Taschenbuch nicht vorrätig hatten; plauderte kurz mit dem Leiter einer literarischen Agentur, um sein Interesse an drei weiteren Schauerromanen zu bekunden; und beendete den Vormittag, indem er über einem halben Dutzend Tassen Kaffee jeweils die ersten paar Seiten von einem Dutzend Romanen las, die er bis auf drei alle verwarf, nachdem er jeweils ein halbes Kapitel gelesen hatte; die anderen packte er zusammen, um sie abends mit nach Hause zu nehmen und vor einer endgültigen Entscheidung in Ruhe zu lesen. Wahrscheinlich würde er auch sie ablehnen – die meisten vom Verlag veröffentlichten Bücher kamen von angesehenen Agenturen, aber ein gewissenhafter Lektor prüfte auch das unverlangt eingesandte Zeug: man konnte nie wissen, ob und wann man in dem Kehrichthaufen ein Goldkorn finden würde, eingesandt von irgendeinem Schriftsteller mit mehr Talent als Vermarktungsgeschick.

So wurde es Mittag, und während er in einem nahen Schnellrestaurant bei einem warmen Roastbeefsandwich und einem Bier saß, erinnerte er sich fast widerwillig an Barbara und rief pflichtbewußt zu Hause an, für den Fall, daß sie ihm Neues zu berichten hatte. Doch das Telefon läutete achtmal mit dem seltsam verlorenen Klang eines mechanischen Instruments, dessen Töne gegen leere Wände prallen. Es glich dem alten Paradox von dem

Baum, der im Wald zu Boden stürzt, dachte Jamie. Machte es ein Geräusch, wenn niemand da war, es zu hören? Mit einem eigentümlichen Gefühl von Erleichterung legte er den Hörer wieder auf und ging zurück in sein Büro.

Weder die Sekretärin noch das Mädchen aus der Telefonzentrale waren vom Mittagessen zurück, und die Büros lagen still und leer, obwohl jemand eine frische Ladung Manuskripte auf seinen Schreibtisch gepackt hatte. Er sah die grauen Schachteln mit dem Aufdruck einer der großen literarischen Agenturen und vermutete, daß ihr Botendienst einige Schauerromane zur Ansicht gebracht hatte. Außerdem lagen einige eingepackte und verschnürte Manuskripte dabei; dann ein Stapel von Umschlägen, die alles mögliche enthalten konnten, von Fanbriefen bis zu Anfragen wegen vergriffener Titel oder eingereichter Manuskripte; ferner die übliche Ladung Werbematerial, Fachpublikationen, Freiexemplaren und der übliche Berg von buntem Prospektmaterial, dessen Versand die Post in der irrigen Annahme, daß es der Bildung, der allgemeinen Unterrichtung und dem Gedeihen der Wirtschaft diene, mit niedrigen Tarifen subventioniert.

Seine Sekretärin kam vom Essen zurück, legte ihren Mantel, Kopftuch, Fäustlinge und Stiefel ab, steckte einen eingewickelten Krapfen für den Nachmittagsimbiß in ihre Schublade und machte sich daran, die Verschnürungen der Manuskriptschachteln zu zerschneiden. »Als Sie gerade zum Essen gegangen waren, Mr. Melford, rief Barry Swift an«, sagte sie. »Er läßt Ihnen ausrichten, daß Boyce ihn wegen der Titelzeichnung für den neuen Cannon angerufen habe – das Hexereibuch. Kann er heute nachmittag hereinkommen und mit Ihnen darüber sprechen?«

Jamies erste Reaktion war, daß er ablehnen wollte. Allzugern hätte er wenigstens einen Tag verbracht, ohne über das vermaledeite Buch nachzudenken. Es hatte ihm schon genug Ärger eingetragen. Aber die Zeit und die Terminpläne von Verlegern und Druckern konnten nicht warten, und Cannons Tod bedeutete, daß das neue Buch nach Möglichkeit ins Frühjahrsprogramm kommen sollte.

»Gut, er soll um zwei kommen«, sagte er. »Ich kann ihm Kopien von ein paar Kapiteln mitgeben, nach denen er arbeiten kann.«

Er nahm ein paar Briefe, die an ihn persönlich gerichtet waren und die seine Sekretärin aussortiert hatte, und öffnete sie, während Peggy den Inhalt der Manuskriptkartons durchsah.

»Können wir einen Krankenschwesternroman mit Sex gebrauchen?« fragte sie.

In den Anfragebrief eines alten Bekannten vertieft, der ihm einen Kriminalroman anbot, grunzte Jamie: »Nichts da. Schwesternromane werden von halbwüchsigen Mädchen gelesen. Kein Sex.«

»Aber Mitchell Hanover schreibt, es sei ein sehr guter Roman.«

»Nichts zu machen. Krankenschwestern können Liebesleben haben, aber kein Geschlechtsleben, für immer und ewig, amen, so sprach der Herr. Soll er ihn doch einem der Schmutz-und-Schund-Verlage an der Westküste anbieten.«

»Gut. Die Mitchell-Hanover-Agentur sollte inzwischen wissen, was bei uns geht«, sagte Peggy. »Manchmal schicken einem selbst die besten Agenturen das verrückteste Zeug...« Sie brach mit einem kurzen, keuchenden Aufschrei ab. »O Gott, nein! Wie schrecklich!«

»Was ist denn los, Peggy?«

Seine Sekretärin war aufgesprungen und starrte aus einer Entfernung von zwei Schritten voller Entsetzen auf eine geöffnete Schachtel, die vor ihr auf dem Schreibtisch lag. Jamie ging zu ihr, dann schreckte auch er zurück. Ekel schnürte ihm die Kehle zu.

In der vertrauten grauen Schachtel einer der großen Agenturen lag eine tote Ratte.

Völlig geschockt konnte er sekundenlang nichts tun als

wie mesmerisiert in die Schachtel zu starren. Seine Sekretärin war bleich und sah plötzlich elend aus. Jamie schluckte ein- oder zweimal, bevor er die Sprache wiederfand. »Jemandes Vorstellung von einem handgreiflichen Scherz, Peggy. Wahrscheinlich derselbe verdrehte Witzbold, der mir letzte Woche den Schreibtisch verwüstet hat.«

»Soll ich wieder die Polizei rufen?« Ihre Stimme bebte.

»Hol's der Teufel, ich weiß nicht. Ich weiß es einfach nicht.« Vielleicht würde die Polizei Wert darauf legen, zu wissen, daß die Verfolgung andauerte. Andererseits konnte sie mit einer toten Ratte in der Post auch nicht viel anfangen. »Das war... in einer Manuskriptschachtel?«

»In dieser Manuskriptschachtel von Mitchell Hanover.«

»Na, wir rufen sie an und fragen, was, zum Teufel, sie darüber wissen«, sagte er, und als Peggy weiterhin unverwandt zur Schachtel auf dem Schreibtisch starrte, in der die tote Ratte lag, fügte er freundlich hinzu: »Sie können den Anruf draußen in der Telefonzentale machen, Peggy. Inzwischen räume ich das hier weg. Denken Sie sich nichts dabei.«

Sie ging und warf ihm von der Tür her einen stirnrunzelnden Blick zu, und er wußte, daß die Neuigkeit sich wie ein Lauffeuer im ganzen Verlag verbreiten würde. Und das hier, dachte er, wo immer ein so angenehmes Arbeitsklima geherrscht hat... Und er wußte auch, daß die Mitchell-Hanover-Agentur ahnungslos sein und keine Erklärung dafür haben würde, wie die tote Ratte in eine ihrer Manuskriptschachteln gekommen war.

Pater Mansells Worte kamen ihm in den Sinn: Angenommen, Sie bestellen eine Mahlzeit in einem Restaurant, und der Kellner serviert Ihnen eine tote Ratte...

Er stand bewegungslos da und starrte auf den steifen, häßlichen Kadaver. Seltsam, daß Mansell gerade dieses Beispiel gebraucht hatte, seine einzige schwache Stelle, das Resultat von drei endlosen Monaten in einem nordkoreanischen Kriegsgefangenenlager. Er hatte seit fünf Jahren nicht mehr daran gedacht.

Peggy kam zurück und berichtete, was er erwartet hatte: »Die Leute bei Mitchell Hanover sagen, sie wüßten nichts davon. Ich fragte, wie viele Manuskriptschachteln ihr Bote für uns mitgenommen hatte, und Jean, die diese Sendung fertiggemacht hatte, sagte, es seien drei gewesen. Hier sind aber vier Schachteln.« Sie starrte voll Abscheu auf die Ratte. »Wenn Sie dieses – dieses Ding von meinem Schreibtisch tun könnten ... kann ich in die anderen Schachteln schauen und sichergehen, daß sie nichts als Manuskripte enthalten.«

Vorsichtig, als läge eine schlafende Kobra in der Schachtel, verschloß Jamie sie mit dem Deckel und hoffte, daß Peggy nicht bemerkte, wie seine Hände zitterten; außerdem hoffte er, daß er es noch bis zur Herrentoilette schaffen würde, ehe die Übelkeit, die in ihm aufstieg, ihn überwältigte und ihn zwang, sich zu erbrechen. Sobald die Schachtel verschlossen war, fühlte er sich ein wenig besser und hob sie vom Schreibtisch. »Ich werde dies dem Hausmeister geben, damit er es beseitigt«, sagte er. »Tut mir leid, Peggy.«

Sie durchschnitt die Verschnürung einer weiteren Schachtel. »Bleiben Sie hier, bis ich nachgesehen habe, was in dieser ist«, sagte sie. »Wenn sich das wiederholt, werde ich Frontzulage verlangen!«

Die anderen Schachteln enthielten nur gebündelte Manuskripte, und Jamie beruhigte sich ein wenig. Er trug die Schachtel mit der toten Ratte hinaus. Als er den Hausmeister gefunden hatte, gab er dem Mann die Schachtel und einen zusammengefalteten Geldschein und sagte ihm nur, daß jemand ihnen dumme Streiche spiele. Er nahm sich vor, an eine zusätzliche kleine Aufmerksamkeit für Peggy zu denken: gute Sekretärinnen, die tatsächlich fehlerlos schreiben konnten und im Geschäftsbetrieb mitdachten, waren nicht leicht zu bekommen und schwierig zu halten.

War es möglich, daß die Urheber dieser Anschläge, wer sie auch waren, den Boten von Mitchell Hanover unterwegs abgefangen und bestochen hatten? Oder war jemand von ihnen kaltblütig ins Büro gekommen, während die Telefonistin und die Sekretärin zum Mittagessen gegangen waren, um eine zusätzliche Schachtel hineinzuschmuggeln? Vielleicht würde es sich lohnen, dem Boten ein paar Fragen zu stellen. Doch selbst wenn der Bote bestochen worden war, wie könnte er daraus einen Fall für das Gericht machen? Was war strafbar daran, wenn jemand einem Büroboten ein paar Dollar in die Hand drückt, damit er eine zusätzliche Schachtel abliefere?

Wie dem auch sein mochte, wenigstens war es eine tote Ratte gewesen. Das war eklig genug, aber wenn es eine lebendige gewesen wäre, hätte Peggy womöglich das seltene Schauspiel erlebt, ihren Chef wie einen Verrückten schreien und stammeln zu sehen. Es hätte also noch schlimmer sein können.

Verdrießlich erinnerte er sich seiner Ausmusterung aus den Streitkräften in San Francisco und der anschließend dort verbrachten Urlaubstage. Er hatte sie mit einem Mädchen verbracht, einer Zufallsbekanntschaft. Eines Abends waren sie nach dem Besuch eines der berühmten Restaurants an der Fisherman's Wharf am Hafen spazierengegangen, als ein Quietschen und ein Paar roter Augen in der Dunkelheit ihn in Panik versetzt hatten. Freilich war er damals erst seit vier Wochen aus dem Gefangenenlager frei, und seine Nerven waren vollständig zerrüttet gewesen. Aber das Mädchen hatte nur verständnislose Geringschätzung für ihn gehabt – »nun hab dich nicht so, es ist doch bloß eine Ratte!« – und war nicht mehr mit ihm ausgegangen. Nie hatte er jemandem von der Episode erzählt, ausgenommen seiner Mutter und Barbara. Wie hatten die verfluchten Kerle in Erfahrung gebracht, daß dies sein schwacher Punkt war? Barbara war keine Klatschbase, die solche Geschichten herumerzählte, weder im

Freundeskreis noch anderswo. Seine Mutter klatschte gern, aber sie kannte nicht viele seiner Geschäftsfreunde und Kollegen und konnte es kaum arglos herumerzählt haben. Die anderen Männer aus dem Gefangenenlager wußten Bescheid, aber sie waren von San Francisco bis Vietnam über den ganzen Erdball verstreut. Überhaupt, sollte er sich wirklich Pater Mansells Idee anschließen, daß diese Leute Psychopathen waren?

Auf dem Rückweg vom Kellerverschlag des Hausmeisters ging er am Zeitungsstand in der Eingangshalle des Gebäudes vorbei und kaufte eine kleine Schachtel Pralinen, die er bei seiner Rückkehr ins Büro Peggy überreichte. »Bitte schön. Vielleicht helfen die, Ihnen den schlechten Geschmack aus dem Mund zu vertreiben.«

Sie murrte, daß er ihren Diätplan durcheinanderbringe, nahm die Pralinen aber an, und er wußte, daß die unmittelbare Gefahr, eine gute Sekretärin zu verlieren, gebannt war.

Als das Telefon läutete, zuckte er unwillkürlich zusammen, dann nahm er hastig selbst ab, da er halb mit einem der obszönen Anrufe rechnete und verhindern wollte, daß Peggy weiteren Belästigungen ausgesetzt wurde. Aber es war nur Barry Swift, der auf einen Sprung herüberkommen und ihm die Titelentwürfe für den neuen Cannon zeigen wollte.

Swift, in einem blauen Arbeitsanzug und einer schäbigen Windjacke, glich eher einem Anstreicher als einem Grafiker. Er hatte ein halbes Dutzend Skizzen unter dem Arm, die er auf Jamies Schreibtisch ausbreitete.

Jamie wählte eine aus, wollte aber, daß der Werbeleiter seine Zustimmung gebe. »Peggy«, sagte er, »können Sie Barry eine der Kopien von dem Buch geben? Nicht das ganze, die ersten fünf oder sechs Kapitel reichen; dann kann er sie durchsehen und sich ein Bild davon machen.«

»Sie haben die Kopien nach dem Einbruch in den Safe gelegt, Mr. Melford.«

»Ein Einbruch? Hoffentlich ist nichts Wichtiges abhanden gekommen«, meinte Barry Swift. »Einbrüche, Diebstähle – das nimmt heutzutage immer mehr überhand. Erst kürzlich wurde bei uns im Haus eingebrochen und zwei IBM-Schreibmaschinen und eine Stereoanlage im Wert von fünfhundert Dollar gestohlen. Bei mir haben sie auch eingebrochen, aber sie fanden nur ein Transistorradio – den größten Teil meiner Sachen habe ich bei meiner Mutter, draußen auf Staten Island. Halbwüchsige, Drogensüchtige, vermute ich... Haben sie Ihnen die Schreibmaschinen gestohlen?«

»Nein« sagte Jamie, »nichts als ein Manuskript; das waren wohl ein paar Verrückte. Genaugenommen war es eher Vandalismus als Einbruchdiebstahl; sie zerstörten alles, was auf meinem Schreibtisch war.« Er ging zum Bürosafe, der im allgemeinen nur die Kopien laufender Verträge enthielt – es war weniger ein Safe als ein feuersicherer Aufbewahrungsort –, kauerte davor nieder und drehte an dem einfachen Kombinationsschloß. »Eigentlich ein verdammter Unsinn, das Manuskript da drinnen zu verwahren, aber gerade dies war das bewußte Manuskript, von dem sie ein Exemplar mitgehen ließen, also ließ ich von der einzigen noch vorhandenen Kopie ein halbes Dutzend neue machen...« Er brach mit einem Schreckenslaut ab, als die Tür aufschwang und eine schwärzliche Gestalt, deren Augen bösartig zu glimmen schienen, heraus und ihm ins Gesicht sprang.

Er fiel mit einem unartikulierten Aufschrei zurück.

Eine Ratte! Eine lebendige Ratte im Safe! Einen Augenblick spürte er den heißen, pelzigen Körper, die wild zappelnden Beine im Gesicht, dann sauste sie davon; er hörte Peggy schreien, als die Ratte wie verrückt quietschend im Büro umherrannte und nach einem Fluchtweg suchte. Barry Swift riß einen Papierkorb vom Boden und schleuderte ihn auf das Tier; das Geschoß verfehlte sein Ziel und rollte mit metallischem Geklapper am Boden herum. Das

Mädchen von der Telefonzentrale und der junge Wayne aus dem vorderen Büro kamen zur Tür und blickten mit großen Augen in das Tohuwabohu.

»Fangt sie! Macht die Tür zu!« rief jemand. Eine andere Stimme kreischte: »Nein, nein! Jagt sie hinaus!« Das Tier sauste in panischer Angst von einem Winkel zum anderen; Peggy ergriff ein langes Lineal und nahm die Verfolgung auf. Wild mit dem Lineal zuschlagend, rannte sie dem flinken Nager nach, warf Stühle um und wurde vom eigenen Schwung gegen ein Bücherregal geschleudert, das unter ihrem Aufprall einen Teil seiner Last abwarf: ein Stoß Manuskripte ergoß sich in einer Kaskade auf den Boden. Jamie hatte sich mittlerweile aufgerappelt und stand zitternd und halb gelähmt neben dem Safe. Ihm schien, daß eine volle halbe Stunde verging, obgleich es nicht mehr als zwei oder drei Minuten gewesen sein konnten, bis Wayne rief: »Da ist sie!« und die Ratte in den Korridor hinausrannte. »Sie ist weg; sie wird sich verkriechen und irgendwann in den Hinterhof hinauskommen.«

Jamie ließ sich blaß und zitternd auf einen Stuhl sinken. Er mußte seine ganze Selbstbeherrschung aufbieten, um nicht zu schreien. Peggy ließ sich in ihren Bürosessel fallen und verzog das Gesicht zu einer Grimasse des Ekels. »Mr. Melford, was zum Teufel geht hier vor? Wie kam diese Ratte in den Safe?«

»Fragen Sie mich was Leichteres«, murmelte Jamie. Plötzlich kam ihm der Gedanke, ob die Manuskriptkopien noch im Safe waren. Es spielte eigentlich keine Rolle, da die »Originalkopie« anderswo unter sicherem Verschluß war, und tatsächlich waren die Kopien unberührt geblieben. Barry Swift sammelte seine Skizzen ein, steckte die kopierten Bätter des ersten Manuskriptteils in einen Umschlag und wandte sich zum Gehen. Sein belustigter Blick wanderte von Peggy zu Jamie. »Geht es hier immer so aufregend zu?«

Peggy sagte verärgert: »Ich bin drauf und dran zu kündigen. Verdammt, Mr. Melford, das ist wirklich das letzte! Zuerst tote Ratten und dann lebendige! Was wird das nächste sein? Schlangen? Mäuse? Vampire?«

»Gott behüte«, murmelte Jamie entnervt. Er war froh, daß Peggy ärgerlich statt panisch reagierte, aber sie musterte ihn mit einer gewissen Geringschätzung, wie ihm schien, und er konnte es ihr nicht verdenken. Er hatte sich zweifellos wie ein hysterischer Idiot benommen, während sie sich vernünftig verhalten und die Ratte hinausgejagt hatte.

»Und wenn ich heute abend nach Haus gehe, finde ich das verdammte Ding womöglich im Aufzug!«

»Es wird schon einen dunklen Winkel finden«, meinte Barry. »Übrigens ist nächste Woche der Kammerjäger fällig, und der wird es dann erwischen.«

Jamie fühlte, daß er unbedingt etwas zu trinken brauchte. Er stellte seinen umgeworfenen Bürosessel auf und setzte sich. Peggy starrte ihn noch immer mißvergnügt an, und er sagte mit einiger Mühe: »Peggy, ich werde die Polizei verständigen, aber regen Sie sich nicht auf, und lassen Sie sich vor allem nicht zu überstürzten Entschlüssen hinreißen. Es wird wahrscheinlich nicht wieder vorkommen.«

»Das sagten Sie heute morgen schon«, erwiderte sie.

»Wissen Sie was, wir machen für heute zu. Es ist gleich zwei. Nehmen Sie sich den Nachmittag frei, machen Sie Einkäufe, versuchen Sie, sich zu beruhigen. Ich werde sehen, was die Polizei tun kann.«

Sie stimmte endlich zu, und Wayne sagte: »Entschuldigen Sie, daß ich davon anfange, Jamie, aber Sie sehen selbst ziemlich mitgenommen aus. Gehen Sie auch nach Haus. Die Putzfrauen werden heute abend schon aufräumen.«

Jamie stimmte zu, obwohl er sich schwach vorkam und sich über sich selbst ärgerte. Um die Weihnachtszeit war das Verlagsgeschäft immer ruhig, und es gab an diesem

Tag nichts Dringliches mehr zu tun. Aber als er auf dem Heimweg war, hatte er es auf einmal nicht mehr eilig, nach Hause zu kommen. Was mochte ihn dort erwarten?

Als er dann die Wohnungstür aufsperrte, war jedoch alles dunkel und still, nicht einmal in der Küche brannte Licht, und draußen brach bereits das trübe Zwielicht des frühen Winterabends an. Das war ungewöhnlich: Barbara war nicht zur Arbeit gegangen, und seine Mutter pflegte ihre Einkäufe vormittags zu erledigen und fing gewöhnlich schon um drei mit den Vorbereitungen für das Abendessen an. Er hatte die demoralisierenden Auswirkungen der Panik noch nicht überwunden, und so ging er durch die Wohnung, schaltete überall die Lampen ein und mixte sich einen starken Cocktail, bevor er sich niederließ und – ziemlich vorsichtig – die drei Romanmanuskripte auswickelte, die er mitgebracht hatte, um sie zu lesen und über eine mögliche Veröffentlichung zu entscheiden. Dieses verdammte Biest: Es schien ihm, daß er am Rand seines Bewußtseins noch immer das infernalische Quieken hören konnte.

Unerfreuliche Erinnerungen drangen aus seinem Gedächtnis zur Oberfläche empor; so sehr er versuchte, sie zu verdrängen – sie kamen immer wieder. Rocco, eigentlich der einzige Freund, den er im Gefangenenlager gehabt hatte, dessen verwundete Hand eines Nachts von den allgegenwärtigen Ratten angefressen worden war... Eine Woche später war er an Blutvergiftung gestorben... Eine Nacht hatte Jamie wachend an seiner Seite verbracht, um die hungrigen Tiere von seinem sterbenden Freund fernzuhalten...

»Nein, verdammt«, sagte er laut, »das ist alles vorbei«, stand auf und füllte sein Glas nach. Jemand hatte die Sodaflasche aufgemacht und den Verschluß nicht zugedreht; jetzt schmeckte es schal und eigentümlich bitter. Entschlossen nahm er sich den ersten der Schauerromane vor, ermahnte sich, nicht hysterisch zu werden, denn wenn er eine Platte auflegte, wäre dies ein Eingeständnis gewesen, daß er mit der Musik das eingebildete Quieken von Ratten zu übertönen versuchte. Verdammt noch mal, es mußte Einbildung sein. Alle sechs Wochen kam ein Mann zur Rattenbekämpfung in dieses Gebäude, und der Müllabwurfschacht ging direkt in einen geschlossenen Auswechselbehälter. Da gab es nichts, was Ratten anlokken konnte.

Und du, dachte er voller Selbstverachtung, du hattest den Nerv, Barbara zum Psychiater zu schicken. Sieh dich doch selbst einmal an!

Er schlürfte seinen Drink und machte sich an das Manuskript. Die Geschichte kam ihm unglaublich langweilig und albern vor, das übliche Handlungsschema eines Schauerromans, diesmal mit einem einfältigen jungen Mädchen, das als Erzieherin in ein altes Landhaus auf den Hebriden kommt. Während der Lektüre fragte er sich, warum jemand in diesen Tagen der Babysitter und Tageskindergärten eine Erzieherin brauchte und was ein Mädchen bewegen mochte, eine zu werden, wenn es als Sekretärin, Stewardeß oder in einem Verlagslektorat Geld verdienen konnte! Die drei ersten Kapitel waren nichts Besonderes, aber möglicherweise konnte man sie publizieren – mit der Einschränkung, daß eine Heroine namens Cheryl kaum in die Atmosphäre eines Schauerromans paßte. Aber als dann die einheimischen Schotten anfingen, in einer Sprache zu reden, die eine schlechte Nachahmung der Mundart des schottischen Nationaldichters Robert Burns und reichlich mit Amerikanismen vermischt war, bündelte er das Manuskript wieder zusammen und dachte sich einen vernichtenden Ablehnungsbescheid aus: ... warum eine junge Dame, die kaum über die Intelligenz verfügt, um Erzieherin zu werden, sich für qualifiziert halten sollte, Romane darüber zu schreiben, bleibt unerfindlich ...

Zum Teufel, was für ein Geräusch konnte das sein,

wenn nicht das Quieken von Ratten? Jamie stand beunruhigt auf und spähte ins Schlafzimmer, das leer und still war. Die Betten waren nicht gemacht. Die letzten Ereignisse hatten den Haushalt offenbar stärker in Mitleidenschaft gezogen, als er gedacht hatte. Bad und Küche ließen nichts erkennen, was auf das Eindringen von lästigen Nagern hindeutete. Natürlich nicht, sagte er sich. Warum auch? Die Ratten sind in deiner Fantasie, und nun glaubst du, sie zu hören. Verdammt, Barbara sollte längst zu Haus sein.

Siehe da, sagte er sich höhnisch, also fürchtest du dich, allein in der trockenen, warmen, gemütlichen Wohnung zu sein, weil du imaginäre Ratten hörst...

Oder brachten diese Leute es mit ihrer Terrorkampagne fertig, ihn glauben zu machen, daß er Ratten hörte? Die im Büro waren weiß Gott real genug gewesen, eine tot und eine lebendig.

Er setzte sich wieder und nahm sich das zweite Manuskript vor. Es war eine geradlinige Detektivgeschichte, vielleicht in der Nachfolge von Chandler, aber Chandler war schließlich tot und konnte sich über die Nachahmung nicht beschweren, und Detektivgeschichten waren immer noch beliebt. Da es sehr wenige Gebrauchsschriftsteller gab, die originell sein konnten, war es besser, sie imitierten gute Autoren als schlechte! Und einige sehr gute »Schundautoren« – Leigh Brackett, John D. MacDonald – hatten zugegebenermaßen als Chandler-Imitatoren angefangen, später aber einen so guten und überzeugenden persönlichen Stil entwickelt, daß neueren Schriftstellern nicht selten vorgeworfen wurde, jetzt sie zu imitieren.

Der Roman fesselte seine Aufmerksamkeit bis zum Schluß des vierten Kapitels, wenn er auch ein paar Randbemerkungen über fehlende oder unklare Anspielungen machte. Dann hörte er wieder das Quieken.

Nein. Diesmal bildete er es sich nicht ein. Wenn es auf dem Angesicht der Erde ein Tier wie eine Ratte gab, dann war dies das Geräusch, das dazu gehörte. Deutlich vernahm er das Quietschen, das Krabbeln ihrer Füße, das Rascheln und Knabbern in der Dunkelheit jenseits der Diele...

Jamie stand mit einem Fluch auf und warf das Manuskript auf den Sessel. Er war entschlossen, diese Frage ein für allemal zu klären. Das Quieken und Rascheln ging ihm nicht nur auf die Nerven, es verschaffte ihm ein Gefühl von Übelkeit und Schwäche. Er ging in die Küche und lauschte, schaltete alle Lampen ein, die Leuchtstoffröhre über der Spüle, das Licht über dem Herd. Keine Spur von irgendwelchen Vierfüßlern, seien es Ratten, Mäuse, Katzen oder Hunde. Natürlich nicht – wie sollten sie auch hier hereinkommen? Er schimpfte sich einen Tölpel und überängstlichen Einfaltspinsel, öffnete aber nichtsdestoweniger alle Türen im Küchenschrank und Buffet, wo er nur ordentlich aufgereihte Konservendosen und Einmachgläser mit Früchten und Gelee sah, ferner kleine Dosen, in denen seine Mutter Kräuter und Gewürze verwahrte. Wieder dieses Rascheln. Er riß den Brotkasten auf und war gefaßt darauf, daß ein grauer, zappelnder Körper herausspringen würde.

Nichts. Natürlich gab es keine Ratten in der Wohnung.

Aber das Quieken dauerte an.

Er durchsuchte das Badezimmer, die Besenkammer und das Wäschezimmer. Seine innere Spannung nahm zu, er biß sich auf die Lippen, als er die Türen öffnete und ins Dunkel spähte. Nichts, aber das Quieken, das Rascheln und Trippeln, die eigentümlich zielbewußten Geräusche wollten nicht aufhören. Er konnte sich nicht mehr überzeugen, daß es sich um Ausgeburten seiner Fantasie handelte, aber wie, in Gottes Namen – nicht, daß Gott etwas damit zu tun gehabt hätte! –, konnten so viele Ratten in eine Wohnung dieser Größe gekommen sein? Es mußte von ihnen nur so wimmeln!

Das Herz klopfte ihm bis zum Halse. Er ging wieder ins

Schlafzimnmer, riß Schranktüren und Schubladen auf, ohne etwas zu finden, aber das Quieken schwoll zu einem Crescendo an, das seine eigenen Schritte übertönte. Er ächzte leise, wäre am liebsten irgendwohin geflohen, zwang sich aber, ins Bad zu gehen. Nach den Geräuschen zu urteilen, hätte er schwören mögen, daß die Ratten ihm über die Füße liefen, daß er in einem Meer wimmelnder grauer Leiber watete, aber die grünen und weißen Bodenfliesen waren sauber und glatt, und alles lag an seinem Ort, ausgenommen Barbaras grüne Badekappe mit den Wassernixen, die auf dem Rand der Badewanne lag.

Er ging hinaus und legte die Hand auf die Klinke der Tür zum Schlafzimmer seiner Mutter. Dort mußten sie sein. Alle anderen Möglichkeiten waren erschöpft. Er hatte die ganze Wohnung durchsucht...

Die Tür war zugesperrt. Er stand da, die Hand auf der Klinke, ächzte vernehmlich und versuchte, die aufsteigende Panik unter Kontrolle zu bringen. Die quiekenden, raschelnden, knabbernden und trippelnden Rattengeräusche hörten nicht auf, und er verspürte unkontrollierbare körperliche Reaktionen, eine Verkrampfung seiner Wadenmuskeln, einen Druck in der Herzgegend, ein Gefühl, als ob seine Genitalien zusammenschrumpften. Ein jäher Anfall von Übelkeit ließ ihn ins Bad stürzen, wo er sich über die Toilette beugte und erbrach. Als sein Magen alles von sich gegeben hatte, würgte und würgte er weiter, die schmerzhaften Verkrampfungen trieben ihm kalten Schweiß auf die Stirn und ließen ihn am ganzen Leib zittern, bis er sich an der Toilette festhalten mußte, geschwächt vom trockenen Würgen der anhaltenden Übelkeit.

Schließlich kam er wankend wieder auf die Beine, wusch sich das Gesicht mit kaltem Wasser und versuchte, zur Vernunft zurückzufinden.

Es gibt hier keine Ratten.

Verdammt nochmal, ich höre sie doch!

Beruhige dich, du leidest unter Zwangsvorstellungen. Diese Geschichte im Büro hat dich geschockt.

Der große, tapfere James Melford, da steht er und würgt sich die Gedärme aus dem Leib, weil er glaubt, eine Ratte quieken zu hören! Nun reiß dich zusammen, Mann! Dieser Hokuspokus kann dir nichts anhaben...

Wirklich nicht? Jock Cannon ist tot, verdammt noch mal... mausetot und unter der Erde, weil diese Leute es auf ihn abgesehen hatten...

Aber du glaubst nicht daran. Suggestion kann dich nicht umbringen, es sei denn, du glaubst daran.

Aber Moment mal, sie haben mich bereits dazu gebracht, daß ich imaginäre – oder wenigstens unsichtbare – Ratten höre! Der Umstand, daß ich vom Bewußtsein her kein Wort von diesem Unfug glaube, ist anscheinend nicht genug. Sie können mich trotzdem um den Verstand bringen...

Er trat wieder hinaus in die Diele. Mehr und mehr hatte es den Anschein, als kämen die Geräusche aus dem Schlafzimmer seiner Mutter. Dort mußte es von ihnen nur so wimmeln. Vielleicht lag sie dort drinnen, vielleicht hatten die Ratten sie bei lebendigem Leibe aufgefressen... Verdammt, du darfst den Verstand nicht verlieren...

»Mutter!« rief er laut.

Keine Antwort. Nur die Ratten quiekten, lauter und lauter. Jamie rüttelte an der verschlossenen Tür; dann, gegen die Übelkeit ankämpfend, warf er sich gegen die Tür und prellte sich die Schulter. Wieder und wieder rammte er die Schulter gegen die Tür, während das Quietschen und Rascheln der Ratten das Pochen des Blutes in seinen Ohren übetönte.

Die zugesperrte Tür brach auf.

Im selben Augenblick gingen alle Lampen in der Wohnung aus. Der Schwung seines Anpralls schleuderte ihn ein paar Schritte ins dunkle Zimmer.

Hier in der Finsternis schwoll das Rascheln, Knabbern,

Quietschen und Trippeln ins Unerträgliche an. Sie waren überall um ihn herum. Sie liefen ihm über die Füße, gleich mußten sie an seinen Hosenbeinen heraufkrabbeln, sie würden ihn bei lebendigem Leibe auffressen...

Jamie stand im dunklen Zimmer und begann, verzweifelt zu schluchzen.

Die Türglocke läutete.

Sie läutete wieder, und ein drittes Mal, bevor Jamie die Kraft aufbrachte, sich in die Diele hinaus und zur Tür zu tasten. Barbara? Er rief mit halb erstickter Stimme: »Wer ist da?«, verfolgt von den Rattengeräuschen, die ihm auch noch den letzten Rest seines Verstandes zu rauben drohten.

Keine Antwort. Jamie machte sich auf einen weiteren niederträchtigen Anschlag gefaßt und riß die Wohnungstür auf.

Vor ihm stand Dana Becker, und ihr liebliches Gesicht zeigte, daß er sie mit dem plötzlichen Aufreißen der Tür erschreckt hatte. Sie sah sauber, schmuck und gepflegt aus. Sie trug einen kurzen weißen Pelzmantel und darunter einen violett und blau gemusterten wollenen Schottenrock. Ihr blondes Haar war vom Wind zerzaust. Er zwinkerte sie an, unfähig, seine Gedanken so rasch umzustellen.

»Dana?«

»Wieso – ja. Es scheint, daß ich meine Sozialversicherungskarte in der obersten Schublade der Kommode im Schlafzimmer deiner Mutter liegengelassen habe, und ich brauche sie für ein Vorstellungsgespräch. Macht es dir etwas aus, wenn ich hereinkomme und sie hole?«

»Mutter ist nicht da«, sagte Jamie. Das war das Äußerste, wozu er fähig war. Nun würde auch sie die Geräusche hören, und er hätte Gewißheit, daß er nicht unter Wahnvorstellungen litt...

»Ich weiß, wo die Karte ist«, erklärte Dana. »Deine Mutter sagte mir, ich könne herkommen und sie holen. Jamie, was hast du? Bist du krank?« Sie spähte aus dem beleuchteten Hauskorridor in die dunkle Diele hinter ihm. »Warum sitzt du im Dunkeln?«

»Ich – das Licht war an. Ging eben aus. Hörst du nichts...?«

Es schien ihm seltsam, daß seine Stimme im alles übertönenden Geräusch der Ratten überhaupt noch zu hören sein sollte, aber Dana trat an ihm vorbei in die Diele, legte den Kopf auf die Seite und lauschte.

»Was soll ich hören?« fragte sie schließlich.

»Die Ratten... die Ratten...«

»Ich höre nichts«, sagte sie, und Jamie hörte, wie er aufstöhnte. Dann bin ich wahnsinnig, dachte er. Ratten, die nur ich hören kann...«

»Laß uns Licht machen«, sagte sie und ging sicher wie eine Katze im Dunkeln zur Küche hinaus und in die Speisekammer dahinter, wo sie etwas aufmachte. »Wahrscheinlich ist eine Sicherung durchgebrannt, das ist alles. Hast du eine Taschenlampe? Ich weiß, daß Mutter hier eine aufbewahrt. Ach ja. Und da in der Schachtel sind die Ersatzsicherungen... fein.« Sie ging wieder in die Küche, drehte an etwas, und die Lampen leuchteten auf.

»Armer Jamie, du siehst völlig demoralisiert aus«, sagte sie mitfühlend. »Laß mich schnell die Versicherungskarte aus dem Zimmer deiner Mutter holen, bevor ich es vergesse, und dann können wir ein Glas zusammen trinken, und du erzählst mir, was dich bedrückt.«

Sie ging hinaus; er hörte die Tür hinter ihr zufallen, und wie er so in der Küche stand, wo die Geräusche der Ratten nicht mehr so laut zu vernehmen waren, überlegte er, was sie von dem aufgesprengten Türschloß halten würde. Langsam ging er hinüber ins Wohnzimmer. Es war schlimmer als er gedacht hatte. Es gab keine Rattengeräusche, hatte nie welche gegeben...

Sie waren fort. Im Wohnzimmer herrschte Totenstille, bis Danas leichte Schritte ihre Rückkehr ankündigten.

Konnte er sie nur hören, wenn er allein war?

Verschwanden sie, sobald jemand anders kam?

»Na, wie wär's jetzt mit einem Gläschen?« fragte Dana. Sie hatte ihren Mantel abgelegt. »Oder wird Barbara wieder eine hysterische Szene machen, wenn ich bleibe?«

»Barbara ist nicht zu Hause«, sagte er mit einem unbestimmten Schuldgefühl. »Sie macht einen Arztbesuch. Sie wird schon wieder in Ordnung kommen.«

»Um so besser.« Dana ließ sich an dem einen Ende des Sofas nieder und schlug die langen, schlanken Beine übereinander. »Was hast du da, Scotch? Nein, kein Soda für mich, danke.«

»Ich wollte dir auch keins geben. Ich glaube, etwas ist damit nicht in Ordnung... es schmeckt irgendwie komisch«, sagte Jamie. »Eis?«

»Nein, danke, mach dir keine Umstände, in die Küche zu gehen und welches zu holen. Willst du mir nicht Gesellschaft leisten, Jamie? Du siehst aus, als könntest du etwas gebrauchen.«

Jamie schenkte zwei Gläser ein und gab ihr eins. »Ich habe einen höllischen Tag hinter mir«, sagte er etwas lahm. »Unser Liebhaber handfester Scherze hat mit meinen Nerven Schindluder getrieben.« Und er erzählte ihr mit knappen Worten von den Ereignissen im Büro.

»Du solltest ein Beruhigungsmittel nehmen«, sagte Dana. »Hat Barbara keins?«

»Du kennst sie«, sagte er. »Sie ist gegen alle Drogen, nimmt nicht mal Medizin gegen Erkältungen. Manchmal glaube ich, sie übertreibt darin ein bißchen.«

Dana suchte in ihrer Handtasche und brachte eine winzige goldene Pillendose zum Vorschein. »Dann nimm eine von meinen. Sie können dir nicht schaden und werden dich beruhigen, bevor die anderen nach Haus kommen und dich ganz aufgelöst vorfinden.«

Deswegen hatte Jamie sich schon Sorgen gemacht. Gleichwohl betrachtete er die kleine weiße Pille, die Dana ihm reichte, mit scheelem Blick. »Kann man die zum Whisky nehmen?«

»Na klar, das ist bloß Aberglaube«, sagte sie wegwerfend. »Wenn überhaupt was passiert, dann höchstens, daß der Whisky die Wirkung beschleunigt.«

Jamie schluckte die kleine Tablette und spülte sie mit Whisky hinunter. Er fühlte sich schwach und erschöpft und der auf nüchternen Magen getrunkene Whisky – dies war bereits das dritte Glas – trübte seine Gedanken und Empfindungen. Er lehnte sich zurück und schloß die Augen. Nach der emotionalen Anspannung der letzten Stunde fühlte er sich ausgelaugt.

Es war ganz still im Zimmer. Dana verhielt sich ruhig, nippte von ihrem Glas und hatte die langen Beine von sich gestreckt. Doch so bewegungslos und entspannt sie dasaß, schien doch eine beinahe elektrische Kraft von ihr auszugehen, als ob die Luft um sie vibriere. Ein sonderbares, aber angenehmes Gefühl von Ruhe und Frieden senkte sich auf Jamie herab. Er dachte, es wäre angenehm, ein Kaminfeuer anzuzünden, und daß er vielleicht Barbara in ihrem Atelier anrufen sollte, falls sie dorthin gegangen war, daß er sich über den Verbleib seiner Mutter Gedanken machen sollte, doch es schien ihm, daß all diese Gedanken ihm nur in den Sinn kamen, damit er das Vergnügen habe, nichts davon zu tun und sich statt dessen der Ruhe und Entspannung zu erfreuen.

In seinem Dämmerzustand wurde er sich eines eigentümlichen, monotonen kleinen Singsangs bewußt, eines leisen Summens wie von Bienen an einem Sommertag. Dana hatte ihr Glas weggestellt, saß vornübergebeugt und bewegte die Hände über etwas. Er schaute ohne jegliche Neugierde zu. Zuerst dachte er, daß sie stricke oder häkele, aber sie hatte keine Nadeln in den Händen, kein Wollknäuel auf dem Schoß, nur die schlanken Finger, die sich biegsam und geschickt bewegten und unsichtbare Schlingen und Knoten zusammenfügten.

Eine seltsame Faszination ging von diesen Bewegungen aus, und er konnte den Blick nicht davon wenden, wollte es auch nicht. Zuletzt sagte er, und die eigene Stimme klang stumpf und schläfrig in seinem Kopf: »Was tust du da?«

»Ich knüpfe Knoten«, sagte sie leise.

»Wozu?«

Als sie antwortete, schien ihre Stimme aus weiter Ferne zu ihm zu dringen. »Um deine Seele einzufangen natürlich. Wußtest du nicht, daß ich sie immer gewollt habe?«

Er gluckste leise. Es war ein schläfriges, albernes Geräusch. Welch ein Unsinn! Diese Dana, was für ein Mädchen! »Sieh an, ein weiblicher Mephisto. Aber ich glaube nicht, daß meine Seele auf dem freien Markt auch nur zehn Dollar bringen würde«, murmelte er in der köstlichen entspannten Trägheit, die ihn umfing. »Und was wirst du mit ihr anfangen, wenn du sie gefangen hast?«

Sie lächelte und zog den letzten Knoten zu. »Wieso, natürlich werde ich sie mit dem Honigtau und der Milch des Paradieses nähren«, antwortete sie und stand auf. Sie beugte sich über ihn, und ihre schmalen, aber kräftigen Hände kneteten und streichelten ihm den Nacken. Das einschläfernde leise Summen ging weiter.

»Hauptsache, du verfütterst sie nicht an Ratten«, murmelte er. Er merkte, daß er im Sitzen einschlief, sagte sich, daß er aufstehen sollte, aber die entspannende, sinnliche Massage der weichen Finger in seinem Nacken beraubten ihn aller Willenskraft. Gleichzeitig gingen ihm zufällige Vorstellungsbilder durch den Sinn: wie er sich erhob und Dana die Kleider vom Leibe riß, oder wie er tiefer und tiefer in diese traumhafte sinnliche Wärme und den Schlaf hinabsank.

»Ach nein«, murmelte sie. »Ich weiß besseres damit anzufangen ...«

Aber Jamie hörte es nicht mehr.

11

Die Schaufenster entlang der Fifth Avenue waren voller Stechpalmen, Adventskränze und geschmückter Christbäume; aus jedem Ladeneingang drangen die Klänge von Weihnachtsliedern.

Barbara ging blindlings dahin, ohne einen Blick für die bunte Fröhlichkeit der Dekorationen zu haben. Bei Lord & Taylor war ein Frauenchor zu hören – auf Schallplatte –, der in merkwürdigem Gegensatz zu den fröhlichen Klängen von »Jingle Bells« und »Joy to the World« feierlich und getragen eine alte englische Weihnachtsklage sang.

> Ihr Schwestern mein, was soll nun werden?
> Im Herzen wahret diese Stunde,
> Dies arme Kind, für uns auf Erden,
> Durch dessen Tod die Welt gesunde.

Barbara brannten Tränen in den Augen. Sie biß sich auf die Lippen, um nicht die Beherrschung zu verlieren. Seit einer Stunde lief sie durch die Straßen, vorwärtsgetrieben von Furcht und ungläubigem Schrecken, aufgewühlt von Emotionen.

Also war es nicht ihre Einbildung gewesen.

Das Wort »vergiftet« beherrschte mit seiner furchtbaren Drohung ihr Bewußtsein. Sie hatte die Erkenntnis nicht akzeptieren wollen, aber sie ließ sich nicht verleugnen.

Alle Symptome einer Mutterkornvergiftung.

Dr. Clinton hatte gesagt: »Das könnte auch erklären, warum keine Schwangerschaft eingetreten ist. Es könnte vieles erklären. Die Vergiftung braucht nicht so stark zu sein, daß sie lebensgefährlich wird, nur stark genug, um nach und nach Ihre Gesundheit zu untergraben und Ihren Geist zu verwirren.«

Sie hatte immer gewußt, daß Jamies Mutter nichts für sie übrig hatte. Um die Wahrheit zu sagen, auch sie hatte von jeher eine Abneigung gegen die alte Frau empfunden, wenn sie auch immer bemüht gewesen war, es zu verbergen und sogar echte Anstrengungen unternommen hatte, diese Abneigung zu überwinden. Aber wie sollte sie Jamie das beibringen? Er war kein Muttersöhnchen; es hatte sogar Zeiten gegeben, da er den Eindruck erweckt hatte, er habe für seine Mutter nicht viel mehr übrig als sie. Er war das Kind aus einer geschiedenen Ehe, und als er fünfzehn war, hatte er trotz aller Versuche seiner Mutter, ihn zu halten, den Entschluß gefaßt, zu seinem Vater zu ziehen. Erst als seine Mutter alt geworden und verarmt war, hatte er sich bereit gefunden, ihr ein Zimmer in der Wohnung zur Verfügung zu stellen, und das war hauptsächlich aus Pflichtgefühl geschehen. Aber ob Zuneigung oder nicht, sie konnte ihrem Mann einfach nicht sagen, daß seine Mutter sie zu vergiften suchte, sie wahrscheinlich seit neun oder zehn Monaten langsam vergiftet hatte!

Das Glockenspiel einer nahen Kirche schlug drei und stimmte dann die Melodie eines alten Weihnachtsliedes an, dessen halb vergessene Worte in Barbaras Erinnerung langsam Gestalt annahmen.

O komm, o komm, Emmanuel,
Erlös dein armes Israel,
Das hier gefangen klagt und weint,
Bis daß ihm Gottes Sohn erscheint.

Wie traurig so viele der alten Weihnachtslieder waren! Barbara wünschte plötzlich leidenschaftlich, daß sie gläubig wäre und in eine der Kirchen gehen und ihre Sorgen Gott anvertrauen könnte; menschliche Hilfe schien in einer Lage wie dieser unzureichend. Urteilte man aber nach der Traurigkeit so vieler Weihnachtslieder, mußten sich auch die Gläubigen durch Finsternis und Elend mühen, ohne Hilfe außer einem ungreifbaren Versprechen, einem Licht, das irgendwo in der Ferne leuchtete ... Bess Cannon war eine fromme Katholikin, und doch war Jock gestorben, hinweggerafft von bösen Mächten. Barbara akzeptierte halb unbewußt, daß sie irgendwann in den letzten drei oder vier schrecklichen Tagen angefangen hatte zu glauben, daß Jock Cannons Tod das Ergebnis vorsätzlicher, böswilliger Niedertracht gewesen war. Gab es irgendwo Hilfe?

»Hallo«, sagte Clair Moffats muntere Stimme neben ihr. »Ich dachte, Sie hätten es vielleicht vergessen, aber es ist drei Uhr, und da bin ich, wie versprochen. Nehmen wir ein Taxi. Sie sehen erschöpft aus.«

Sie hob den Arm und winkte einem gelben Taxi (war es Magie, daß sie mitten im Weihnachtsverkehr der Fifth Avenue sofort ein Taxi fand?), und der Wagen fuhr an den Straßenrand und hielt.

»Wohin fahren wir?« fragte Barbara verwirrt.

»Wie ich sagte – wir besuchen einen guten Freund von mir. Er hat eine besondere Begabung, Leuten mit Problemen zu helfen, die unlösbar scheinen.«

»Das ist genau, was ich brauche«, sagte Barbara bitter. Die Tränen stiegen ihr wieder in die Augen, und sie unterdrückte ein Schluchzen, fest entschlossen, nicht zu weinen... sie durfte einfach nicht weinen... Mißtrauisch fragte sie: »Er ist kein Priester oder Sektenprediger oder dergleichen?«

Clair lachte. Ihr Lachen war hell und fröhlich wie der Blick ihrer Augen, aber eine große Ruhe lag darin. »Nicht in dem Sinne, wie Sie den Begriff wahrscheinlich verstehen, obwohl Sie Colin wahrscheinlich religiös nennen können, wenn Sie Religion als das Bemühen verstehen, zu tun, was getan werden muß, wenn die Notwendigkeit besteht. Aber ich gebe Ihnen mein Wort, daß er nicht versuchen wird, Ihre unsterbliche Seele zu retten oder – wie lautet dieses Schlagwort der Jesus-Freaks? – Sie überreden wird, ›jemanden als Ihren persönlichen Erlöser zu akzeptieren‹. Sie sollten ihn darüber reden hören – freche Anmaßung ist noch die nachsichtigste Bezeichnung, die er dafür hat. Nein, Mrs. Melford – macht es Ihnen etwas aus, wenn ich Sie Barbara nenne? Nein, Barbara, mein Freund ist kein Werber für irgendeine Kirche oder Sekte, und ich bin es auch nicht.« Sie lächelte so freundlich und mitfühlend, daß Barbara wieder den Tränen nahe war, und sagte: »War die Untersuchung schlimm? Als Sie aus dem Behandlungszimmer kamen, sahen Sie wie vor den Kopf geschlagen aus. Hat sie Ihnen so Schlimmes sagen müssen?«

»Ich – ich wüßte kaum Schlimmeres«, antwortete Barbara stockend. »Es scheint ... es scheint – o Gott, ich kann es noch immer nicht glauben – es scheint, daß jemand versucht, mich zu vergiften.«

Clair holte tief Atem. »Das ist allerdings schlimm. Versuchen Sie, es nicht so schwer zu nehmen, Barbara. Warten Sie, bis wir ankommen, und dann erzählen Sie Colin alles darüber.«

Sie schwieg, während das Taxi durch den Innenstadtverkehr kroch, irgendwo zwischen der 20. und 25. Straße abbog und schließlich vor einem alten Ziegelbau hielt. Clair bezahlte den Fahrer, gab ihm ein bescheidenes Trinkgeld und zog Barbara über den Gehsteig zum Eingang. Sie läutete einmal kurz an einer Wohnung im ersten Stock, wartete eine kleine Weile und läutete noch zweimal. Etwas später summte der Türöffner, und sie führte Barbara durch den düsteren Hauseingang, eine Treppe hinauf und zu einer alten, geschwungenen viktorianischen Wohnungstür, die einst bessere Zeiten und wohlhabendere Bewohner gesehen haben mußte. Sie klopfte leise. Ein Riegel wurde zurückgeschoben, und ein Mann öffnete ihnen.

»Hallo, Colin«, sagte Clair. »Du hattest recht, wie gewöhnlich. Laß uns ein; diese arme Frau könnte eine Tasse Tee und vernünftigen Rat gebrauchen. Ich habe selbst noch nicht die ganze Geschichte gehört. Barbara, das ist Colin MacLaren.«

Barbaras erster Eindruck von MacLaren war einer von Körpergröße, Alter und Kraft – und von auffallenden Augen. Seine Augen waren denen Clair Moffats ähnlich, ruhig und freundlich, voller Gelassenheit und innerer Stärke, die keinen wechselnden Stimmungen unterworfen schien. Er bat sie herein und sagte ganz so, als ob es die alltäglichste Sache auf der Welt wäre, daß wildfremde Frauen halb hysterisch und mit rotgeweinten Augen vor seiner Tür standen: »Kommen Sie nur herein. Sie können Ihren Mantel dort aufhängen. Wie üblich, herrscht bei mir eine schreckliche Unordnung. Sie werden sie einfach ignorieren müssen. Clair, darf ich ein männliches Chauvinistenschwein sein und dich bitten, etwas Tee zu machen? Mir ist gleich, was die Feministen sagen, er schmeckt immer besser, wenn eine Frau ihn zubereitet.«

Clair lachte und ging durch den großen, unaufgeräumten Raum, der vollgestopft war mit Büchern und Papieren, die zuhauf lagen, und öffnete eine rückwärtige Tür. »Das hat nichts mit Feminismus zu tun, Colin; du könntest ebenso guten Tee machen wie ich, wenn du warten würdest, bis das Wasser wirklich kocht und die Kanne vorher anwärmst. Und es hilft auch, wenn man statt dem, was die Stadt New York so unbefangen Wasser nennt, Mineralwasser verwendet. Du sagst mir doch immer, ich solle nicht ungeduldig sein und in Ruhe abwarten.«

Bevor sie in die Küche verschwand, rief er: »Jemand hat mir zu Weihnachten einen Obstkuchen dagelassen; du könntest versuchen, ein paar Stücke abzuschneiden, wenn du ein sauberes Messer und einen Teller findest.« Darauf wandte er sich mit einem Lächeln Barbara zu.

»Warten Sie, ich mache Ihnen einen Platz frei.« Er nahm ein halbes Dutzend Bücher von einem Stuhl und legte sie, noch immer sorgfältig gestapelt, in eine Ecke. »Großer Gott, wie beengt und mit Dingen überhäuft ist das Leben, das wir heutzutage führen! Ich scheine in einer ›dünnen Lösung von Büchern‹ zu schwimmen, wie Holmes es nannte – Oliver Wendell, nicht Sherlock.«

»Die Bücher stören mich nicht«, sagte Barbara und erwiderte sein ansteckendes Lächeln. »Mein Mann ist Verlagslektor, und ich bin es gewohnt, daß überall in der Wohnung Manuskripte herumliegen.« Sie ließ sich erleichtert auf den angebotenen Stuhl sinken und bemerkte erst jetzt, wie durchgefroren sie war. Es schien ihr, als hätte sie den größten Teil des Tages auf den Straßen verbracht, zuerst in ängstlicher Spannung, später in benommener Hilflosigkeit und Panik. Colin MacLarens Wohnung war nicht verwahrlost, nur unordentlich. Der offenbar einzige große Raum war voll von Bücherstapeln und Zeitungen, und auf einem Kartentisch stand eine abgenutzte Schreibmaschine, doch das Mobiliar war spärlich: zwei oder drei Sessel und ein Bett unter einer oft gewaschenen und verblichenen Indianerdecke, die ihm den Anschein einer Couch geben sollte, in einem Alkoven. Hinter der Tür lag die Küche, aus der jetzt das Pfeifen eines Teekessels zu vernehmen war.

»Das Allheilmittel der Engländer«, sagte MacLaren. »Ich hoffe, Sie mögen Tee. Heutzutage, da die Kaffeepause eine amerikanische Institution zu sein scheint, werde ich jedesmal, wenn ich in einem Restaurant Tee verlange, behandelt, als ob ich irgendwie unpatriotisch wäre und imstande, im nächsten Augenblick das traditionelle Wertesystem des Landes gewaltsam umzustürzen. Die Leute sagen: ›Sie wollen also keinen Kaffee?‹ Am schlimmsten ist es beim Frühstück; in den meisten Lokalen schenken sie einem einfach Kaffee ein, ohne zu fragen.«

»Nein, ich mag Tee«, erklärte Barbara. Clair kam aus der Küche und trug ein großes altes Holztablett mit einer Teekanne aus Porzellan, einem Teller mit Kuchenschnitten, Zucker, Milch und mehreren Tassen. Sie schenkte ein. »Milch oder Zitrone, Barbara?«

»Keines von beiden, danke. Nur etwas Zucker.«

»Meine Eltern waren anglophil«, sagte MacLaren, der seinen Tee reichlich zuckerte und noch Milch hinzufügte. »Ich bin mit diesem Zeug großgeworden, und man kann manches zugunsten der Tasse Tee sagen, die ›aufmuntert, aber nicht berauscht‹. Nicht, daß ich gegen einen guten Whisky dann und wann etwas einzuwenden hätte, aber ich glaube, man verliert den Spaß an Cocktails, wenn man sie wie Brot und Butter zum Bestandteil der täglichen Ernährung macht. Nehmen Sie ein Stück Kuchen, Barbara... Haben Sie auch einen Nachnamen?«

»Melford«, sagte sie, und MacLaren ließ beinahe den Teller mit dem Obstkuchen fallen.

»Das also ist es«, murmelte er. »Nein – entschuldige, Clair, etwas anderes... Sind Sie zufällig verwandt mit James Melford, einem Verlagslektor?«

»Das ist mein Mann«, sagte Barbara. »Kennen Sie ihn?«

»Ich habe ihn erst kürzlich kennengelernt. Hmm...« Er nahm ein Stück Kuchen und biß herzhaft hinein. »Trinken Sie Ihren Tee, Barbara, Sie sehen durchgefroren aus.«

»Es ist überraschend, wie beruhigend Tee und Kuchen am Nachmittag sein können«, sagte Clair. »Von meiner eigenen Ausbildung her weiß ich, daß es wahrscheinlich nur daran liegt, daß dadurch an einem Tiefpunkt zwischen Mittag- und Abendessen der Blutzucker ansteigt; dazu kommt noch die psychologische Wirkung einer kleinen Pause, aber trotzdem, es scheint etwas beinahe Magisches daran zu sein.«

»Wer könnte bestimmen, was magisch ist und was nicht?« sagte MacLaren. »Nun, Clair, wie wäre es mit einem Bericht über die Rettungsmission? Ich nehme an, Barbara ist diejenige? Wo fehlt es?«

»Sie sagt, es sei Ärger mit der Schwiegermutter«, antwortete Clair. »Ich glaube, es steckt mehr dahinter. Ich habe sie überredet, sich von ihrer Ärztin untersuchen zu lassen, damit wir die Möglichkeit einer Geistesverwirrung ausschließen können. Nun – Barbara, erzählen lieber Sie die ganze Geschichte ... was Sie mir erzählt haben und alles übrige.«

Barbara stellte den Teller mit dem Rest ihres Obstkuchens auf das Tablett zurück. Sie blickte in dem stillen Zimmer umher und versuchte, Mut und innere Ruhe zu finden. »Vielleicht sollten wir eine Geistesverwirrung lieber nicht ausschließen, Claire«, sagte sie. »Dr. Clinton meinte, ich brauchte keinen Psychiater, aber ... ich frage mich nach alledem, ob es nicht doch so ist, denn was sie sagte, hört sich so irrsinnig an, selbst für mich, daß ich an meinem Verstand zweifle ... Sie glaubt, ich würde vergiftet, mit Mutterkorn, und das könnte meinen Geist verwirren. Also ist all dieses hysterische Zeug, das ich Ihnen erzählt habe, vielleicht nur eine Form von Verfolgungswahn, weil ich mir einfach nicht vorstellen kann, daß Jamies Mutter so etwas tun würde. Das hieße ja, daß sie verrückt sein müßte. Und wenn ich wirklich Vergiftungssymptome zeige – ich meine, das kann mancherlei Ursachen haben. Ich las einmal von einer Frau, die eine Arsenvergiftung hatte, und es stellte sich heraus, daß die Farbe der Tapeten in ihrer Wohnung arsenhaltig war. Und man kennt die Berichte über Leute, die von Farben Bleivergiftung bekommen haben, oder durch Holzschutzmittel vergiftet worden sind ...«

»Augenblick«, sagte MacLaren bedächtig. »Bedenken Sie bitte, Barbara, daß ich nicht weiß, was Sie Clair erzählt haben. Versuchen Sie, von vorn anzufangen und mir die ganze Geschichte zu erzählen.«

Barbara wiederholte, was sie Dr. Clinton berichtet hatte, ihre hysterischen Beschuldigungen Danas und ihrer Schwiegermutter, ihre Schlafwandlerei. »Mein Mann sagt mir, ich hätte eines seiner Manuskripte verbrannt, während ich schlafwandelte. Es war nicht so schlimm, er hatte noch eine Kopie, aber ich hatte so etwas früher nie getan ...«

MacLarens Augen verengten sich plötzlich. »Moment«, sagte er. »Natürlich! Melford! So hängt alles zusammen. Ich war sicher, daß es irgendeine Verbindung gibt. Barbara, macht es Ihnen etwas aus, mir zu sagen, was für ein Manuskript Sie ins Feuer warfen?«

»Nein, natürlich nicht«, antwortete sie. »Es war...«

»Warten Sie, Barbara, lassen Sie es mich sagen. War es vielleicht John Cannons neues Buch über Hexerei – eine Art Tatsachenbericht über bestehende Gruppen und ihre Praktiken?«

Sie starrte ihn entsetzt an. »Wenn – wenn Sie das wissen«, sagte sie mit tonloser Stimme, »müssen Sie einer von ihnen sein, einer von den Leuten, die versucht haben, meinen Mann einzuschüchtern und unter Druck zu setzen...«

»Nein.« Er streckte die Hand aus und ergriff ihr Handgelenk mit sanftem Druck, und augenblicklich ließ ihre Furcht nach. »Nein, Barbara, ich gebe Ihnen mein Ehrenwort, daß ich mit denen nichts zu tun habe. Es trifft zu, daß ich vor kurzem Ihren Mann besuchte und ihm vorschlug, daß er das Buch entweder zurückziehen oder bestimmte Stellen streichen sollte, aber meine Methoden beschränken sich darauf, die Gründe zu erläutern, die ich für mein Begehren habe, und mich im übrigen auf sein eigenes Urteil zu verlassen. Ich befürchtete, daß sie mit ihren Einschüchterungen fortfahren würden, und ich war ein wenig in Sorge, daß er zu Schaden kommen könnte. Aber als ich Clair heute schickte, um die Aushilfe bei Dr. Clinton zu übernehmen, hatte ich keine Ahnung, daß es mit dieser Sache zusammenhing, und selbst jetzt scheint es weit hergeholt. Sie sagen, Sie seien vergiftet worden?«

»Aber wie sollte das zusammenhängen...?«

»Ich weiß es nicht«, sagte MacLaren grüblerisch. »Sie sagen, es habe seit Monaten Schwierigkeiten mit Ihrer Schwiegermuter gegeben?«

»Seit Jahren.«

»Und was wir die Affäre Cannon nennen müssen, entwickelte sich erst innerhalb der letzten Wochen oder Monate«, meinte MacLaren. »Dennoch scheint es wenig wahrscheinlich, daß es zwei separate Verschwörungen gibt, die sich beide gegen Sie und Ihren Mann richten. Es muß da eine Verbindung geben.«

Er versank wieder in Grübelei. Nach einer Weile blickte er auf. »Sagen Sie, Barbara, kannte ihre Schwiegermutter John Cannon?«

»So weit mir bekannt ist, hat sie ihn nie gesehen.«

»Und Sie sagen, der Ärger mit ihr sei nicht neueren Datums.«

»Nein. Es ging schon los, als Jamie – das ist mein Mann – mich heiratete. Sie wollte, daß er eine Freundin von ihr heirate.« Barbara biß sich auf die Unterlippe, dann gab sie sich einen Ruck und sagte: »Vieles kann man als die üblichen Reibereien bezeichnen, die immer entstehen, wenn Schwiegermutter und Schwiegertochter zusammenleben. Aber eins ist nicht Einbildung. Dies hier fand ich gestern unter unserer Matratze.«

Sie suchte in ihrer Handtasche und brachte den versiegelten Plastikbehälter zum Vorschein. Als sie die Seidenumhüllung auseinanderschlug, sagte MacLaren: »Ich dachte, Sie wüßten nichts von diesen Dingen. Wo haben Sie das gelernt?«

»Es stand in einem von Cannons Büchern«, sagte Barbara schüchtern.

»Ich verstehe.« Er nahm den Beutel aus ihrer Hand und öffnete ihn; er verzog angeekelt das Gesicht, als er den Inhalt herausschüttelte. »Mutterkorn, die Hoden eines Kaninchens, Haarlocken von Ihnen und Ihrem Mann und Ihre verstümmelte Fotografie. Widerwärtig!« Er stand auf und ging hinaus. Barbara hörte, wie er sich die Hände wusch. Als er zurückkam, sah er elend aus. »Eine besonders bösartige Form von Voodoo- oder Hexenmagie.«

»Barbara, vergeben Sie mir die Frage«, sagte Clair, »aber sind Sie ganz sicher, daß Ihr Mann ...«

»Ganz sicher!«

»Ist das eheliche Treue und weibliche Intuition, oder auf Vernunft beruhendes Wissen?« fragte MacLaren.

»Er brauchte mich nicht zu heiraten«, antwortete sie rasch. »Es gab vier oder fünf Frauen, die ihn gern genommen hätten, und Dana – das Mädchen, das seine Mutter für ihn ausgewählt hatte – ist viel hübscher. Wenn er mich verhexen wollte, dann würde er es tun, damit ich schwanger werde, nicht, um eine Schwangerschaft zu verhindern!«

Clair nickte. MacLaren ging wieder in die Küche hinaus und brachte eine Asbestunterlage, wie man sie unter Töpfe legt, um Schmorgerichte am Anbrennen zu hindern, dazu eine Schachtel Zündhölzer. »Jedenfalls werden wir dieses widerwärtige Zeug sofort vernichten. Es könnte sein, daß John Cannon mit seinem Enthüllungsbuch über Hexerei jemandem in Ihrem eigenen Haushalt auf die Zehen getreten ist, Barbara, aber ich kann niemand ungesehen beschuldigen. Was für eine Frau ist Ihre Schwiegermutter? Nein ...« er kam ihrer Antwort mit erhobener Hand zuvor »... das ist keine faire Frage. Aber würden Sie mir soweit vertrauen, daß Sie mir erlauben, zu Ihnen zu kommen, um – nun, einen Blick auf Ihre Schwiegermutter zu werfen? Ich neige dazu, Ihren Mann zu entlasten. Ich sprach kürzlich mit ihm und gewann nicht den Eindruck, daß er ein Mensch ist, der solcher Handlungen fähig sein würde; aber ich kann nicht helfen, bis ich Gewißheit habe.«

»Dann glauben Sie an all dies Zeug?« fragte Barbara überrascht. »Sie meinen, es sei nicht nur Suggestion von Psychopathen mit übersteigerter Einbildungskraft?«

»Es ist Suggestion – und mehr«, sagte Clair ruhig. »Vielleicht kann man sagen, daß es Suggestion ist, die so weit verfeinert worden ist, daß sie Radiowellen oder Elektrizität gleicht. Die können Sie auch nicht sehen oder messen. Ich bin Psychologin, Barbara. Damit habe ich jedenfalls angefangen. Dann wurde mir allmählich klar, daß es im menschlichen Geist Kräfte gibt, die sich mit den Begriffen der Libido, des Ödipuskomplexes und des Territorialverhaltens nicht erklären lassen, und daraufhin begann ich, mit Colin zusammenzuarbeiten.«

»Sie haben eine Kostprobe davon erhalten, was diese Leute zu tun vermögen, Barbara«, ergänzte MacLaren. »Ich möchte Sie nicht ängstigen, muß Sie aber daran erinnern, daß John Cannon tot ist. Ich habe hier kein persönliches Interesse, außer daß ich mein Leben damit verbracht habe, solche Aktivitäten aufzuspüren und ihre Urheber auszuräuchern. Es ist eigentümlich, wie alles zusammenpaßt«, fügte er sinnend hinzu. »Ich muß doch etwas richtig machen. Gestern abend war ich noch hilflos, wußte nicht, wie ich weitermachen sollte. Ihr Mann wollte nicht auf mich hören, und die Gesetze, unter denen wir leben, verbieten mir Einmischungen in fremde Angelegenheiten, also hatte ich mich halbwegs damit abgefunden, daß ich einstweilen blockiert war. Dann erhielt ich einen deutlichen Hinweis, daß in dem Gebäude, wo Clair manchmal arbeitet, jemand Hilfe brauchen würde. Ich wußte nicht, ob es eine Frau war, die eine Abtreibung wollte, oder jemand, der zu diesem falschen Psychiater gehen würde, oder bloß jemand, der der Aufmunterung bedurfte, nachdem er erfahren hatte, daß er – oder sie – sich sämtliche Zähne ziehen lassen und in Zukunft ein Gebiß tragen muß. Namentlich für junge Frauen ist das eine Sache, die der psychologischen Beratung bedarf, nicht wahr, Clair? Aber ich hatte nur den Hinweis, daß jemand dort Hilfe benötigen würde, also schickte ich Clair hin, und nun ...« Er stand auf und nahm seinen Mantel vom Haken. »Ich glaube, ich sollte mir die Leute ansehen, die in Ihrem Haushalt leben, Barbara.«

»Jamie!« rief sie aus. »Ist es möglich, daß sie Jamie etwas antun werden? Bitte, darf ich Ihr Telefon benutzen?«

»Sie sind mein Gast. Gleich dort neben dem Bett.«

Barbara sprang auf und eilte hinüber, ohne weiter auf Clair und MacLaren zu achten, wählte in verzweifelter Hast die vertraute Nummer. Es läutete zweimal, dann wurde abgenommen. Aber es folgte kein vertrautes »Hallo«, nur ein stilles Warten, eine leere, hohle Stille, und dann ein leises Atmen.

»Jamie ?« sagte Barbara verwirrt. »Jamie, bist du es?«

Sie begann sich zu fragen, ob sie in der Eile eine falsche Nummer gewählt hatte, als am anderen Ende ein diabolisches Gelächter losbrach. Sie umklammerte den Hörer, fühlte ein Stechen in der Herzgegend, merkte nicht, daß Clair schnell zu ihr kam und sie stützte.

Das teuflische Gelächter dauerte fort und fort. Dann legte jemand plötzlich auf, und Barbara stand da, den Hörer in der schweißnassen Hand, und lauschte entsetzt dem Freizeichen.

»Jamie ...« murmelte sie verwirrt. »Jemand war dort bei ihm und lachte. Ich muß nach Haus! O Gott, was geht dort vor?«

12

Schließlich nahm Clair ihr den hohl schnarrenden Hörer aus der Hand und legte auf. Barbara zuckte wie galvanisiert zusammen. »Ich muß gehen, ich muß sofort nach Haus.«

Mit einer gewissen Verzögerung hörte sie MacLaren geduldig wiederholen: »Was ist geschehen? Hast du es gehört, Clair?«

»Nichts«, sagte Barbara. »Das heißt, nur ein schreckliches Gelächter. Mein Gott, was tun sie Jamie an?« Sie rannte zu den Garderobenhaken und nahm ihren Mantel herunter.

»Langsam«, sagte MacLaren mit Festigkeit. »Sie wissen nicht einmal, ob Ihr Mann dort ist, Barbara. Dies könnte ein weiterer Schachzug in ihrem Nervenkrieg sein, und diese Leute wollen genau das, was Sie jetzt tun: daß Sie nervös und verwirrt losrennen, ohne sich Zeit zum Nachdenken zu nehmen, ohne einen klaren Gedanken im Kopf. So sollen Sie immer wieder aus dem Gleichgewicht gebracht werden, bis Sie nicht mehr ein noch aus wissen und nicht einmal nach Hilfe Ausschau halten.«

»Woher wissen Sie soviel darüber, was diese Leute tun? Wenn Sie nicht einer von ihnen sind... mein Gott, entschuldigen Sie«, sagte sie hilflos. »Ich weiß, es klingt schizophren, aber wie kann ich nach allem, was ich heute gehört habe, noch jemandem vertrauen...?«

»Es ist vernünftig, vorsichtig zu sein«, erwiderte MacLaren. »Nach allem, was Sie durchgemacht haben, ist Ihr Argwohn wahrscheinlich berechtigt. Aber fragen Sie sich doch einmal, welchen Nutzen ich daraus ziehen könnte, Sie von Ihrem Mann fernzuhalten, oder ob ich Unbilliges von Ihnen verlange.«

»Nichts, bis jetzt...«

»Genau. Wenn Sie fünf Minuten warten wollen, werden Clair und ich Sie begleiten und sehen, was zu tun ist. Was Ihre Frage betrifft, woher ich weiß, was diese Leute beabsichtigen, so kann ich nur antworten, daß ich einen guten Teil meines Lebens darauf verwandt habe, solche Leute vor dem Mißbrauch dieses gefährlichen Wissens abzuhalten.«

Während er sprach, zog er einen alten Wintermantel aus einem Wandschrank. Auch Clair nahm ihren Mantel. »Soll ich ein Taxi bestellen, Colin?«

»Nein, ich werde die Garage anrufen und meinen Wagen herbringen lassen«, sagte er. »Diese Geschichte kann uns überallhin führen, von der Bronx nach Queens, oder sogar aus der Stadt. Jedenfalls könnten wir das Werkzeug benötigen, Clair, also nimm die Sachen aus dem Schrank. Du weißt, was wir brauchen werden.«

»In Ordnung.« Clair öffnete eine zweite Tür des Wandschranks, und Barbara, die nur einen kurzen Blick hineinwarf, bemerkte doch, daß die Schrankfächer makellos sauber waren; die Gegenstände darin standen säuberlich aufgereiht. Clair nahm einen kleinen Koffer aus dem untersten Fach, öffnete ihn und sagte: »Meinst du, daß wir alles Werkzeug brauchen werden?«

»Könnte sein. Pack das Material ein, es sei denn, du willst an Ort und Stelle improvisieren«, antwortete er, während er eine Nummer wählte. »Hallo, Cornby Garage? MacLaren hier. Können Sie meinen Wagen vorbeibringen, damit ich ihn gleich übernehmen kann? Wann? Vor einer halben Stunde? Verdammt.« Er legte auf, nahm Clair den Koffer aus der Hand und bedeutete den beiden Frauen, vorauszugehen. »Die Garage ist gleich um die Ecke. Gehen wir.«

Einmal in Bewegung, war er nicht aufzuhalten; die Frauen konnten kaum mit ihm Schritt halten, als er die Treppe hinunterlief, hinaus auf die Straße, den Block entlang und um die Ecke. Die Garageneinfahrt stand offen, und ein älterer grüner Lieferwagen stand schon mit laufendem Motor bereit. Die Abgaswolke wehte weiß in die kalte Dämmerung hinaus. »Steigen Sie ein.« Er warf die Tür hinter ihnen zu. »Ihre Anschrift, Barbara? Ich kenne nur die Geschäftsadresse Ihres Mannes.«

Barbara war die wilden Fahrkünste der durchschnittlichen New Yorker Taxifahrer gewohnt, und anfangs schien es ihr, daß MacLaren mit großer Überlegung fuhr, fast immer anderen die Vorfahrt ließ, aber nach wenigen Minuten änderte sie ihre Meinung: Er fuhr korrekt und höflich, nutzte einen Vorteil niemals zu Lasten anderer aus, fuhr auch nicht bei Gelb über eine Kreuzung, verlor jedoch nirgends eine Sekunde und nutzte Verkehrslükken, die er, wäre es ihm allein um Geschwindigkeit gegangen, vielleicht nicht einmal gesehen hätte. Nach ungefähr der Hälfte der erwarteten Zeit hielt er vor ihrem Haus.

»Sie werden eine Verwarnung bekommen, wenn Sie hier parken«, warnte Barbara ihn.

»Vielleicht, vielleicht auch nicht«, erwiderte er heiter. »In diesem Augenblick würde mich die Suche nach einer Parkgelegenheit mehr kosten als eine Verwarnung, also werde ich es riskieren und notfalls bezahlen. Aber ich habe eine Sondergenehmigung von der Polizei, von der ich fast nie Gebrauch mache, also wird sie mir vielleicht nützen, wenn sie mich tatsächlich erwischen.« Er schien sich ohne Eile zu bewegen, aber bevor Barbara ihn einholen und ihren Schlüssel herausholen konnte, war er schon aus dem Wagen und die Treppe hinauf.

Barbara stockte der Atem, als sie den Schlüssel ins Schloß steckte und aufsperrte; das diabolische Lachen schien noch in ihren Ohren widerzuhallen. Aber das Wohnzimmer war leer. Zwei Cocktailgläser standen auf dem Kaffeetisch, und Jamies Aktentasche war geöffnet. Ein auf Seite 191 aufgeschlagenes Manuskript lag in einem der Sessel. Barbara, enttäuscht und in Sorge, rief mit unsicherer Stimme: »Jamie? Bist zu Haus, Jamie?«

Stille. Clair und MacLaren tauschten bedeutungsvolle Blicke.

»Er war hier«, sagte Barbara, über die Aktentasche gebeugt. »Er hatte sie heute früh bei sich, und es ist noch vor der Zeit, um die er gewöhnlich heimkommt...«

»Anscheinend ist er in Eile gewesen, als er wegging.« MacLaren hob eines der Gläser auf und schnüffelte daran. »Nur Whisky. Das andere Glas – können Sie sich vorstellen, wer hier gewesen sein könnte, Barbara?«

Sie schüttelte den Kopf. »Jamies Mutter trinkt nicht, aber es könnte jeder beliebige gewesen sein, jemand aus dem Büro... bloß hat niemand aus dem Büro dieses gellende Lachen...« Ihre Stimme drohte zu versagen.

Clair nahm ihre Hand und drückte sie aufmunternd. »Nur ruhig«, sagte sie mit leiser Stimme. »Nicht verrückt machen lassen.«

MacLaren stand still und hatte den Kopf wie lauschend erhoben. »Ich habe nicht den Eindruck, daß jemand in der Wohnung ist. Nur wir drei. Aber überprüfen wir vorsichtshalber die anderen Räume.« Als sie in die leere Küche gingen, runzelte er ein wenig die Stirn und sagte, mehr zu sich selbst als zu den anderen: »Keine gute Atmosphäre hier. Es ist nicht wahrscheinlich, daß dies in den drei oder vier Tagen seit Cannons Ermordung entstanden ist. Was ist deine Wahrnehmung, Clair?«

»Etwas ungewöhnlich Widerliches, Bösartiges«, sagte sie, »aber nicht eigentlich Gewalt. Sicherlich kein Blutvergießen, aber dennoch... etwas. Sehen wir uns die Schlafzimmer an.«

Barbara führte sie zu dem Zimmer, das sie mit Jamie teilte, blieb aber schon auf der Schwelle stehen. Sie hatte die Betten ungemacht gelassen, aber nicht in dieser wüsten Unordnung: Laken waren halb heruntergerissen und zusammengeknäult, Flecken, Lippenstift auf den Kissen... Wie betäubt trat sie näher zum Bett.

»Ich komme mir vor wie in diesem Märchen«, sagte sie. »Jemand hat in meinem Bettchen geschlafen...«

Clair wandte sich naserümpfend zu MacLaren und sagte mit halblauter Stimme: »Schwerlich das Werk eines liebenden Ehemannes...«

»Gewiß kein beiläufiger Ehebruch, Clair«, erwiderte er. »Eher eine vorsätzliche, mutwillige Beleidigung, ein weiterer Versuch, Barbara um den Verstand zu bringen, das ist alles.« Er wandte sich zu Barbara und sagte mit erhobener Stimme: »Ziehen Sie keine voreiligen Schlußfolgerungen, Barbara. Ihr Mann hat auf mich den Eindruck eines Ehrenmannes gemacht.«

»Jamie und ich haben ein Abkommen«, sagte sie stumpf, »wonach jeder von uns, sollte er jemand anders wollen, die Freiheit haben sollte... Aber es so zu tun, in meinem eigenen Bett...«

Clair schüttelte energisch den Kopf. »Kein Mann würde so etwas aus freien Stücken tun, es sei denn, er bemühte sich sehr, seine Frau zu provozieren und sich zu entfremden, und wir haben keinen Hinweis, daß Ihr Mann dies beabsichtigt hat. Fällen Sie kein übereiltes Urteil, Barbara; dies könnte sehr wohl eine geplante und auf ihre Wirkung auf Sie berechnete Beleidigung sein.«

»Aber wo ist Jamie?« Ihre Stimme brach. Sie beugte sich über das Bett und nahm mit spitzen Fingern etwas vom Kissen, ließ es zu Boden fallen.

Eine kalkulierte Beleidigung, ja. Als wollte Dana ihr sagen, daß sie Jamie immer gewollt und nun bekommen habe. Und falls Barbara es vergessen haben sollte, sie, Dana, konnte im Gegensatz zu ihr schwanger von ihm werden – wenn sie es wollte, was aber nicht der Fall war.

»Sehen wir uns die anderen Zimmer an«, sagte MacLaren.

Barbara war insgesamt nicht mehr als ein Dutzend Male im Zimmer ihrer Schwiegermutter gewesen. Nun ging sie voran, aber Clair tat nur einen Schritt über die Schwelle, dann griff sie sich mit beiden Händen an die Kehle und erbleichte. Barbara sah sich nach ihr um und wollte etwas sagen, aber MacLaren winkte ab. »Was gibt es, Clair?« fragte er.

»Fürchterlich«, flüsterte Clair. »Dies ist das Zentrum davon... abscheulich.«

»Still, Barbara«, sagte MacLaren mit gedämpfter Stimme. »Stören Sie sie nicht. Clair ist ein Medium von besonderer Sensitivität. Deshalb arbeiten wir zusammen.« Zu Clair gewandt, sagte er immer noch leise und ruhig: »Kannst du mir mehr sagen?«

Clair streckte die Hand aus. »Dort drinnen... etwas Schreckliches«, murmelte sie. »Barbara«, sagte MacLaren, »ich entschuldige mich im voraus für den Übergriff, sollten wir uns im Irrtum befinden«, und öffnete die Schublade, auf welche Clair wies. Darin lag neben einer Schachtel, die Lockenwickler enthalten hatte, ein Sortiment kleiner Fläschchen. MacLaren nahm sich eine nach der anderen vor. »Entweder ist Ihre Schwiegermutter hypochondrisch, oder – nein, das sind keine Originalverpackungen von Medikamenten. Offenbar hat sie Zugang zu einer illegalen Drogenquelle, einem unverantwortlichen oder unethischen Arzt oder Apotheker. Da scheint es alles zu geben, von Akonit bis Ergotoxin.« Er stieß ein zorniges Lachen aus. »Der moderne Pillenverkäufer hat die Stelle der alten weisen Frau eingenommen, die ihre Kräuter und Wurzeln im Mörser zerstößt, aber ich weiß wahrhaftig nicht, welcher von beiden schlimmer ist...«

»Aber Jamies Mutter ist nie krank«, sagte Barbara verwirrt. »Ich habe nie erlebt, daß sie einen Tag im Bett geblieben wäre, und sie nimmt nicht einmal Vitamintabletten!«

»Ich bezweifle, daß sie dieses Zeug selbst nimmt«, erwiderte er trocken. »Eine harmlos aussehende alte Dame könnte sehr wohl den Drogenvorrat der ganzen Bande bei sich aufbewahren. Niemand würde auf den Gedanken kommen, Verdacht zu schöpfen.« Er hob eine Flasche hoch, die zu drei Vierteln mit kleinen orangefarbenen Pillen gefüllt war, und drehte sie zwischen den Fingern. »Hat sie Ihnen jemals eine von diesen gegeben, Barbara? Vielleicht gegen Kopfschmerzen?«

»Ich habe die Pillen noch nie gesehen. Außerdem – um Himmels willen, Mr. MacLaren – bin ich nicht so einfältig, daß ich anderer Leute Medikamente nehme!«

»Dann frage ich mich, wie sie Ihnen das Zeug beigebracht hat«, versetzte MacLaren. »Erkennst du die Dinger, Clair? Erinnerst du dich an diesen armen Teufel in Berkeley, der so froh war, wenigstens halbwegs von seiner Migräne befreit zu sein, daß er nicht einmal seinem Arzt von den Nebenwirkungen erzählte?«

»Was ist das?« fragte Barbara.

»Methysergid«, sagte MacLaren. »Auch unter dem Namen Sansert bekannt. Ursprünglich als Wundermittel gegen Migräne vermarktet. Entfernter Verwandter mit LSD – aber LSD ist geradezu gut für die Gesundheit, verglichen mit diesem Zeug! Neun von zehn Leuten, die es länger als ein paar Tage genommen hatten, bekamen Bluthochdruck, Magenbeschwerden, Menstruationsstörungen und Fehlgeburten, soweit es sich um Frauen handelte, während Männer impotent wurden. Hinzu kamen die verschiedensten Formen psychischer Störungen. Besonders die letzteren machten das Mittel so gefährlich. Es war im Grunde nie etwas anderes als ein pharmazeutisches Experiment, das von Anfang an nicht hätte zugelassen werden dürfen und das später, als die Nebenwirkungen bekannt wurden, auch verboten wurde. Auf legalem Wege ist es nicht mehr erhältlich. Ein paar betrügerische Drogenhändler verkaufen es wegen seines Gehalts an Lysergsäure. Man kann es ohne großen Aufwand chemisch zerlegen und LSD daraus gewinnen. Aber es ist auch ein hübsches Mittel, um jemand zu vergiften, vor allem, wenn die betreffende Person nichts davon weiß und sich nicht in ärztlicher Behandlung befindet. Schlau – diabolisch schlau und von entsetzlicher Wirkung.«

»Wollen Sie mir etwa erzählen, daß Jamies Mutter Drogen nimmt?«

»Ich weiß nicht, ob sie sie selbst nimmt«, erwiderte MacLaren, »jedenfalls hat sie genug davon, um die halbe Stadt zu vergiften. Ich würde die Polizei verständigen, wenn ich sicher wäre, daß es uns nicht zu lange aufhalten würde...« Er preßte die Lippen zusammen und dachte nach. »Nein. Wir können die Verzögerung nicht riskieren. Was haben wir sonst noch hier? Benzedrin und Methedrin – Speed, das moderne Hexengebräu – und Schlafmittel. Der Teufel allein weiß, was sonst noch.« Er blickte zu Clair auf. »Ich habe gute Lust, alles in die Toilette zu werfen. Sie kann sich gewiß nicht bei der Polizei beklagen oder als gestohlen melden!«

»Keine schlechte Idee, aber vielleicht sollten wir das Zeug als Beweismittel aufbewahren.« Clair hielt inne und runzelte die Stirn. »Da ist noch etwas...«

»Dann führ mich hin«, sagte MacLaren und ging langsam wie ein Blinder im Zimmer umher. Barbara sah staunend zu. Plötzlich sagte Clair: »Dort. Tiefer – nein, etwas höher, nicht am Boden...«

MacLaren öffnete den Schrank, suchte zwischen den dort stehenden Schuhen und zog überrascht ein kleines Tonbandgerät hervor. »Dies, Clair? Sieht absolut harmlos aus.«

Aber Clairs Gesicht war verzerrt, und sie weigerte sich, das Gerät zu berühren. MacLaren schaltete es ein, und augenblicklich erfüllten seltsame Geräusche den Raum: Quietschtöne, Geraschel, ein vielfaches Rascheln und Scharren und Knabbern, kleine Quiektöne. MacLaren runzelte die Stirn.

»Sollte ich mich getäuscht haben?« sagte er. »Ist die alte Frau vielleicht nur ein Opfer... vielleicht eine Geisel dafür, daß Melford keine Schwierigkeiten macht? Barbara, hat Ihre Schwiegermutter Angst vor Ratten?«

Barbara holte tief Luft. »Nein, aber es ist die einzige wirkliche Neurose meines Mannes; in einem Gefangenenlager in Korea hatte er schlimme Erfahrungen mit einer Rattenplage gemacht. Einmal gingen wir ins Kino, ein eher harmloser Kriminalfilm wurde gespielt, in dessen Verlauf der Detektiv und seine Begleiterin in einen Schiffsraum hinabstiegen, wo es von Ratten wimmelte. Mein Mann sprang auf und verließ fluchtartig das Kino. Er war weiß wie ein Laken, und ich dachte schon, er werde in Ohnmacht fallen.«

»Dann dient das Tonband dazu, ihn weichzumachen«, sagte MacLaren nachdenklich. Er schaltete das Gerät aus. »Clair, kommt dir etwas seltsam vor? Es stellt sich heraus, daß Barbara unsere Hilfe braucht, und doch ist in eben dieser Woche...«

Sie nickte. »Es können nicht gut zwei Dramen dieser Art mit einem Haushalt verknüpft sein; dennoch muß es irgendwo eine Verbindung geben. Aber was ist das fehlende Bindeglied?«

MacLaren trug das Tonbandgerät zu Mrs. Melfords schmalem Bett, legte es darauf und wischte sich die Hände. »Nachdem ich das berührt habe, fühle ich mich beschmutzt«, sagte er leise. »Gott verhüte, daß ich einen Mann oder eine Frau ungesehen verurteilen sollte, aber es sieht so aus, als versuchte sie gleichzeitig, ihre Schwiegertochter zu vergiften – oder wenigstens ihre Gesundheit zu ruinieren – und ihren Sohn zu erschrecken. Aber warum? Wozu? Wo ist der Zusammenhang?«

»Ich kann glauben, daß Mutter Melford mich – mich unter Drogen setzen wollte«, sagte Barbara, »aber ich kann nicht glauben, daß sie Jamie Schaden zufügen würde. Das kann ich einfach nicht!«

»Zugegeben, es scheint unwahrscheinlich, und doch... nein, es muß eine Verbindung geben, die mir noch nicht klar ist«, sagte MacLaren. »Laß uns aus diesem Zimmer gehen. Ich fühle mich ein wenig unwohl. Spürst du es auch, Clair?«

Sie stand mit halbgeschlossenen Augen da. »Ja«, sagte sie leise. »Wahnsinn, und Haß. Furcht. Krankhafte, verbogene Liebe. Und noch etwas, etwas anderes... noch eine Frau hier. Ein krankhaftes Übel in allen beiden. Ich – ich glaube, mir wird schlecht«, sagte sie plötzlich und lief hinaus zum Bad.

MacLaren führte Barbara zur Tür, schloß sie hinter ihnen und zog ein Stück Kreide aus der Tasche. Während er Worte vor sich hinmurmelte, die Barbara unverständlich blieben, zeichnete er mit Sorgfalt ein Symbol in die Mitte der Tür. Es war auf dem weißen Lack fast unsichtbar. Als er Barbaras Blick bemerkte, sagte er: »Ein Drudenfuß. Er hindert das Böse in diesem Raum daran, auf uns einzuwirken, und er wird es ihr erschweren, wieder hineinzugehen. Sollte sie uns hier überraschen, wird sie sich vielleicht verraten.« Er lauschte zum Badezimmer hinüber, aus dem würgende Geräusche zu hören waren, und schüttelte bedauernd den Kopf. »Das arme Mädchen. Sie hat noch nicht gelernt, sich gegen solche Dinge zu schützen.«

»Glauben Sie ernstlich, daß Jamies Mutter in all diese schrecklichen Dinge verwickelt ist, die John Cannon aufdecken wollte?« fragte Barbara, aber in Wahrheit zweifelte sie nicht mehr daran. Und auf einmal wurde ihr klar, daß sie es geahnt hatte, daß ein tiefes inneres Wissen es ihr gesagt hatte, seit sie den ekelhaften Zauberbeutel in ihrem Bett gefunden hatte. »Ich würde gern wissen, ob Cannon es wußte.«

MacLaren schaute sie aufmerksam an und nickte. »Ein guter Gedanke, Barbara. Ich weiß es nicht, aber es könnte sehr gut sein, und das könnte zugleich das fehlende Bindeglied sein.«

Clair kam blaß und elend aus dem Bad und sagte mit matter Stimme: »Entschuldige, Colin, es überkam mich plötzlich. Ich werde es nicht wieder tun.«

»Du wirst es lernen«, sagte er. »Hauptsache, du fühlst dich jetzt besser. Wir haben die Diagnose gestellt, aber was die Behandlung angeht... Wir haben keinen Anhaltspunkt, wer diese Leute sind, was sie tun, wo James Melford ist und wieviel Zeit wir noch haben. Sie haben bereits einen Mann getötet, wie wir wissen, also ist keine Zeit zu verlieren. Sobald sie merken, daß wir ihnen auf der Spur sind, ist schwer zu sagen, was sie als nächstes tun werden.«

»Es geht schon besser jetzt«, sagte Clair. »Hast du die Schlafzimmertür versiegelt?«

»Ja, allerdings mit dem geringeren Drudenfuß. Ich bin nicht sicher, ob er jemanden fernhalten oder etwas darin festhalten wird, aber er wird uns vor Beeinträchtigungen durch die Atmosphäre da drinnen schützen«, sagte MacLaren. »Sei so gut und öffne den Koffer.«

Sie gingen ins Wohnzimmer. Die geheimnisvollen Worte und Handlungen irritierten Barbara, und sie fragte, ob es nicht besser sei, die Polizei zu rufen.

»Gut, aber was sollen wir ihr sagen?« erwiderte MacLaren mit hochgezogenen Brauen. »Um welche Aktionen an welchem Ort sollen wir sie ersuchen? Das ist das Problem: Leute dieser Art haben einen Vorteil, nämlich den, daß normale Menschen einfach nichts davon glauben, solange sie es nicht selbst sehen – und manchmal auch dann noch nicht. Versuchen Sie sich zu vergegenwärtigen, was geschehen würde, wenn ich die Polizei riefe und den Beamten erzählte, daß diese Leute, wer immer sie sind, aber wahrscheinlich eine Gruppe, zu der Ihre Schwiegermutter und eine Freundin von ihr gehören, einen Mann durch Hexerei umgebracht und gerade mit einem anderen angefangen haben? Und wenn ich sie dann ersuchen würde, die Betreffenden ausfindig zu machen und einzusperren, bevor sie ihre Schwarze Magie vollenden können?«

Barbara biß sich auf die Unterlippe. »Haben Sie mir nicht gerade erzählt, daß meine Schwiegermutter und ihre Freundin mich vergifteten? Ich könnte Strafanzeige erstatten und eine eidesstattliche Erklärung abgeben.«

»Beweise. Die Polizei verlangt Beweise«, sagte er.

»Barbaras Ärztin kann bestätigen...« unterbrach Clair.

»Ja. Wenn alles andere versagt, werden wir darauf zurückgreifen. Aber es ist eine Frage der Zeit. Bis wir einen Haftbefehl erwirken könnten und Festnahmen erfolgten, könnte jemand tot sein. Vergessen wir nicht, sie haben bereits John Cannon getötet. Und mich beunruhigt, daß James Melford so spurlos verschwunden ist. Vielleicht argwöhnen sie bereits, daß wir ihnen auf der Spur sind.«

»Wie können sie etwas wissen, wenn wir bis jetzt selbst im Dunkeln tappten?«

»Auf die gleiche Weise, wie Clair das Tonbandgerät fand«, sagte MacLaren. »Keine Hexenversammlung, die den Namen verdient, ist ohne ein sensitives Medium oder zwei. Sie sind zum Vorschein gekommen, haben Barbara am Telefon ausgelacht und sind mit ihrem Mann wieder verschwunden. Wenn sie noch darauf aus wären, ihre Spuren zu verwischen, hätten sie ihn durch Einschüchterung oder Hypnose dazu bewegt, eine Notiz des Inhalts zu hinterlassen, daß er geschäftlich nach Westchester – oder San Francisco oder Katmandu – verreisen müsse oder mit einem Kunden essen gegangen sei.«

»Was können wir dann tun?«

»Das weiß der liebe Gott – und ich sage das nicht leichtfertig; Er weiß es, hat uns aber noch nicht in Sein Vertrauen gezogen. Clair, es scheint an dir zu sein, uns weiterzuhelfen. Es tut mir leid, nach allem, was du in diesem Raum mitgemacht hast, aber als Hellseher bin ich einfach nicht gut genug, und ich werde vielleicht noch genug auf den Schultern haben, bevor es Morgen wird.«

»Es macht mir nichts aus«, sagte Clair und öffnete den Koffer. »Gut, daß ich den Kristall mitgebracht habe. Ich brauche eine Schüssel mit Wasser, aber es wäre mir verhaßt, in irgendeine Schüssel zu sehen, die von dieser Frau benutzt worden ist.«

Sie nahm etwas heraus, das sorgfältig in schwarzen Samt gewickelt war, schlug diesen auseinander und enthüllte eine innere Lage aus weißer Seide. Als auch diese entfernt war, sah Barbara eine kleine Kugel aus Glas oder Kristall.

»Barbara, seien Sie so gut und bringen Sie mir eine Küchenrolle.«

Barbara gehorchte und ging. »Möchten Sie nicht lieber ein Geschirrtuch?«

»Gott bewahre«, sagte Clair. Als Barbara die Rolle mit Papiertüchern brachte, riß sie ein sauberes Stück ab. »Niemand kann wissen, wer mit den Geschirrtüchern umgegangen ist und wozu sie verwendet wurden. Die Erfindung von Küchenrollen und Kleenex war ein großer Vorteil; dieses Zeug wird in der Fabrik automatisch verpackt und ist so neutral wie ein Stück Holz. Niemand hat es vorher berührt, niemand benutzt es nachher wieder, und es enthält keinerlei Magnetismus.« Mit dem Papier wischte sie sorgsam die Oberfläche von Jamies Schreibtisch ab, befeuchtete ein zweites Papierstück mit Wasser aus dem Bad und rieb die Oberfläche damit ab, dann trocknete sie sie wieder mit einem dritten Papiertuch und legte schließlich den schwarzen Samt darauf. Dann beschirmte sie die Augen und blickte in die Tiefen des Kristalls.

Barbara saß still dabei und sah zu, halb zum Lachen gereizt, durch die absolute Ernsthaftigkeit in den Mienen der beiden anderen jedoch fast gegen ihren Willen gezwungen, es auch ernst zu nehmen. Ein leiser Schauer überlief ihren Rücken als die Minuten vergingen. Clairs Gesicht hatte sich zu einer unpersönlichen Maske geglättet, so tief in sich versunken, daß es kaum noch menschlich wirkte. Barbara hatte das künstlerische Auge ihres Berufs, und dieses völlige Verlöschen von Ausdruck und Individualität war ihr neu und trotz der Spannung der Situation eine faszinierende Erfahrung.

Die Zeit verrann. Einmal hellte sich Clairs Miene vorübergehend auf, und Barbara, die gleich ihr in den Kristall starrte, schien in seinem inneren kleine bewegte Schatten zu sehen, aber der Eindruck war so flüchtig, daß er auf eine Sinnestäuschung zurückgehen mochte. Schließlich richtete Clair sich auf und bewegte die verkrampften Muskeln.

»Nichts«, sagte sie verdrießlich. »Entweder sind sie jenseits eines Wasser, oder ich kann sie aus eigener Kraft nicht wahrnehmen. Ich wünschte, ich hätte absolute Gewißheit, daß Barbaras Mann nicht freiwillig mit ihnen gegangen ist.«

»Ich glaube, das kannst du voraussetzen«, sagte MacLaren. »Aber gut, wir werden etwas von ihm verwenden müssen, um seine Spur aufnehmen zu können. Wenn er nicht bei ihnen ist, fangen wir eben von vorn an. Barbara, bitte geben Sie mir etwas von Ihrem Mann, vorzugsweise einen Gegenstand, den er täglich gebraucht oder trägt.«

Barbara ging ins Schlafzimmer und sah sich um; ihr Blick fiel auf die Haarbürste mit dem in Silber eingelegten Monogramm, die sie ihm vor der Hochzeit geschenkt hatte. In den Borsten hingen noch einige seiner Haare. Sie brachte die Haarbürste hinaus, und Clair war begeistert. »Das ist vollkommen. Silber bewahrt persönlichen Magnetismus besser als fast alles andere, und mit seinem Haar...«

»Dann ist all dieses Voodoo-Zeug über Haare und kleine Stückchen von Fingernägeln nicht bloß Hokuspokus?« platzte Barbara heraus.

»Nicht ganz«, sagte MacLaren. »Es trifft tatsächlich zu, daß die täglichen Gebrauchsgegenstände einer Person ihren Magnetismus bewahren, ihre Vibration, wenn Sie so wollen, geradeso wie ein Wissenschaftler den gesamten genetischen Kode eines Individuums anhand der DNS in einer Zelle seines Körpers entschlüsseln kann. Clair ist jetzt wie ein Radioempfänger; die Haarbürste bewahrt die Vibration Ihres Mannes, und das hilft ihr, ihre Frequenz sozusagen auf seinen Sender einzustellen.«

»Ich frage mich«, sagte Clair, »warum sie plötzlich beschlossen, ihre Tarnung gerade jetzt fallenzulassen. Können sie überhaupt gemerkt haben, daß wir ihnen auf der Spur sind?«

»Nichts ist unmöglich. Ich halte es aber für wahrscheinlicher, daß Mrs. Melford entdeckte, daß Barbara der Instruktion, zu dem von ihr empfohlenen Psychologen zu gehen, nicht gefolgt war.«

Clair nickte, und ihre Züge verhärteten sich. »Ich hatte diesen Quacksalber schon seit langem in Verdacht.« Sie legte die Haarbürste so auf die weiße Seide, daß sie die

Kristallkugel leicht berührte. »Damit sollte es möglich sein, ihn sogar über Wasser hinweg auszumachen. Es verhält sich ja nicht so, daß die Flüsse dieser Stadt klares fließendes Wasser enthalten; das könnte mich abschneiden. Vielleicht hat die Verschmutzung wenigstens in dieser Hinsicht einen Vorteil. Aber was sagt uns, daß er überhaupt in einem der fünf Stadtbezirke ist?«

»Es scheint unwahrscheinlich, daß sie ihn weiter hinausgebracht haben ... allein der Faktor der Zeit ...«

»Das eine oder das andere Mitglied der Gruppe könnte ein Haus in Westchester oder Connecticut haben ... wo sie ungestört sind.«

»Irgendwo müssen wir anfangen, nicht wahr?« sagte MacLaren ungeduldig. »Vergewissern wir uns doch erst, ob er in der Stadt festgehalten wird oder nicht, bevor wir uns die Köpfe zerbrechen.«

Clair beugte sich wieder über den Kristall. Es erschien Barbara unglaublich, aber Clair schien dieses Verfahren für selbstverständlich zu halten. Auch Jock Cannon hatte an die Wirkungsweise solcher Methoden geglaubt, was das anging. War es also wahr, war es eine objektive Tatsache, daß die Frau sich mit Hilfe von Jamies Haarbürste, einer Kristallkugel, und ihrem trainierten, sensitiven Geist sich – wie hatte MacLaren es ausgedrückt – auf Jamies Sender einstellen konnte?

So wahr wie mein eigener Tod, Barbara. Einen Augenblick schien ihr, als ob Jock Cannon diese Worte in den Raum geflüstert hätte, und Barbara erschauerte. Dann ermahnte sie sich energisch, ihrer Einbildungskraft Zügel anzulegen.

Wieder wuchs die Stille im Zimmer, und die Zeit kroch dahin, und während die Minuten sich in die Länge zogen, ließ die Anstrengung übersinnlicher Konzentration Clairs Gesicht zur Maske erstarren.

Auf einmal kam Bewegung in ihre Züge, und sie murmelte halblaut: »Ich bekomme etwas ... dunkler Raum ...

draußen Straßenverkehr... Vorhänge, doppelt würfelförmiger Block...«

Barbara sprang impulsiv auf; MacLaren winkte sie zurück und sagte mit betonter Ruhe: »Siehst du einen Altar, Clair?«

»Ich glaube schon.« Ihr Blick war glasig, auf den im eingefangenen Licht funkelnden Kristall fixiert.

»Ist noch jemand dort?«

»Gegenwärtig nicht, aber ich kann sie in einem Nebenraum hören... draußen flackert ein rotes Licht, kommt und geht... Feuer? Nein, nicht Feuer, ein Neonschild vor dem Fenster... viele Lastwagen, die halten und wieder anfahren...«

»Ist es in der Stadt, Clair?«

»Hört sich so an. Ja, nahe einer großen Kreuzung... Sirenen... Er ist gefesselt, glaube ich, oder so verwirrt, daß er sich aus eigenem Antrieb nicht bewegt – nicht bewußtlos, aber benommen...« Sie verstummte.

»Kannst du eine Richtung bekommen?«

»Nein, aber ich höre... einen dumpfen Schlag und ein Getöse, ein Rasseln und Klirren, so etwas wie eine Sprengung.« Sie furchte die Stirn, schien angestrengt zu lauschen. »Und wieder Sirenen...«

Sie ließ sich erschöpft zurückfallen, und die Kristallkugel rollte davon. MacLaren kam rasch an ihre Seite und ergriff ihr schlaffes Handgelenk. Mit einem erleichterten Seufzen ließ er es kurz darauf los, und nun regte sich auch Clair wieder und sagte: »All das hilft uns nicht viel weiter, nicht wahr?«

»Vielleicht doch«, meinte MacLaren. »Wir wissen, daß es keine ruhige Wohngegend ist. Erinnerst du dich, wie groß der Raum war?«

»Oh, gewaltig. Fünfzehn bis zwanzig Meter lang, mit einer hohen Decke. Ich hörte die Echos.«

»Also ein Dachboden oder ein Lagerhaus«, sagte MacLaren. »In der Nähe einer Feuerwache oder eines Polizeireviers – wegen der Sirenen –, und Lastwagen hielten und fuhren an, und es wurde gesprengt. Darf ich Ihr Telefon benutzen, Barbara?« Ohne ihre Zustimmung abzuwarten, nahm er den Hörer und wählte. »Hallo, Sergeant? Verbinden Sie mich bitte mit Leutnant Farrens.« Er wartete lange, mehrere Minuten. »Hallo, Joe? Hör zu, kannst du mir einen kleinen Gefallen tun? Nein, kein Strafmandat. Bitte ich dich jemals, Strafmandate auszustellen? Kannst du mir sagen, wo in der Stadt für heute abend eine Sprengerlaubnis erteilt worden ist? Mmm, verstehe.« Er zog ein Notizbuch aus der Tasche und gestikulierte nach einem Bleistift; Barbara gab ihm den vom Telefonblock, und er schrieb. »Richtig. Nein, tut mir leid,ich kann dir jetzt noch nichts darüber sagen, aber es ist nichts Illegales – jedenfalls nicht, soweit es mich betrifft. Ich werde dir später davon erzählen. Wie geht's Edna? Nun, das hört man gern. Gib dem Baby einen Kuß von mir, ja? In Ordnung, Joe. Ja, ich hab's eilig, vielen Dank.«

Er legte auf. »Es hat seine Vorteile, wenn man bei der Polizei ein paar Freunde hat, die wissen, daß man ein anständiger Mensch ist«, meinte er. »Joe sagte, daß es heute abend nur zwei Genehmigungen für Sprengarbeiten gibt; das bedeutet, daß wir beide Örtlichkeiten auf den Schwerlastverkehr und eine benachbarte Feuerwache überprüfen müssen. Zwei Sirenen innerhalb von drei Minuten, das bedeutet laufende Einsätze und wahrscheinlich eine geschäftige Feuerwache. Komm, Clair, fühlst du dich kräftig genug, wieder zu gehen?«

»Gewiß, ich fühle mich gut. Sollte ich die Kugel lieber draußen lassen?«

»Ja, steck sie ein«, sagte MacLaren; Clair zog ihren Mantel an und steckte die in die Seide gewickelte Kristallkugel in die Tasche. Auch Barbara zog sich wieder den Mantel an, wie betäubt vom Ablauf der Ereignisse, der sie wie ein Blatt in reißender Strömung mit sich trug. MacLaren trug den kleinen Koffer. Als sie hinausgingen, sagte er: »Ich wußte, daß sie abends nicht in einer Wohngegend Sprengarbeiten durchführen würden, also mußte es ein Geschäfts- oder Industrieviertel sein.«

»Ist Farrens nicht der Beamte, der den Poltergeist in seinem Haus hatte?« fragte Clair. »Du erzähltest, glaube ich, er habe alles Geschirr zerschlagen, bis nicht einmal ein Glas übrig war, das die Kinder zum Zähneputzen hernehmen konnten.«

»Nein«, antwortete MacLaren, die Treppe hinuntereilend. »Das war ein anderer, draußen in Levittown, da mußte ich einen regelrechten Exorzismus durchführen. Das war eine unheilige Geschichte! Nein, dieser war der Mann, der in seiner Wohnung Stimmen hörte, bis er und seine Frau beinahe den Verstand verloren. Ich überprüfte alles und hörte die Stimmen selbst, fühlte aber nichts. Das war letztes Jahr, als du fort warst, Clair. Ich bat Betsy um eine Überprüfung, und sie fühlte auch nichts. Daraufhin durchkämmte ich das ganze Haus, und was meinen Sie, was ich fand?«

»Ein Gespenst?« mutmaßte Barbara.

MacLaren lachte. »Nicht im geringsten; das Haus war eine regelrechte Flüstergalerie, und sie hörten die Stimmen im Fernsehen aus der Wohnung der Hausbesitzerin fünf Stockwerke tiefer. Da sie aus den näheren Wohnungen nie etwas hörten, waren sie nicht auf den Gedanken gekommen, daß sie aus entfernteren Wohnungen etwas hören könnten. Ich riet ihnen, die Akustik der Räume durch neue Vorhänge und ein paar Stellwände zu verändern, und sie waren so froh, daß ich sie nicht einfach zu einem Priester oder Psychiater geschickt hatte, daß ich zwei Freunde fürs Leben gewann.«

Er öffnete die Tür des Lieferwagens und half ihnen hinein, warf die Tür zu und fuhr los, zuerst auf einer Durchgangsstraße zur Ostseite Manhattans. Inzwischen war es Nacht geworden, und eisig kalt. Barbara hielt sich an der Armlehne der Tür fest und starrte fröstelnd in die immer wieder von beleuchteten Schaufenstern und Weihnachtsdekorationen unterbrochene Dunkelheit. MacLarens beiläufige Erzählung, wie er alle materiellen Umstände überprüft hatte, bevor er bereit gewesen war, an einen Spuk zu glauben, hatte ihre letzten Zweifel zerstreut. Der Mann war kein der Selbsttäuschung verfallener, psychisch gestörter Sonderling, bereit, für alles übersinnliche Phänomene verantwortlich zu machen, sondern ein nüchterner Skeptiker, der alle Möglichkeiten in Betracht zog – und der bereit war zu handeln, wenn er seiner Sache sicher war. Barbara fröstelte. Irgendwo in dieser Nacht war Jamie, unter Drogen gesetzt, gefangen, auf Gnade und Ungnade irgendwelchen unbekannten Leuten ausgeliefert, die schon einmal getötet hatten und die nach MacLarens Überzeugung nicht zögern würden, erneut zu töten.

Sie versuchte, sich mit der Überlegung zu helfen, daß Mrs. Melford niemandem erlauben würde, Jamie etwas zuleide zu tun. Doch zu ihrem eigenen Schrecken entdeckte sie, daß sie sich nicht einmal dessen sicher fühlte.

13

Der Raum war dunkel und verdreckt. Spinnweben verhängten die Ecken mit zerfetzten grauen Fahnen, in der Weite des hohen, von wenigen Kerzen trübe erhellten Raumes war mehr zu ahnen als zu sehen. Der erstikkende Geruch von Weihrauch lag in der Luft.

Als Jamie allmählich zu sich kam, war seine erste Wahrnehmung der Geruch von Räucherwerk und Staub. Er lag mit dem Gesicht auf einem dicken Teppich, den er nicht sehen konnte. Von draußen drang Verkehrslärm und das Heulen entfernter Sirenen herein. Er wälzte sich herum und setzte sich auf. Er drehte den Kopf, um sich umzusehen, und zuckte unter dem Schmerz zusammen, den die Bewegung ihm verursachte.

Wie war er hierher gekommen? Zuletzt war er mit Dana im Bett gewesen – wie war das geschehen? Er hatte sie nicht wirklich begehrt, er erinnerte sich, daß er dies gedacht hatte. Aber er konnte einfach nicht glauben, daß diese Frau ihn hypnotisiert hatte! Sie hatte ihm ins Ohr gesummt und Worte in irgendeiner fremden Sprache hervorgestoßen, und sie war von einer wilden Leidenschaftlichkeit gewesen. Ihr Körper hatte sich heiß wie Feuer angefühlt, und einmal hatte sie ihn gebissen, daß es geblutet hatte, und dann... was dann? Dann nichts, außer unbestimmten schlafwandlerischen Erinnerungen an eisigen Wind und ein Gefühl von Schnelligkeit und Schwanken, Sirenengeheul, dann eine wacklige Treppe unter seinen Füßen und ein Lachen, ein hohes, schrilles Gackern, der Schock, das Gesicht seiner Mutter in der Dunkelheit zu sehen – war das Teil des Alptraums gewesen? – und dann ein Gefühl von Übelkeit und Schwindel, ein Kreisen und Abwärtssinken in absolute Dunkelheit, wo es nicht einmal Träume gab. Und dann war er hier erwacht. Aber wo war ›hier‹?

Wenn er besinnungslos, unter Drogeneinwirkung oder hypnotisiert hierher gebracht worden war, stellte sich die Frage, ob er ein Gefangener war. Hinderte ihn etwas daran, aufzustehen, hinauszugehen und das erstbeste Taxi zu nehmen? Er fühlte in der Tasche... die Geldbörse war offenbar noch da, aber keine Hausschlüssel. Nun, inzwischen würde Barbara zu Hause sein... Barbara! War dies alles planmäßig inszeniert worden, um ihn fortzulocken, während sie – diese geheimnisvollen, allgegenwärtigen Sie – Barbara etwas antaten?

Er versuchte aufzustehen, war aber noch nicht auf den Beinen, als der Raum in langsamen, anmutigen Kreisen um seinen Kopf rotierte, und er sank zurück, schwach und schwindlig, unfähig, seine Gedanken zu ordnen. Jedenfalls war er nicht gefesselt, und das war schon etwas.

Beruhige dich, sagte er sich. Denk nach.

Dies konnte nur mit den bedrückenden Ereignissen zu tun haben, die mit Jock Cannons Tod ihren Anfang genommen hatten. Wie lange war es her? Weniger als eine Woche? Mit aufkommender Unruhe erinnerte er sich des Angriffs der Ratten in seiner Wohnung. Waren sie wirklich gewesen, oder Halluzinationen? Hatte man ihn hierhergebracht, um ihn weiteren Schrecken dieser Art auszusetzen? Wenn er wüßte, was er zu erwarten hatte, könnte er es vielleicht aushalten. Aber was hatte Dana damit zu tun? Wie konnte sie ein Teil von alledem sein?

Dennoch war nicht zu leugnen, daß ihr Erscheinen mit erstaunlichem Geschick zu einem Zeitpunkt gewählt worden war, als er sich in einer schwierigen Situation befunden hatte.

Ungefähr an diesem Punkt wurde ihm bewußt, daß er seit einer Weile Stimmen hörte, zu weit entfernt, um mehr zu sein als ein gleichförmiges Auf und Ab. Nun tat sich am anderen Ende des weiten Raumes (Kirche? Lagerhaus? Dachboden einer Fabrik?) ein Lichtspalt auf, und die Gestalt eines kräftigen Mannes kam durch die Öffnung und schritt auf ihn zu.

»Wieder wach? Das ist recht«, sagte er in gleichmütigem Ton. »Nein, ich würde an Ihrer Stelle nichts derlei versuchen, Sie sind wahrscheinlich noch ziemlich schwach, und wir sind dort draußen zu fünft. Nicht die Stärksten vielleicht, aber mehr als genug, um mit Ihnen fertigzuwerden.«

Ohne Überraschung, aber mit einem sonderbaren Gefühl von Befriedigung, daß alle losen Puzzleteile sich auf einmal wie von selbst zu einem Bild fügten, erkannte Jamie Gangart und Stimme des Mannes. »Mansell«, sagte er. »Dann waren doch Sie es, den ich mit Dana sah, und ich wollte meinen Augen nicht trauen. Natürlich hatte ich es auch von ihr nicht geglaubt.«

»Ach ja. Zu der Zeit hofften wir noch, Sie würden in der Angelegenheit des Buches zur Vernunft kommen, und wir brauchten nicht in Erscheinung zu treten«, sagte Mansell. »Dafür ist es jetzt zu spät.«

»Sie haben mich perfekt getäuscht. Ich hatte Ihrer Beteuerung geglaubt, Sie seien eines der Opfer. Nicht einer, der...« Jamie suchte nach einem passenden Wort, gab es aber auf.

Mansell kauerte neben ihm nieder. Er trug einen weiten dunklen Umhang, der, beim Niederkauern bauschig um seine breiten Schultern gebläht, seinem Umriß Ähnlichkeit mit einem aufgeplusterten Vogel verlieh. »Wir mußten Sie aushorchen. Derjenige, dem wir dienen, zieht willige Diener Sklaven vor, so seltsam es scheinen mag, und Sie können uns genauso nützlich sein wie ihr Freund Cannon.«

»Sie werden mich niemals glauben machen, daß Jock Cannon einer der Ihren war!«

»Ein Mißverständnis. Ich hätte sagen sollen, wie Ihr Freund Cannon uns hätte nützlich sein können, wenn er bereit gewesen wäre, auf die Stimme der Vernunft zu hören. Unglücklicherweise war er durchdrungen von einer krankhaft deformierten Auffassung seiner Pflicht gegenüber der Menschheit oder einer der anderen schwachsinnigen Vorstellungen, die dem aufgeklärten Eigennutz des Menschen im Wege stehen«, sagte Mansell mit beängstigender Gelassenheit. »Möglicherweise lag es nur daran, daß seine Frau dem geifernden Aberglauben anhing, in dem auch ich aufgewachsen bin.«

»Oder könnte es sein, daß er nicht an Einschüchterung und Mord glaubte?«

»Er wäre weder eingeschüchtert noch ermordet worden, wenn er zur Vernunft gekommen wäre«, erwiderte Mansell beiläufig. »Und was wir mit anderen machten, ging ihn nichts an.«

Jamie konnte einfach nicht glauben, was er hörte. Dieser Mann wirkte einfach zu unbeteiligt und gefühllos, um wirklich ein Mensch aus Fleisch und Blut zu sein. »Sie reden wie der böse Unhold in einem Comic strip für Kinder«, sagte er. Und im gleichen Augenblick erinnerte er sich des Augenblicks in dem Lokal, als Mansell in der Toilette verschwunden und einige Zeit später mit seltsam glitzernden Augen zurückgekehrt war. »Natürlich«, sagte er angeekelt. »Ist es Speed oder Shit? Kein Wunder, daß diese Verrückten Sie an der Leine haben!«

Mansell machte eine schnelle, drohende Bewegung. »Ihre engstirnigen Vorurteile interessieren mich nicht...«

»Das richtige Wort ist ›bourgeoise‹ Vorurteile«, antwortete Jamie. »Im übrigen, tun Sie sich keinen Zwang an.«

Mansell versetzte ihm eine nicht allzu heftige Ohrfeige. »Als erstes werden Sie lernen müssen, wie Sie zu mir zu sprechen haben«, sagte er. »Und Sie werden es lernen, keine Bange. Sie können freiwillig oder unfreiwillig mit uns zusammenarbeiten, aber Sie werden kooperieren. Ehe die Nacht um ist, werden Sie einer der unsrigen sein... freiwillig, wie ich schon sagte, oder aber unfreiwillig. Es handelt sich nicht mehr um Verweigerung oder Ablehnung. Morgen früh wird Cannons Manuskript vernichtet sein – von Ihnen selbst, wie ich gleich dazu sagen möchte.«

»Nur über meine Leiche.«

»O nein«, sagte Mansell. »Die Option haben Sie nicht. Die einzige Option ist die: Schließen Sie sich uns an und tun Sie dies alles im Vollbesitz Ihrer geistigen und körperlichen Fähigkeiten, oder widersetzen Sie sich uns weiterhin um den Preis, daß Ihr Geist und Ihre Willenskraft völlig ausgelöscht werden, so daß Sie wie eine Gliederpuppe herumgehen, begleitet von dem einen oder dem anderen von uns, der Verwendung für Sie hat und Sie während dieser Zeit steuert?«

Jamie kämpfte gegen die von den Drogen herrührende

Mattigkeit seiner Glieder an. Die Trägheit war so überwältigend, daß er sich kaum regen konnte. »Sie schmutziger, verfluchter Hurensohn...«

Jamie.

Es war wie ein hörbares Wispern, und plötzlich sträubten sich die Haare auf seinen Unterarmen, denn die Stimme gehörte Jock Cannon.

Jamie, mach ihn dir nicht zum Gegner.

Das mußte ein weiterer Trick sein, dachte Jamie in jähem Zorn. Sie hatten ihn hypnotisiert, daß er Jocks Stimme hörte, um ihn kleinzukriegen und zur Zusammenarbeit zu bewegen. Aber Jock war tot!

Jamie, hör mich an. Diese Leute haben keine Macht über mich. Sie konnten mich töten, aber ich hielt Geist und Seele frei von ihrer Macht. Schau ihn an. Er weiß, daß ich hier bin, aber er kann mich nicht hören.

Tatsächlich blickte Mansell mit seinen vogelartig schnellen Kopfbewegungen umher, und in seinem Blick war Unsicherheit. Jamie sagte: »Was ist los, Mansell? Denken Sie immer noch an Ihre ewige Verdammnis?«

»Halten Sie den Mund, wenn Sie sich überhaupt eine Entscheidung offenhalten wollen«, knurrte der Expriester.

Halte ihn hin, Jamie. Laß ihn reden. Sobald sie anfangen, kann ich dir nicht helfen. Du wirst dir selbst helfen müssen.

Das ist eine gute Idee, dachte Jamie. Vielleicht gelingt es mir, diesen üblen Gesellen am Reden zu halten, bis die Wirkung der Droge nachläßt und meine Kräfte zurückkehren. Ich glaube nicht einen Augenblick, daß ich Jocks Stimme gehört habe, aber wenn es meine eigene innere Stimme gewesen ist, dann hat sie mir einen guten Rat gegeben.

»Was für eine Option ist es, die Sie mir bieten«, sagte er zögernd. »Wollen Sie mir eine Gelegenheit geben, an Ihrer – wie nennen Sie es? Teufelsanbetung? Hexerei? – teilzunehmen? Ich war nie einer, der die Katze im Sack kaufte, und was Sie letztes Mal sagten, war nur darauf abgestellt, mich einzuschüchtern. Wie wäre es, wenn Sie mir erzählen würden ...« Er suchte nach einer einleuchtenden Frage und gab sich mit dem Kompromiß »Sagen Sie mir, was schaut dabei für mich heraus?« zufrieden.

Ein fanatisches Licht glomm in Mansells Augen auf. »Wir können Ihnen alles geben, was Sie sich je gewünscht haben.«

Ja, dachte Jamie bei sich, und du bist eine verdammt schlechte Reklame dafür, wie der Teufel seine Diener bezahlt. Für dich läuft alles in der Welt nur darauf hinaus, daß du dir alle paar Stunden einen Schuß setzen kannst. Aber rede nur weiter, Mann. Hast recht, Jock. Ich werde ihn am Reden halten.

»Erzählen Sie mir mehr darüber«, sagte er und blickte zu Mansells Gesicht auf, das sich in der Dunkelheit über ihn beugte.

MacLaren steuerte den Lieferwagen um eine Ecke, dann riß er heftig das Lenkrad herum, um die falsche Einfahrt in eine Einbahnstraße zu vermeiden. »Verflixt«, stieß er zwischen den Zähnen hervor, »ich habe mich verfahren. Ich kannte mich in dieser Gegend noch nie allzugut aus. Aber soweit ich sehen kann, gibt es hier keine Lagerhäuser oder leeren Fabriken. Nichts als kleine Ladengeschäfte und Lokale und Einkaufszentren, und ich habe überhaupt kein Gefühl ...« Er brach ab. »Wir werden es in der Gegend um die andere Sprengstelle versuchen müssen, und die ist im unteren Manhattan. Du fühlst hier auch nichts, Clair, oder?«

Sie schüttelte den Kopf, ohne ihren Blick von der Straße zu wenden, wo sich Betrunkene, Horden umherschweifender Halbwüchsiger und verspätete Passanten, die noch Weihnachtseinkäufe erledigten, drängten. »Nein, ich kann hier nichts fühlen.«

»Die Gegend, die du vorhin wahrgenommen hast, war ruhiger, nicht wie diese hier?«

»Ruhiger, ja. Viel Verkehrslärm, aber keine solchen Menschenmengen.«

»Gut.« Er bog in die nächste Abzweigung, und Barbara hielt sich am Türgriff fest. »Am besten nehmen wir die Schnellstraße am East River. Geht schneller. Ich weiß, niemand kann etwas dafür, aber...«

»Auch du kannst nichts dafür«, sagte Clair, »und wenn du jetzt den Wagen zu Schrott fährst, können wir ihm gar nicht helfen.«

Seine Züge waren hart und angespannt. »Ich weiß. Danke. Aber ich komme nicht daran vorbei, daß es auf jede Minute ankommt. Und die Zeit, die wir hier oben verloren haben...«

Der Lieferwagen bog mit kreischenden Reifen in die Schnellstraße ein und fuhr südwärts. MacLaren wechselte immer wieder die Fahrspur, um im dichten Verkehrsfluß schneller voranzukommen.

»Was können wir tun? Was können wir tun?« flüsterte Barbara, halb zu sich selbst.

»Colin tut, was er kann«, antwortete Clair mit gedämpfter Stimme. »Beten Sie, wenn Sie wollen. Viel mehr kann jetzt keiner von uns tun.«

Barbara starrte hinaus über den East River, wo sich die Lichter im Wasser spiegelten, und es zog ihr die Kehle zusammen. Clair sagte »beten«, als ob es eine alltägliche und obendrein hilfreiche Sache wäre. Und sie wußte nicht einmal, wie sie es anfangen sollte.

Sie wünschte, sie hätte es gewußt.

»Es ist eine Frage der Macht«, sagte Mansell. »Nicht des wehleidigen und albernen Gejammers und Gebettels, das einem in der Kirche beigebracht wird, aus der ich komme, sondern wirkliche Macht, Macht, die man fühlen kann. Sie ist die einzige wahre Antriebskraft, die der ganzen

Menschheit eigen ist, der alle anderen Wünsche und Triebkräfte untergeordnet sind. Macht. Zu sprechen und zu sehen, wie andere gehorchen. An Fäden zu ziehen und die ganze Welt nach seiner Pfeife tanzen zu lassen.«

Ja, dachte Jamie, und im Finstern in schmutzigen Lagerhäusern herumschleichen müssen und Drogen nehmen? Er sagte: »Ich habe niemals ein Verlangen gehabt, Fäden zu ziehen und andere für mich springen zu lassen.«

»Machen Sie sich doch nichts vor! Was sonst hätte Sie ins Verlagsgeschäft geführt?« höhnte Mansell. »Macht, das Bedürfnis, über Glück oder Unglück von Schriftstellern zu entscheiden, ihnen zum Ruhm zu verhelfen oder sie zu zerbrechen. Das Bedürfnis, die öffentliche Meinung zu beeinflussen. Jeder hat es; wir anerkennen das einfach und reden nicht heuchlerisch darum herum. Hören Sie, wenn Sie zu uns kommen, werden Sie Ihrer Mutter viel Kummer ersparen.«

»Sie haben ihr nichts zuleide getan?«

»Ihr zuleide getan? Warum sollte ich? Aber sie hat versucht, uns mit der Forderung zu kommen, daß ihrem kostbaren Jungen nichts geschehen dürfe. Sie hat seit Jahren versucht, Sie zu rekrutieren«, sagte Mansell. »Hätten Sie das Mädchen geheiratet, das sie für Sie ausgewählt hatte, wären Sie schon vor drei Jahren einer der unsrigen geworden.«

Jamie merkte, daß ihn selbst dies nicht mehr zu erschüttern vermochte. Irgendwo unter der bewußten Ebene war das Wissen darum in ihm gewachsen. Wer sonst hätte Barbaras Zusammenbruch auslösen können?

»Vielleicht, wenn ich mit ihr sprechen könnte«, sagte er, aber Mansells Geduld war erschöpft.

»Kein Hinhalten mehr«, erklärte Mansell. »Die Zeit läuft ab; wir müssen anfangen. Entweder beginnen wir mit der Zeremonie, die Ihre Aufnahme in unseren Kreis besiegelt, oder wir beginnen mit dem Verfahren, das Sie daran hindern wird, uns weiterhin zu bekämpfen. Was soll es sein?«

Zeit gewinnen, Jamie. Zeit! Hilfe ist unterwegs, aber das erfordert Zeit!

»Was müßte ich denn tun, um Mitglied zu werden?« fragte Jamie. »Da ich nicht sonderlich an Gott glaube, würde ich ziemlich große Schwierigkeiten haben, an den Teufel zu glauben. Und irgendwelche ausgeklügelten Formeln, mit denen ich Gott abschwören und dem Satan Treue geloben würde, hätten für mich nicht mehr Bedeutung, als wenn ich aus den gesammelten Werken von ...« er suchte nach einem geeigneten Kandidaten »... von Jock Cannon oder Aleister Crowley oder John Lennon vorlesen würde.«

»Wir befassen uns nicht mit ausgeklügelten Formeln«, erwiderte Mansell eisig. »Was wir von Ihnen verlangen, ist ein ernstes und feierliches Gelöbnis – abgelegt mit ganzem Herzen und ohne irgendwelche inneren Vorbehalte –, daß Sie von diesem Tag an weder in Gedanken noch mit Worten oder Taten gegen uns arbeiten werden und daß Sie Ihre ganze Kraft zur Förderung unserer gemeinsamen Ziele einsetzen werden.«

Jamie sagte sich, daß ein unter Druck abgelegter Eid rechtlich nicht bindend sei. Was konnte ihn daran hindern, alles zu sagen, was sie hören wollten, und, sobald er frei wäre, direkt zur Polizei zu gehen? »Ich habe keine Einwände ...«

Nein, Jamie. Es war so klar und laut in seinem Kopf, wie Jocks Stimme in seinem Büro gewesen war, bei jenem letzten Besuch. Es war ihm unbegreiflich, daß Mansell die Stimme nicht hören sollte; er brach ab und lauschte. Nein, Jamie, so geht es nicht. Diese Leute haben Erfahrung, und sie sind sensibel. Sie könnten einen inneren Vorbehalt spüren. So kannst du sie nicht täuschen.

Und dann erinnerte sich Jamie der Beschreibungen im fünften Kapitel von Jocks Buch. Was er würde tun müssen, die bloße Vorstellung, Einverständnis mit diesen Leuten zu heucheln, die, wie sie selbst zugaben, Jock Cannon durch ihren pervertierten geistigen Terror getötet hatten, drehte ihm plötzlich den Magen um.

»Wären Sie doch schon als Wickelkind verreckt, Sie Hundesohn«, sagte er voller Abscheu. »Sie sind keine Reklame für Ihren Chef, sei er Satan oder Joe, der Hausmeister. Ich würde keiner Kirche beitreten, die einen wie Sie als Priester duldet; ich würde nicht einmal einer Pfadfindergruppe beitreten, deren Anführer Sie sind! Und wenn meine Mutter Sie dazu angestiftet hat, kann sie mit Ihnen zur Hölle fahren. Tun Sie, was Sie wollen. Aber denken Sie daran, ich werde eine härtere Nuß sein als Jock Cannon. Er hatte Angst, aber ich werde hier sitzen und Sie die ganze Zeit auslachen, während Sie Ihre Schwarze Messe abziehen oder was immer Ihr schmutziger, kranker kleiner Verstand sich an perversem Hokuspokus ausgedacht haben mag. Gehen Sie also und vollziehen Sie Ihre satanischen Rituale oder was Ihrem vom Rauschgift benebelten Gehirn Befriedigung verschafft. Und bringen Sie es hinter sich, damit ich gehen und ein Bad nehmen und mir den üblen Geruch von Ihnen allen von der Seele waschen kann.«

Mansells Gesicht verzerrte sich, und einen Augenblick lang dachte Jamie, er sei zu weit gegangen und der stämmige Expriester werde ihm gleich hier und jetzt mit Faustschlägen und Tritten den Garaus machen. Aber Mansell beherrschte sich mit enormer Anstrengung und stand auf.

»Dann also auf Ihre Verantwortung«, sagte er und schritt davon.

Gut, Jamie! Du hast ihn aus der Fassung gebracht! Er kann nicht klar denken!

Das ermutigte ihn, der hohen Gestalt im Umhang höhnisch nachzurufen: »Ich werde zusehen, wenn man Sie in die Zwangsjacke steckt! Glauben Sie wirklich, daß Satan Ihnen aus der Irrenanstalt heraushelfen wird?«

Mansells Schultern zuckten, aber er wandte sich nicht um und sagte kein Wort. Der Lichtspalt in der Tür verbreiterte sich, wurde von seiner kräftigen Gestalt verdeckt, verengte sich wieder und verschwand.

Der Lieferwagen verließ die Schnellstraße am East River und holperte schwankend gepflasterte Straßen entlang, die an vielen Stellen aufgerissen waren. Die klobigen schwarzen Umrisse alter Gebäude, dunkel und ohne einen Lichtschein, ragten zu beiden Seiten auf. In der Ferne ertönte dumpfes Krachen.

»Das müssen die Sprengungen sein«, murmelte Clair. »Nun gilt es, die richtige Feuerwache zu finden.«

»Irgendwo im Handschuhfach ist ein Stadtplan«, sagte Colin. »Sieh mal nach, sei so gut. Wer immer damals den Aufriß für das untere Manhattan entwarf, muß mit den Indianern zuviel Feuerwasser getrunken haben. Ich glaube, nicht mal die Taxifahrer kennen sich da überall aus.«

Barbara spürte eine eigentümliche Spannung, die beinahe die Sprachebene erreichte. »Ich glaube, wir sollten dort fahren«, sagte sie plötzlich.

Er warf ihr einen schnellen Seitenblick zu, nickte aber und bog ab. Augenblicke später hörten sie das Heulen einer Sirene. Ein Einsatzwagen der Feuerwehr kam mit bimmelnder Glocke um die Ecke gebraust, rumpelte vorbei und entfernte sich in der dunklen Straßenschlucht.

Jamie spannte die Muskeln und versuchte, im Dunkeln aufzustehen. Er konnte sich nicht vorstellen, was sie ihm gegeben hatten. Er fühlte sich genauso groggy wie damals im Marinelazarett auf dem Rückweg in die Heimat, wo er ständig Alpträume von Ratten gehabt hatte, die am Leichnam seines Freundes gezerrt hatten, und wo sie ihn fast eine Woche lang unter starke Beruhigungsmittel gesetzt hatten.

Die Tür ging auf; aus dem sich verbreiternden Lichtspalt kam eine Prozession dunkler Gestalten näher: Mansell, angetan mit seinem Umhang und düster drohend an der Spitze, eine noch nicht entzündete Fackel in der Linken, hinter ihm schwerfällige dunkle Gestalten, die, wie er im Kerzenschein sehen konnte, allesamt unbekleidet waren, aber so formlos, schlaff und häßlich, daß der Nacktheit nichts auch nur annähernd Erotisches eigen war. Als eine dünnbeinige, fettleibige Gestalt auf knotigen Füßen vorbeitappte, drehte sich ihm vor Schreck und Abscheu der Magen um, obwohl er durch Mansells Worte auf manches gefaßt gewesen war.

Zeit gewinnen, Jamie!

Er suchte verzweifelt nach Worten. »Hallo, Mutter«, sagte er in einem Ton bemühter Beiläufigkeit, »ist es nicht ziemlich spät für dich, um noch unterwegs zu sein? Ich glaube, wir sollten dir zu Weihnachten ein paar neue Sachen kaufen; ich wußte nicht, daß Barbara und ich dich so kurzhalten!«

Er spürte förmlich den anbrandenden Zorn und die Irritation der drohenden nackten Gestalten, aber er hatte auch das krampfhafte Zucken in den Zügen seiner Mutter gesehen und merkte, daß er sie irgendwie getroffen hatte.

»Sei still!« befahl eine tiefe, kehlige Stimme, aber Jamie hatte begriffen, daß dies die beste Verzögerungstaktik war. »Komm schon, Mutter«, sagte er, bemüht, einen unbekümmerten Ton anzuschlagen und das Beben in seiner Stimme zu unterdrücken. »Du bist noch gut erhalten, aber trotzdem keine jugendliche Schönheit mehr. Geh und zieh dir etwas an, und laß uns aus diesem Irrenhaus verschwinden. Du hast nicht die Figur, um so herumzulaufen, schon gar nicht zu dieser Jahreszeit! Stell dir vor, wie deine Arthritis sich verschlimmern kann, von einer Erkältung ganz zu schweigen.«

Er sah, wie sie aus dem Tritt kam. Dann war Dana an ihrer Seite, das Gesicht verzerrt, die Augen glitzernd in kalter Wut. Sie machte eine gebieterische Handbewegung, und zwei Männer, massige große Gestalten mit runden Schultern und dicken Bäuchen sprangen vor und bearbeiteten Jamie mit Fußtritten. Er wälzte sich hin und her, die Beine angezogen, um den Unterleib zu schützen, denn selbst bloße Füße können viel Schaden anrichten, und hörte den halb zornigen, halb angstvollen Aufschrei seiner Mutter.

»Knebelt ihn«, sagte Mansell unerbittlich.

Zwei dunkle Gestalten beugten sich über ihn. Ein Knebel wurde ihm zwischen die Zähne gestoßen und zusammengedreht. Jamie würgte, versuchte den Brechreiz zu überwinden und fühlte, wie der Knebel seine Zunge zurückzwang. Seine ganze Energie galt dem verzweifelten Versuch zu atmen. Er fühlte das Bewußtsein schwinden, vor seinen Augen wurde es dunkel.

»Da ist die Feuerwache«, sagte Clair. »Irgendwo in dieser Gegend muß es sein. Wonach halten wir Ausschau? Diese Gebäude sehen alle ziemlich gleich aus...«

»Halten wir nach einem schwachen Lichtschein in einem Fenster Ausschau«, sagte MacLaren, der den Lieferwagen im Schritttempo fuhr. »Wenn sie wie alle die anderen Gruppen sind, die ich je gekannt habe, werden sie Feuer irgendwelcher Form benötigen – Fackeln, Kerzen und dergleichen –, und Feuerschein und elektrisches Licht sind leicht zu unterscheiden, auch von weitem. Dieses Lagerhausviertel ist abends so verlassen, daß sie beinahe völlig ungestört sind und fast alles tun können, was sie wollen – ah!« sagte er plötzlich. »Da vorn.«

In der Richtung, in die er wies, sah Barbara nur einen abgestellten Wagen. Clair sagte: »Ich sehe nichts...«

»Ein geparkter Wagen. Sieh mal, dies ist ein Fabrikviertel. Um diese Zeit sind hier nur noch die Nachtwächter unterwegs, und zeigt mir den Nachtwächter mit solch einem Wagen! Und dort drüben, ein Mercedes. Selbst die Kantinen für die Fabrikarbeiter sind jetzt geschlossen, und Kneipen gibt es hier keine, also kann es sich nicht um wohlhabende Leute handeln, die sich gern mal im Wirtshaus unter das gemeine Volk mischen. Wir sind auf der richtigen Spur, glaubt mir. Clair, du fährst jetzt. Ich muß nach hinten, den Koffer fertig machen.«

Clair rutschte auf den Fahrersitz; MacLaren stieg aus, lief nach hinten und stieg dort wieder ein.

Mansells vom Umhang verhüllte Gestalt hob sich schwarz vom trüben Feuerschein ab. An seiner brennenden Fackel zündete er Kerzen an und setzte sie in einem Dreieck auf den Boden. Einer der Männer, eine plumpe, hinkende Gestalt, kam mit einem Weihrauchfaß und begann, gegen den Uhrzeigersinn durch den Raum zu humpeln, wobei er etwas intonierte, das wie Latein klang. Jamie lag halb erstickt da, und seine mühsamen Atemzüge schienen ihm lauter als der gemurmelte Singsang.

Clair ergriff das Lenkrad, dann verzog sie schmerzlich das Gesicht und holte tief und gequält Atem. »Colin«, keuchte sie, »Colin!«

»Nur ruhig, Mädchen. Ich bin hier.« Sein Gesicht spähte durch die Öffnung zwischen Fahrersitzen und Laderaum. »Ja, ich fühle es auch, aber laß mich jetzt nicht im Stich.«

»Es ist furchtbar, furchtbar ...« Sie war außer sich. Auch Barbara verspürte eine überwältigende Übelkeit und schloß die Augen, und ihr war, als ob der Wagen unter ihr schwanke. MacLaren fummelte in der Dunkelheit hinter ihnen herum. »Ich ziehe meine Sachen an, und wir brauchen etwas – ich habe geweihte Kerzen hier. Clair! Werde mir bloß nicht ohnmächtig. Ich brauche dich als Führerin für den Rest des Weges!«

Aber Clair war ächzend über dem Lenkrad zusammengesunken. »Barbara, können Sie fahren?«

»Ja.«

»Ziehen Sie sie vom Sitz und fahren Sie drüben bis zur Ecke, wo wir den Wagen stehen lassen können. Nicht zu nahe bei dem Hydranten, wir wollen uns nicht mehr Strafmandate als nötig holen.« Barbara gehorchte und zog die ohnmächtige Clair vom Fahrersitz. Wie war es möglich, daß die Frau sie jetzt im Stich ließ? Sie schien so kräftig zu sein...

»Wir alle haben unsere Stärken und unsere Schwächen«, sagte Mansell, als hätte er ihre Gedanken gelesen. »Damit bezahlt Clair dafür, daß sie sensitiv ist.« Barbara parkte den Lieferwagen und schaltete die Zündung aus, mühte sich mit der unvertrauten Knüppelschaltung und der Handbremse ab. MacLaren kam nach vorn, öffnete die Tür und legte die Hand an Clairs Stirn, dann richtete er sie auf und schüttelte sie sanft. »In Ordnung, Mädchen? Na, dann komm mit. Du mußt mir helfen, das richtige Gebäude zu finden...«

Behutsam half er ihr aus dem Wagen und stützte sie, bis sie sich erholt hatte. Dann zündete er eine Kerze an und drückte sie Barbara in die Hand. Er hatte etwas Langes und Sperriges unter dem Umhang , das er mit einem Ellbogen an sich drückte. »Was Sie auch tun, lassen Sie das Kerzenlicht nicht ausgehen, oder wir werden alle mit einem Haufen von Verrückten zur Hölle fahren«, sagte er eindringlich. »Und beten Sie, wenn Sie können. Das ist kein Spiel, Barbara. Sie haben Jock Cannons Körper getötet und versuchen jetzt, den Geist Ihres Mannes zu töten.«

Die monotonen Gesänge und die Nebelschwaden des bitteren Räucherwerks begannen, ihre Wirkung zu tun. Es schien Jamie, daß ein grauer Dunst den singenden, im Kreis schreitenden Gestalten folgte, ein Nebel, der sich verdichtete und von rötlichem Feuerschein durchschossen war. Der Kreis wuchs mit jeder Umschreitung, nahm Farbe und Form an. In seiner Mitte erhob sich der große schwarze Altar mit seinen Kerzen: sie gaben einen dichten, weißlichen Rauch von sich, der einen üblen Geruch verbreitete. Mansell hob die Arme und begann zu intonieren: »Kyrie eleison, Satanas eleison, Eloi Sabaoth, Eloi Sabaoth, Eloi Sabaoth...«

In Jamies schmerzendem Kopf pochte das Blut. Der Rauch der Kerzen und das anscheinend mit Drogen versetzte Räucherwerk erzeugten Schwindelgefühl und Orientierungslosigkeit. Der Gesang ging weiter und weiter.

Nicht nachlassen, Jamie! Weiterkämpfen! Hör nicht darauf! Laß dich nicht verstricken! Bete, wenn du kannst! Wenn du nicht kannst, denk an etwas anderes...

Er suchte nach etwas, woran seine Vernunft sich festhalten konnte, dann erinnerte er sich einer alten, in der Jugendzeit gelesenen Geschichte und begann im Geist das Einmaleins aufzusagen. Er konnte keinen Ton hervorbringen, doch indem er sich gegen die betäubenden Gerüche und Geräusche verschloß und seine ganze Aufmerksamkeit nach innen richtete, gelang es ihm, sich zu konzentrieren: »Vier mal fünf ist zwanzig, vier mal sechs ist vierundzwanzig, vier mal sieben ist achtundzwanzig, vier mal acht...«

»Hier.« Clair wandte sich jäh zur Seite und erbrach sich.

»Dieses Gebäude? Bist du sicher?«

»Nein«, murmelte sie elend. »Eins von diesen...«

Ein Feuerwehrwagen rasselte vorbei, und Barbara, die zitternd im eisigen Wind stand und mit einer Hand die Kerzenflamme beschirmte, spürte die neugierigen Blicke auf sich. Colin, der ein langes, leichtes Gewand mit einer Kapuze übergeworfen hatte, gemahnte sie an einen »Hippie-Guru«, den sie einmal in einer Fernsehsendung gesehen hatte; Clair schwankte wie eine Betrunkene. »Hoffentlich glauben die Feuerwehrleute nicht, daß wir mit dieser Kerze unterwegs sind, um einen Brand zu legen«, sagte sie.

»Still!« versetzte MacLaren. »Sie muß sich konzentrieren. Clair! Laß mich jetzt nicht im Stich!«

Danas Körper, weiß und glitzernd und nackt, erhob sich im Feuerschein. Sie hielt zwei gekreuzte Dolche in der Hand, und ihre Augen glommen im Licht wie die einer Katze. Der Gesang ging weiter, unaufhörlich, endlos wie das Tropfen von Wasser auf Stein.

»Baal, Sin, Aschtoret, Ahasreal, Adonai, Adonai, Adonai, Adonai...«

»Zwölf mal elf ist einhunderteinunddreißig, zwölf mal zwölf ist einhundertzweiundvierzig – verdammt – einhundertvierundvierzig, und zwölf mal dreizehn ist – ach, zum Teufel – ein mal eins ist eins, ein mal zwei ist zwei...«

»Zazay, Salmay, Dalmay, Ledrion, Amisor, Or! Große Engel und Dämonen der Finsternis, seid gegenwärtig und teilt diesen irdischen Geschöpfen eure Tugenden mit...«

»Acht mal acht ist vierundsechzig, acht mal neun ist zweiundsiebzig, acht mal zehn ist...«

»Das ist das Haus.« Clair war weiß wie ein Laken.

»Bist du sicher?«

Sie nickte und berührte die Türklinke, riß die Hand weg, als hätte sie sich daran verbrannt. MacLaren drückte auf die Klinke: die Tür war verschlossen. Er gab Clair das längliche Bündel in die Hand und zog seinen Umhang hoch, um an die Hosentasche zu kommen. Er brachte einen Ring mit Dietrichen zum Vorschein und sagte: »Das darf den Boden nicht berühren, auch nicht die Treppe, wenn wir hineingehen. Dank sei den Herren des Karma für einige der geheimnisvollen Dinge, die ich in meinen Wanderjahren lernte.«

»Kann man uns nicht alle wegen Einbruchs verurteilen?« fragte Barbara.

»Mich vielleicht. Sie nicht. Ich bezweifle, daß man mir etwas anhängen wird, wenn wir aufgedeckt haben werden, was hier vorgeht«, antwortete MacLaren und probierte einen Dietrich nach dem anderen im Schloß.

Mit harten Händen rissen sie ihm die Kleider vom Leib, wälzten ihn dabei von einer Seite zur anderen. Unter der derben Behandlung verflüchtigte sich das Einmaleins.

Eine der Frauen, nicht seine Mutter, auch nicht Dana, tauchte ein Bündel Zweige in eine Schale mit Flüssigkeit und besprengte ihn mit übelriechenden, unangenehm klebrigen Tropfen.

»Aspergo, aspergo, aspergo...«

»Verdammtes Schloß!« MacLarens Züge waren verkniffen und angespannt, seine Finger drehten wie von selber vorsichtig den Dietrich. »Macht es einem ehrbaren Einbrecher schwer... da!« Die Tür ging auf, und im flackernden Kerzenschimmer sahen sie eine staubige, schmutzige Treppe, die nach festgebackenem alten Schmutz, Ruß und Katzenurin roch. »Hier, Clair, ich kann das tragen – hu! Fühlt sich unangenehm an. Wahrhaftig, es muß schon für etwas benutzt worden sein...«

Barbara trat beklommen in die Dunkelheit. Die beiden anderen eilten schon die Treppe hinauf, zwei dunkle, schattenhafte Gestalten im trügerischen Kerzenschein. Sie zog den Mantel enger um sich, beschirmte die Kerzenflamme mit der freien Hand und eilte ihnen nach.

Jamie merkte, daß seine Kräfte wiederkehrten. Die unaussprechliche Mattigkeit und Trägheit hatte sich von ihm gelöst. Der Knebel behinderte ihn beim Atmen, aber er konnte Arme und Beine bewegen, und wenn der Gesang aufhören würde, so daß er denken könnte...

Noch immer umschritten sie ihn im Kreis des magischen, feuerdurchschossenen Nebels, besprenkelten ihn und murmelten ihren Singsang. Er sammelte seine Kräfte für eine plötzliche Anstrengung. Gelänge es ihm, Mansell zu packen, ihm die verdammte Fackel zu entreißen, sie auszulöschen und die Zeremonie zu unterbrechen, würden diese Besessenen, von Drogen betäubt und verrückt, wie sie waren, vielleicht nicht imstande sein, sich mit seinen wiederkehrenden Kräften zu messen, zumindest nicht in dem Sinne, daß sie seine Flucht verhindern könnten. Es kam darauf an, eine Feuerleiter zu finden, ein Fenster zu zerschlagen und Zeter und Mordio zu schreien. Nach dem häufigen Sirenengeheul zu urteilen, mußte es in der Nähe entweder ein Polizeirevier oder eine Feuerwache geben... Vor allem kam es darauf an, die Zeremonie zu unterbrechen.

»Zazay, Salmay, Dalmay... seid gegenwärtig, Geschöpfe der Luft, Geschöpfe der Erde, Geschöpfe des Feuers...«

Jamie spannte die Muskeln, um plötzlich aufzuspringen.

Warte, Jamie, noch nicht. Laß sie tiefer hineinkommen...

Er wälzte sich wieder auf die Seite, entspannte sich, wartete, sammelte Kräfte.

Auf dem vierten Treppenabsatz machte MacLaren halt. Er befreite das Bündel von der Umhüllung, dann bedeutete er Barbara, die Kerze Clair zu geben. »Sie müssen sich darüber im klaren sein, daß sie vielleicht versuchen werden, uns zu töten. Nun...« Er bekreuzigte sich und sagte ruhig: »In deine Hände, o Herr, befehle ich meinen Geist.«

Im nächsten Augenblick warf er sich mit der ganzen Kraft seines Körpergewichts gegen die Tür. Sie brach auf. Barbara sah ein trübes, rauchiges Glimmen, hörte das Auf und Ab eines monotonen Gesanges und folgte ihn. Das Herz schlug ihr bis zum Halse...

Jamie wälzte sich herum, sah die Türflügel aufbrechen und eine in bläulichem Dunst leuchtende große Gestalt herein und direkt auf den magischen Kreis zustürmen. In seiner erhobenen Hand lag ein Schwert, das vom Heft bis zur Spitze in bläulichen Schein gehüllt schien, und als er den Kreis erreichte, ließ er es durch die Luft niedersausen.

»Im Namen Gottes! Im Namen der Herrn des Karma und der Kräfte der Natur! Im Namen der Vaterschaft Gottes, der Mutterschaft der Natur und der Bruderschaft der Menschen zerstöre ich Eure Kräfte!«

Der rauchige Kreis löste sich in Nebelfetzen auf. Die im Halbdunkel versammelten nackten Gestalten wandten sich kreischend und fluchend zu dem Eindringling, der hochaufgerichtet stand, die Arme kreuzweise ausgestreckt, von dem Macht und Stärke auszustrahlen schien. Er schritt durch den zerbrochenen Zauberkreis zum Altar, warf sich mit dem Körper dagegen und stürzte ihn um; er trat die stinkenden Kerzen aus.

»Ich speie auf die Unreinheit der Hölle«, sagte er in seiner klaren und widerhallenden Stimme. »Ich speie auf jene, die verunreinigen, was Gott den Menschen zum Gebrauch gegeben hat.«

Er stieß die Schale mit Räucherwerk um, trat die Glut aus und bestreute sie mit Sand.

Barbara eilte durch die aufgelöste Versammlung – jetzt nur noch von Drogen betäubte, nackte, stöhnende und stammelnde Männer und Frauen – beugte sich über Jamie und zog ihm den Knebel aus dem Mund. Er erhob sich auf die Knie und umfaßte sie.

»Vorsicht, Colin!« rief Clair. »Er hat ein Messer!«

Mansell warf sich auf MacLaren, eine blinkende Klinge in der erhobenen Rechten. MacLaren riß schützend den angewinkelten Unterarm hoch und wehrte den Angreifer mit einem gut gezielten Karate-Fußstoß nach dem Kehlkopf ab. Ein scheußlich knirschendes Geräusch ertönte, das Messer entfiel der ins Leere greifenden Hand Mansells, und der massige Mann brach ohne einen Laut zusammen.

MacLaren sagte ruhig: »Ist hier vielleicht jemand vernünftig genug, Licht zu machen?«

Niemand rührte sich. Die nackten Männer und Frauen starrten benommen umher, stöhnten und ächzten. Jamies Mutter kauerte krötenartig am Boden und scharrte murmelnd in der Asche des Räucherwerks. Clair ging hinaus in den Vorraum und tastete im Dunkeln nach Lichtschaltern. Endlich ging das Licht an und enthüllte die versammelten Satanisten in all ihrer Häßlichkeit. Niemand bewegte sich.

»Alles in Ordnung, Melford?« fragte MacLaren. »Barbara, Sie sind angezogen und bei Kräften. Laufen Sie zur Feuerwache und rufen Sie 911, oder suchen Sie eine Notrufsäule der Polizei. Ich fürchte, daß wir hier einen Toten haben.« Er kniete neben Pater Mansell nieder. »Armer Teufel«, sagte er bedauernd. »Ein Jammer, daß er es nie über sich brachte, Buße zu tun.« Er drückte die stieren Augen zu, bekreuzigte sich und murmelte ein Gebet. Jamie fing Bruchstücke davon auf: »... mein Gott, ich bin von Herzen bekümmert, dich beleidigt zu haben... Buße zu tun... und mein Leben zu bessern...«

»Ich wußte nicht, daß Sie Katholik sind«, sagte Jamie, dem das Sprechen Schmerzen bereitete.

MacLarens Augen blitzten in zornigem Blau. »Ich bin es nicht. Aber er war Katholik, und ich glaube nicht, daß Gottes Barmherzigkeit Grenzen hat.«

Nicht viel später hörte er Barbaras Schritte auf der Treppe. Sie kam gelaufen, außer Atem. »Die Polizei wird gleich hier sein. Ach, Clair! Helfen Sie mir!« Sie lief zu Dana, die nackt hinter dem umgeworfenen Altar kauerte, zog den Mantel aus und legte ihn dem Mädchen um die bloßen Schultern. Dana wandte sich zu ihr um und gab ein unverständliches, murmelndes Geräusch von sich. Ihre Augen waren verständnislos, und aus einem Mundwinkel lief Speichel und tropfte ihr vom Kinn.

Jamie stand auf und ging zögernd, voller Ekel zu seiner

Mutter. Sie kauerte noch immer da, scharrte mit den Fingern in der Asche und murmelte unverständliches Zeug. Ihre Augen waren glasig. »Mutter – Mutter, wach auf, ich bin es, Jamie«, sagte er. »Wo sind deine Kleider, Mutter, es ist nicht anständig, so dazusitzen ...«

»Jamie?« murmelte sie. »Jamie soll nichts geschehen.«

»Mir ist nichts geschehen, Mutter. Sieh mich an. Komm, wo hast du ...«

»Nicht Jamie«, sagte sie, und er ließ bestürzt von ihr ab und wandte sich zu MacLaren. »Was ist los mit denen?«

»Gott allein weiß es«, antwortete MacLaren. »Drogen, natürlich, aber wir dürfen auch nicht vergessen, wieviel von ihrem Geist und ihrer – na, Seele sie in dieses widerwärtige Geschäft gesteckt haben.« Er blickte in die Runde der nackten Männer und Frauen, die sich in die Benommenheit des Schocks geflüchtet hatten. Es waren neun an der Zahl, vier Frauen außer seiner Mutter und Dana, drei Männer.

»Als ihr Altar umgestürzt wurde, überwältigte sie der Schock. Ich nehme an, daß eine Heilanstalt die einzige Antwort ist, vorläufig jedenfalls. Sie werden bezeugen müssen, daß Mansell mit dem Messer auf mich losgegangen ist«, sagte MacLaren. Und dann näherte sich Sirenengeheul, verstummte, und die schweren Tritte mehrerer Polizisten polterten die Treppe herauf.

Die Sonne ging eben auf, als MacLaren den Lieferwagen an den Straßenrand lenkte und hielt. Clair war auf dem Sitz eingeschlafen, blaß und erschöpft, aber friedlich; auch MacLaren sah bleich und übermüdet aus, aber sein Händedruck hatte nichts an Kraft eingebüßt.

»Morgen oder übermorgen werde ich vorbeikommen und das Cannon-Manuskript durchsehen«, sagte er. »Es ist möglich, die Menschen vor den Gefahren solcher Dinge zu warnen, ohne verwirrten Leuten geladene Waffen – geistige Waffen – in die Hand zu geben.«

Jamie nickte. »Sie haben mich bekehrt«, sagte er entschieden.

»Ich hoffe, mehr als das aus Ihnen zu machen«, sagte MacLaren und reichte Barbara die andere Hand. »Ihre Frau ist sehr sensibel, und Sie selbst – nun, Sie haben Ihre Feuertaufe bestanden. Wir können Menschen wie Sie gebrauchen. O ja«, sagte er, als er die Überraschung in ihren Gesichtern sah, »der Kampf ist zu Ende, aber der Krieg geht weiter; er tobt, seit die Tempel von Atlantis außer Zucht gerieten und die schwarzen Priester die Geheimnisse der Macht stahlen. Er wird weitergehen, wenn wir alle Staub sind... aber Sie werden helfen, nicht wahr?«

Sie drückten ihm die Hände, und es war ein feierliches Versprechen. »Wenn Sie uns zeigen, wie. Wir werden der gerechten Sache unser Leben widmen – das Leben, das wir Ihnen verdanken.«

»Es ist ein gutes Lebenswerk«, sagte er. »Es ist die älteste Bruderschaft der Welt, Gut gegen Böse. Es ist, was die Kirchen tun sollten, doch leider kamen sie vom Weg ab, ließen sich auf weltliche Machtkämpfe ein und machten aus örtlichen Bräuchen eherne Moralgesetze. Nun... all das werden Sie erfahren, wenn die Zeit kommt. Ich hoffe, Ihre Mutter wird zur Vernunft zurückfinden, Melford, aber groß ist meine Hoffnung nicht. Und...« er lächelte plötzlich, und es war wie ein Segen »...frohe Weihnachten!«

»Ach ja«, sagte Barbara und holte tief Atem. »Natürlich, er hat recht! Frohe Weihnachten!«

Der Wagen fuhr davon, und Jamie und Barbara gingen Hand in Hand die Treppe zu ihrer Wohnung hinauf.

Colin MacLaren fuhr langsam weiter, ein geistesabwesendes Lächeln auf den Zügen.

Colin.

Jock. Ich dachte mir, daß Sie da sind. Sie hatten keine

Macht über Sie. Aber ohne Ihre Hilfe hätte ich Melford nicht die Kraft geben können.

Nun kann ich ruhen. Mein Werk ist getan. Herr, laß deinen Diener nun in Frieden ruhen.

MacLaren lächelte, aber seine blauen Augen waren voll Tränen.

Nun weißt du es. Geh in Frieden, Jock ... bis zum nächsten Leben. Ruhe in Frieden ... Bruder.

Er legte den nächsten Gang ein und fuhr durch die noch menschenleeren Straßen davon.